河南大学出版社
郑州

图书在版编目(CIP)数据

河南佛教塔寺文化漫谈/李湘豫编著. —开封:河南大学出版社,2010.4
(2021.10重印)
ISBN 978-7-5649-0162-2

Ⅰ.①河… Ⅱ.①李… Ⅲ.①佛教-寺庙-文化-河南省 ②佛塔-文化-河南省 Ⅳ.①B947.261 ②K928.75

中国版本图书馆 CIP 数据核字(2010)第 062513 号

责任编辑	靳宇峰
责任校对	何　新
封面设计	马　龙

出　版	河南大学出版社		
	地址:郑州市郑东新区商务外环中华大厦 2401 号	邮编:450046	
	电话:0371—86059701(营销部)	网址:hupress.henu.edu.cn	
排　版	郑州市今日文教印制有限公司		
印　刷	郑州印之星印务有限公司		
版　次	2010 年 6 月第 1 版	印　次	2021 年 10 月第 4 次印刷
开　本	787mm×1092mm　1/16	印　张	12.75
字　数	202 千字	定　价	38.00 元

(本书如有印装质量问题,请与河南大学出版社营销部联系调换)

目　录

踏遍寺塔觅佛音（代序） ……………………………… 王立群（1）

第一篇　河南塔寺文化概说 …………………………………（1）
　一、佛教的塔与寺 ………………………………………………（1）
　二、河南佛教与塔寺 ……………………………………………（12）

第二篇　河南佛塔与文化 ……………………………………（16）
　一、中国现存最早的密檐式砖塔
　　——登封嵩岳寺塔 ……………………………………………（16）
　二、中国现存最早的八角形砖塔
　　——登封净藏禅师塔 …………………………………………（21）
　三、中国现存最早最高的琉璃塔
　　——开封祐国寺铁塔 …………………………………………（25）
　四、宋代佛经碑刻精品荟萃
　　——开封繁塔 …………………………………………………（30）
　五、中国第一古塔
　　——洛阳齐云塔 ………………………………………………（33）
　六、中国现存唯一的琉璃砖花塔
　　——安阳修定寺塔 ……………………………………………（35）
　七、中国现存最典型的倒塔
　　——安阳天宁寺塔（文峰塔） ………………………………（38）

八、中国现存最早的双石塔
　　——安阳北齐双石塔 …………………………………（41）

九、中国古代四大回音建筑中历史最悠久者
　　——三门峡宝轮寺塔 …………………………………（44）

十、中国现存规模最大的五代塔之一
　　——武陟妙乐寺塔 ……………………………………（47）

十一、河南现存三大金塔之一
　　——沁阳天宁寺三圣塔 ………………………………（51）

十二、河南明代砖塔之冠
　　——许昌文峰塔 ………………………………………（54）

十三、中原斜塔
　　——原阳玲珑塔 ………………………………………（57）

十四、豫东佛塔明珠
　　——商水寿圣寺塔 ……………………………………（61）

第三篇　河南塔林与文化 …………………………………（63）

一、中国现存最大的古塔林
　　——少林寺塔林 ………………………………………（63）

二、中国现存最早最大的摩崖塔林
　　——安阳灵泉寺塔林 …………………………………（66）

三、中国现存第三大塔林
　　——汝州风穴寺塔林 …………………………………（69）

四、河南其他著名塔林 ……………………………………（72）

第四篇　河南寺院与文化 …………………………………（74）

一、佛寺"释源"、"祖庭"
　　——洛阳白马寺 ………………………………………（74）

二、禅宗祖庭

——登封少林寺 …………………………………………（79）
三、千古名刹 皇家寺院
　　　——开封大相国寺 …………………………………………（85）
四、中国现存最古老的尼僧寺院
　　　——登封永泰寺 …………………………………………（91）
五、中国最早的麻风病医院
　　　——卫辉香泉寺 …………………………………………（96）
六、天台宗发源地
　　　——光山净居寺 …………………………………………（102）
七、河南著名元代建筑之一
　　　——济源大明寺 …………………………………………（105）
八、中州古刹
　　　——淅川香严寺 …………………………………………（108）
九、中州第一丛林
　　　——襄城乾明寺 …………………………………………（110）
十、豫南第一名刹
　　　——罗山灵山寺 …………………………………………（112）
十一、豫东名刹
　　　——民权白云寺 …………………………………………（114）

第五篇　河南石窟寺与文化 ……………………………（117）
一、洛阳龙门石窟 …………………………………………（119）
二、巩义石窟寺 …………………………………………（121）
三、安阳灵泉寺石窟 …………………………………………（123）
四、义马鸿庆寺石窟 …………………………………………（125）
五、河南其他著名石窟 …………………………………………（126）

第六篇　河南塔寺寻迹 ……………………………………（128）

一、洛阳佛教与塔寺 …………………………………… (128)
二、安阳佛塔与寺院 …………………………………… (133)
三、南阳佛教与塔寺 …………………………………… (137)

附　录 ……………………………………………………… (142)

附录一　河南现存佛塔（遗迹）区域分布索引 ………… (142)
附录二　河南现存塔林索引简表 ………………………… (154)
附录三　河南现存佛寺（遗迹）区域分布索引 ………… (155)
附录四　河南现存石窟寺索引简表 ……………………… (173)
附录五　河南佛教文物古迹索引简表 …………………… (175)
附录六　中国佛教塔寺研究（著述）索引 ……………… (183)

参考文献 …………………………………………………… (186)
后　记 ……………………………………………………… (196)

踏遍寺塔觅佛音(代序)

公元元年前后,佛教由印度传入中国,在与本土文化的相互交融中形成了具有自我特色的中国佛教。河南是中国最早传播佛教的地区之一,千百年来留下众多佛教文化遗存。这里,寺庙众多,佛塔林立,石窟璀璨,高僧济济,经声悠扬,佛香四溢。佛教文化已成为中原文化的重要组成部分。

发掘河南佛教文化资源,弘扬佛教优秀文化,是服务河南由文化资源大省向文化强省跨越的一项重要内容。李湘豫先生的《河南佛教塔寺文化漫谈》就是一次具体尝试。

关于河南佛教文化,人们对白马寺、少林寺、大相国寺、龙门石窟等耳熟能详。但若问:中国现存最古老的密檐式砖塔、中国现存唯一的琉璃砖花塔、中国现存最早最大的浮雕摩崖塔林、中国现存最古老的尼僧寺院、中国最早的麻风病医院在哪里?恐怕知道者寥寥。其实,她们都在河南,可谓"藏在深山人未识"。诸如此类的河南佛教文化中的"第一"与"源头",在湘豫先生的书中可以尽览无余。尤其是书后附录的《河南现存佛塔(遗迹)区域分布索引》《河南现存佛寺(遗迹)区域分布索引》《河南佛教文物古迹索引简表》等,内容全面,为河南佛教文化研究提供了翔实的资料,也为读者从整体上了解河南佛教文化遗存提供了真实的线索。

本书是湘豫先生博士论文的前期成果。他在查阅河南佛教文献时,深切地感到缺少能够集中反映河南佛教文化特色的普及读物,因此编著此书。我感到湘豫首先是个"勤奋人",干一行,专一行。湘豫从事宗教事务工作时间并不长,能够编著出这样一本书,说明他很勤奋,肯钻研。其次,我觉得他是个"有心人"。他在工作和学习中思考"文化强省"战略,立足本职岗位为弘扬中原文化做些力所能及的贡献,是个善于思考的"有心人"。最后,湘豫还是个"老实人"。本书中使用文献资料颇多,对于新文献和有著作权的文献,文中一一注明来源。这是一个懂得学术规范、尊重他人劳动成果的"老实人"。书中文字通俗流畅,在清新淡然的阅读中既了解了河南佛教文化,又增长了知识。

湘豫长期在县、乡基层工作,工作岗位变动后,又潜心学习宗教专业知识;在繁忙的行政事务之余,忙中偷闲,静心做文。作为老师,甚感欣慰。灯下披阅,着实让我喜自心来。我相信,读此书者亦会有同感。

2010 年 4 月 26 日

第一篇　河南塔寺文化概说

一、佛教的塔与寺

人们对佛教的初步认识或印象往往不是直接来自于佛教典籍,而是首先来自于对佛塔或佛寺的观览。佛塔的奇伟、佛寺的幽静给人们留下了深刻的印象。同时,当人们走进这些塔寺时,又会被塔寺所蕴涵的佛教文化所熏陶。佛塔和佛寺是佛教建筑艺术的代表,承载着丰富的佛教文化内涵,是我国最为宝贵的文化遗产之一。我们首先来了解一些关于佛教和塔寺的常识。

【佛教东传】

佛教是世界三大宗教之一。佛教起源于公元前6世纪的古印度,其创始人为释迦牟尼,即乔达摩·悉达多。佛教于公历纪元前后①由印度传入中国,经过长期的传播和发展,形成具有中国民族特色的中国佛教,并形成汉传佛教(汉语系)、藏传佛教(藏语系)和云南地区上座部佛教(巴利语系)三大体系。

佛教传入中国后,与中国传统文化相结合,逐渐发展成为中国文化的一个重要组成部分。佛教经过长期的经典传译、讲习、融化,与儒、道在思想方面也

---

① 学术界一般以汉明帝永平年间(58—75年)遣使西域,取回《四十二章经》为佛法传入中国之始。

发生了更多的融合①,逐步互相适应、改造而中国化,并且形成具有民族特色的各种学派和宗派,并远播朝鲜半岛和日本。

佛教带给东方的不只是宗教,还有佛教艺术。佛教艺术是一门综合性艺术,包括建筑——塔、寺等载体,包括雕塑、绘画和装饰图案等表现内容,此外,还有法器、供养器等造型艺术品。②

佛教艺术在中国历史的不同发展时期各具特色。长安、洛阳是佛教早期传播的中心,其地域内这个时期的塔寺建筑、佛像雕塑颇具规模。南北朝时期佛教盛行,帝王大都崇信佛教,佛寺建筑非常兴旺,这一时期还盛行"舍宅为寺"的功德活动,许多王侯贵族将宅第改建为佛寺。梁武帝把佛教作为国教,大兴寺庙,唐代杜牧的诗句"南朝四百八十寺,多少楼台烟雨中"就是这段史实的写照。南北朝时期反映洛阳佛寺兴衰的地方志《洛阳伽蓝记》描述:"招提节比,宝塔骈罗,争写天上之姿,竞模山中之影。"

隋唐的佛教艺术有了新的发展。隋统一后,隋文帝下诏在山岳胜景之地修建寺院,同时大力倡导佛寺的恢复与重建。大兴善寺作为国家执行佛教政策的重要寺院在都城建成。隋炀帝也极力推行保护佛教政策,在扬州建立了著名的慧日道场等。唐太宗即位后,下诏在全国建立寺刹,并在大慈恩寺设译经院。武则天更令各州设大云寺。唐代中国佛教鼎盛,名僧辈出,佛教信仰深入民间,创造了通俗的俗讲、变文等文艺形式。唐代佛教建筑、雕刻、绘画、音乐大大丰富了中国文化艺术。隋唐时期佛寺建筑经过唐武宗和周世宗两次"灭法"和后代的毁损,除个别殿堂如五台山南禅寺大殿外,没有完整寺院存留。五台山南禅寺,位于山西五台山西部边缘小营河东岸的一处土岗上,是我国现存古建筑中历史最久远的一座佛寺,被誉为中华古刹。

两宋时期对佛教采取较为宽容的政策。建隆元年(960年),行勤等157人赴印度求法,并镂雕大藏经版。太平兴国元年(976年)设立译经院,恢复了从唐代元和六年(811年)以来的佛经翻译工作。天禧五年(1021年),全国寺院

---

① 秦燕、张启勋编著:《中国思想文化概论》,西安:西北工业大学出版社,2002年版,页119。

② 季羡林主编,贾应逸、祁小山著:《印度到中国新疆的佛教艺术》,兰州:甘肃教育出版社,2002年版,页2。

近四万所,为北宋佛教发展的高峰。南宋虽偏安江南,佛教仍保持一定盛况。这时的佛教艺术,无论从表现内容还是艺术风格上来看,都已完全融合了中国文化和艺术。

元代的统治者崇尚藏传佛教,但汉传佛教中的禅宗、律宗等继续流传、发展,并在南方建立了为数众多的宝塔和寺院。明万历以后,袾宏、真可、德清、智旭四大家进一步发展了对内融会禅、教、律等宗学说,对外融通儒、释、道三家的风气,使佛教更加具有中国特色。明代中国化的佛教建筑逐渐成形,并成为以后佛教建筑的范模。清初,皇室崇奉藏传佛教,但至康熙年间,汉传佛教又呈现出活跃的气象。中国近代思想家康有为、谭嗣同、章太炎、梁启超等都受到佛学的影响,佛学思想曾是谭嗣同所建立的"仁学"体系的思想渊源之一。

作为中国佛教艺术的重要载体,美轮美奂的寺院、雄伟的佛塔、庄严的佛像、绚丽多彩的壁画,其文化内涵早已超出了宗教的界限,成了人们生活中的重要审美对象,成为全人类不朽的文化艺术遗产。

【佛教的塔】

塔是一种供奉或收藏佛舍利(佛骨)、佛像、佛经、僧人遗体等的高耸型点式建筑,又称"佛塔"、"宝塔"。①

塔是佛教的象征。佛塔起源于佛祖释迦牟尼圆寂后的建塔习俗,佛教认为建造佛塔可以积累功德。《摩诃僧祇律》卷第三十三中说:"尔时世人闻世尊作塔。持香华来奉世尊。世尊恭敬过去佛故。即受华香持供养塔。偈言:'百千车真金,持用行布施。不如一善心,华香供养塔'。"《佛说造塔功德经》谈到释迦牟尼佛向观世音菩萨讲建造佛塔的功德:"于无塔之处,建佛塔者,无论其形状是高大,还是微小;无论其高至梵天,还是小如针芒;无论其放置法藏十二部经,还是舍利发牙髭爪一分。其人功德如彼梵天一般。"所谓"救人一命,胜造七级浮屠"中七级浮屠指的就是七层塔。

佛塔建筑起源于印度。根据佛教文献记载,佛祖释迦牟尼涅槃后火化形成舍利,被当地八个国王收取,分别建塔加以供奉。公元纪元前后佛教传入我国时,梵文的 stupa 与巴利文 Thupo 曾被音译为"塔婆"、"佛图"、"浮图"、"浮屠"

---

① 杨永生主编:《中国古建筑全览》,北京:中国建筑工业出版社,1996年版,页364。

等,意为珍藏佛家的舍利子和供奉佛像、佛经的坟或冢。直到隋唐时,才统一为"塔"字。佛教作为一种文化现象从印度传来,经历了被中国本民族文化包容、融合再到发展的过程,最终与中国文化融为一体,佛塔文化亦是如此。

我国的古塔虽源于印度佛塔,但又有中国特色,有别于印度佛塔。塔随佛教一起传入中国后,印度佛塔的"窣堵坡"形式(半球形建筑)很快就与中国的楼阁形式结合起来,我国劳动人民先后吸收了古印度和尼泊尔的佛教艺术,融合了中国传统建筑精华而创造出了独具特色的中国式"塔"。《后汉书》卷七十三载,丹阳人笮融"大起浮屠寺。上累金盘,下为重楼,又堂阁周回,可容三千许人"。[1]所谓"上累金盘",就是塔的上部用金属按印度窣堵坡式样的缩影作刹;"下为重楼",即塔的下部用中国的多层楼阁式样为塔身。这就是我国早期佛塔塔型。唐宋之后,佛塔与中国本土建筑交流融合,逐步形成了楼阁式塔、密檐式塔、亭阁式塔、覆钵式塔、金刚宝座式塔、宝箧印式塔、五轮塔、多宝塔、无缝式塔等多种形态、结构各异的塔系,建筑平面从早期的正方形逐渐演变成了六边形、八边形乃至圆形,使用的材质也从传统的夯土、木材扩展到了砖石、陶瓷、琉璃、金属等材料。

佛塔以其独特的状貌,千百年来与我国特有的宗教文化和民族文化密切结合,成为中国建筑文化的重要组成部分。佛塔在中国各个历史时期的演变过程中,形成了各个时代的特性印记。各种极富建筑装饰美感的塔,与山川、河流、村落共同构筑了中华民族独特的人文意蕴,与周围的自然人文环境交相辉映,形成了独特的文化标志物。我国南北气候、土质的差异也派生出了各种风格、式样的佛塔,可以说在世界上也是绝无仅有的。在中国数以万计的古塔中,塔的形状、种类变化多端,每座塔都彰显出独特的、鲜明的个性色彩,除了群塔之外,很难找到两座完全相同的塔。[2]

佛塔多种多样,形式众多。按样式分,有覆钵式塔、龛塔、柱塔、雁塔、露塔、屋塔、无壁塔、喇嘛塔、方塔、圆塔、六角形塔、八角形塔、大塔、多宝塔、瑜只塔、

---

[1] [南朝宋]范晔:《后汉书》,北京:中华书局,1995年版,页2368。
[2] 于希贤、于涌、黄建军等:《旅游规划的艺术:地方文脉原理及应用》,重庆:重庆出版社,2006年版,页121。

宝箧印塔、五轮塔、卵塔、无缝式塔、楼阁式塔、密檐塔、金刚宝座式塔、墓塔、板塔、角塔等。按层级分,有三十七重塔、十七重塔、十五重塔、十三重塔、九重塔、七重塔、五重塔、三重塔等。按造型分,有楼阁式塔、密檐式塔、单层塔、喇嘛塔等。按藏物分,有舍利塔、发塔、爪塔、牙塔、衣塔、钵塔、真身塔、灰身塔、碎身塔、瓶塔、海会塔、三界万灵塔、一字一石塔等。按材质分,有砖塔、木塔、石塔、玉塔、沙塔、泥塔、土塔、粪塔、铁塔、铜塔、金塔、银塔、水晶塔、玻璃塔、琉璃塔、宝塔、香塔等。按排列状态分,有孤立式塔、对立式塔、排立式塔、方立式塔等。

中国佛塔的结构,一般由地宫、塔基、塔身、塔顶和塔刹组成。地宫位于塔基正中地面以下。塔基包括基台和基座。塔身逐渐演变为多层造型。塔刹在塔顶之上,通常由须弥座、仰莲、覆钵、相轮和宝珠组成,也有在相轮之上加宝盖、圆光、仰月和宝珠的塔刹。

我国现存的许多佛塔结构十分精巧,技艺非常高超,蕴涵着丰富的文化内涵。佛塔建筑所承载的不仅仅有宗教学、建筑学元素,更承载着我国的历史、民族、美学、哲学、地理、生态学等诸多文化元素,是探索和了解中国文化的重要媒介。中国佛塔已不再被单纯作为佛教的象征,而逐渐被赋予了更多的人文内涵。观塔游览、登塔赋诗俨然成为文人雅士的"必修课"。塔与山、塔与城市还逐渐融合,成为风景名胜的组成部分。北京北海白塔成为整个北海的风景构图中心;云南大理崇圣寺三塔是大理古城的标志;杭州西湖雷峰塔形成了西湖十景之一的"雷峰夕照"。下面介绍几处著名的古佛塔。

洪洞飞虹塔,矗立在山西洪洞县城东北霍山南麓的广胜寺,是国内现存最大的琉璃塔。塔中空,有踏道翻转,可攀登而上,设计十分巧妙,为我国琉璃塔中的杰作。清康熙三十四年(1695年)临汾盆地8级地震,此塔安然无恙。

登封嵩岳寺塔,是中国现存最早的密檐式砖塔。它无论在建筑艺术方面,还是在建筑技术方面,都是中国和世界古代建筑史上的一件珍品。

大理千寻塔,为云南大理三塔的主塔,位于大理市旧城西北的点苍山麓、洱海之滨。三塔为大理胜景,被称为大理古文化的象征。千寻塔高约69米,方形16级密檐式塔,与西安大雁塔、小雁塔同是唐代的典型建筑。

应县释迦塔,位于山西省朔州市应县城内西北佛宫寺内,俗称应县木塔。

建于辽清宁二年(1056年),金明昌六年(1195年)增修完毕。是我国现存唯一一座木结构楼阁式塔,也是世界现存最古老、最高大的全木结构高层塔式建筑。

西安大雁塔,又名大慈恩寺塔。唐高宗永徽三年(652年)玄奘法师为供奉从印度带回的佛像、舍利和梵文经典,在慈恩寺的西院建起一座五级砖塔,后在武则天长安年间改建为七级。大雁塔通高约65米,塔体为方形锥体,造型简洁,气势雄伟,是我国佛教建筑艺术中不可多得的杰作。

苏州虎丘塔,虎丘位于苏州古城西北郊外,相传春秋时吴王夫差葬其父阖闾于此。虎丘塔建于宋建隆二年(961年),为七级八角砖塔,高约48米。由于地基的原因,塔身向西北方向倾斜,被喻为"中国比萨塔"。

杭州六和塔,位于西湖之南、钱塘江畔月轮山上。北宋开宝三年(970年)杭州为吴越国国都,国王为镇住钱塘江潮水,派僧人智元禅师建塔,取佛教"六和敬"之义,命名为六和塔。现在的塔身重建于南宋,高约60米,建造风格独特,塔内部砖石结构为七级,外部木结构为八角十三级。

苏州报恩寺塔,位于苏州市报恩寺中,又称北寺塔。传始建于三国吴,南宋绍兴二十三年(1153年)改建成八角九级宝塔。塔高约76米,号称"吴中第一古刹"。报恩寺塔是中国楼阁式佛塔的典型代表。

开封铁塔,位于河南省开封城内东北隅,是中国现存最早最高的琉璃塔。开封铁塔以精湛绝妙的建筑艺术和雄伟秀丽的身姿驰名中外,被誉为"天下第一塔"。

【佛教寺院】

佛教寺院是中国佛教建筑的主要类型,又称寺刹、精舍、道场、伽蓝、丛林等。寺院是佛教出家人进行宗教活动的场所,是供奉佛像、举行佛教礼仪、居住僧侣的地方,后来逐步发展为具有多种综合功能的建筑群。①

佛教寺院最早出现于印度。我国早期佛寺建筑,布局大致沿袭印度样式,后来逐渐融入民族风格,主要用木材搭建。佛教寺院主要有都市型和山林型两种,建筑艺术各具特色。都市型佛寺一般规模较大,中心突出,布局规整对称,

---

① 寺的本义是指古代官署名。在汉代,寺原为中央与地方的政事机关,如太常寺、鸿胪寺。后逐渐称僧侣的居所为寺。唐代将佛教建筑称为"院"。

风格华贵富丽,整饰宏伟严肃;山林型佛寺多建在名山胜境之处,与自然环境密切结合,建筑内容和布局较为灵活,甚至和塔林、摩崖石窟造像等结合在一起,更具有自然天成、风景秀丽、幽静神秘的艺术效果。①

许多佛教寺院坐落于名山胜境,其特有的宗教氛围与自然风景有机结合,形成极具特色的文化景观。中国人追求人与自然的和谐,遵循最佳生态环境、完美景观和心理空间统一协调的原则。佛教建筑具有极大的融和性,佛教寺院巧妙地利用山体形态,借助自然景观的要素,展现了清幽、寂静、安详、平和的功效,是自然景观与人文景观的完美结合,使生存环境与文化心理相得益彰,展示了人与自然的和谐状态,体现了人与自然的和谐关系。人与自然的友善关系,在佛教寺院中运用得亲密无间。

佛寺兴衰时有消长。东汉时,洛阳白马寺成为佛教传入中国后官办的第一座寺院,其后兴起了建业建初寺,武昌昌乐寺、慧宝寺,金陵保宁寺、苏州通玄寺、扬州化城寺、四明德润寺等大批寺院。西晋初年,京洛一带盛行建造寺塔和雕刻各种佛教图像,达官贵人争相舍弃旧宅建造寺塔。文献记载梁朝有寺2800多座,北魏有寺院万余座,北齐的寺院达到40000余座。至北魏太武帝及北周武帝灭佛,寺院遭严重损坏。隋统一后,重兴佛寺,重要寺院达3800余所。唐代崇佛灭佛交替出现,唐初建寺风气盛行,会昌五年(845年)唐武宗毁天下佛寺4600余所。至五代,后周世宗于显德二年(955年)再次禁止私度僧尼,并废无敕额寺院3000余所。宋代禅宗盛行,且立五山十刹之制。五山十刹,又作五岳十刹、五岳十山,略称列岳,即指中国官寺制度中最高与次高的寺院。元、明二代为区别寺刹,按照禅、教、律分成禅寺、讲寺、教寺三类。② 禅寺即从事禅宗的寺院,讲寺即从事经论研究的寺院,教寺即从事世俗教化的寺院。到了清代,寺院虽多遭战乱所毁,但现存者仍有不少。

每一座佛教寺院,都由众多高大庄严的系列殿堂组成。这里以汉传佛教寺院风格,来谈一谈其典型结构。汉传佛教寺院的风格是:因地制宜,布局规范,

---

① 刘凤君:《美术考古学导论》,济南:山东大学出版社,1995年版,页363。
② 陈荣富:《文化的演进:宗教礼仪研究》,哈尔滨:黑龙江人民出版社,2004年版,页258。

规整对称。现存的汉传佛教寺院,多数为明清两代重建或新建,尚存数千座,遍及全国。

殿堂,或称殿,或称堂,是中国佛寺中重要屋宇的总称。殿是奉安佛、菩萨像以供礼拜祈祷的处所,堂是供僧众说法行道等用的地方,殿堂的名称即依所安尊者及其用途而定。安置佛、菩萨像者,有大雄宝殿(一般称为大殿)、毗卢殿、三圣殿、弥勒殿、观音殿、韦驮殿、金刚殿、伽蓝殿等。安置遗骨及法宝者,有舍利殿、藏经楼(阁)、转轮藏殿等。安置祖师像者,有开山堂、祖师堂、影堂、罗汉堂等。供讲经集会及修道等用者,有法堂、禅堂、板堂、学戒堂、忏堂、念佛堂、云水堂等。其他供日常生活、接待用者,有斋堂(食堂)、客堂、寝堂(方丈)、茶堂、延寿堂(养老堂)等。

山门,是指寺院正面的楼门。通常寺院为了避开市井尘俗而建于山林之间,因此称山号、设山门。山门又为寺院的别名。寺院一般有三个门,所以又称"三门",象征"三解脱门",即"空门"、"无相门"、"无作门"。今天的寺院或仅有一门,也可称之为三门。这三座门常盖成殿堂式,或至少中间的一座盖成殿堂式,叫"山门殿"或"三门殿",殿内塑两大金刚力士像。金刚力士是手执金刚杵守护佛法的护法神,其形象一般都是面貌雄伟,作忿怒相,头戴宝冠,上半身赤裸,手执金刚杵,两脚张开。所不同者,左像怒颜张口,以金刚杵作打击之势;右像忿颜闭口,平托金刚杵,怒目睁视。

正殿,即大雄宝殿,俗称"大殿",是供奉佛祖释迦牟尼佛像的大殿。大雄是佛的德号,是对佛的尊称。大者,是包含万有的意思;雄者,是摄伏群魔的意思。因为释迦牟尼佛具足圆觉智慧,能雄镇大千世界,因此佛门弟子尊称他为"大雄",指佛有大力,能降伏"烦恼魔"、"五阴魔"、"死魔"、"自在天魔"等"四魔"。[①] 宝殿的宝,是指佛、法、僧三宝。大雄宝殿是整座寺院的核心建筑,也是僧众朝暮集中修持的地方。

大雄宝殿中的释迦牟尼佛像主要有三种造型姿势。第一种是结跏趺坐,左

[①] 《法华经·涌出品》曰:"善哉善哉,大雄世尊。"《法华经·授记品》云:"大雄猛世尊,诸释之法王。"新译《华严经》卷四《世主妙严品》云:"如来智慧不思议,悉知一切众生心,能以种种方便力,灭彼群迷无量苦。大雄善巧难惶,凡有所作无空过。"

手横置左足上,名为"定印",表示禅定的意思;右手直伸下垂,名为"触地印",表示释迦牟尼在成道以前的过去生中,为了众生牺牲了自己的一切,这些唯有大地能够证明,因为这些都是在大地上做的事。这种姿势的造像,名为"成道相"。第二种是结跏趺坐,左手横置左足上,右手指分别上屈作环形名为"说法印",表示佛说法的姿势。这种姿势的造像,名为"说法相"。第三种是立佛,左手下垂,右手屈臂向上伸,名为"栴檀佛像",传说是佛在世时印度优填王用栴檀木按照佛的面貌身形所作。手下垂名为"与愿印",表示能满众生愿;手上伸名为"施无畏印",表示能除众生苦。大雄宝殿释迦牟尼佛像旁一般塑有两位比丘塑像,是佛的两位弟子。年老的名叫"迦叶尊者",中年的叫"阿难尊者"。佛涅槃以后,迦叶尊者继领徒众。后世称二人为二祖。大殿中的这组造像,一般称为"一佛两弟子"。

法堂,亦称讲堂,是佛教演布大法的地方,位于正殿的后方、方丈的前方。法堂在佛寺中是仅次于大殿的主要建筑。法堂的特点是:除一般性的安置佛像外,在堂中设法座、钟鼓。法座供演说佛法之用。钟在左鼓在右,供上堂说法前击钟鸣鼓所用。法座后挂象征释迦牟尼佛说传道的图像。法座之前置讲台,台上供小佛坐像以象征听法诸佛,下设香案。

方丈,是佛寺住持的居处,亦曰堂头、正堂。《维摩诘经》载,身为菩萨的维摩诘居士,其卧室一丈见方,但能广容大众。禅寺比附此说,故名。① 唐释道世《法苑珠林·感通篇》载:"吠舍厘国宫城周五里,宫西北六里有寺塔,是维摩故宅基。尚多灵神,其舍垒砖。传云:积石即是说法现疾处也。""唐显庆年中,敕差卫尉寺承李义表前融州黄水令王玄策往西域充使。至毗耶黎城东北四里许,维摩居士宅示疾之室,遗址叠石为之,王玄策躬以手板纵横量之,得十笏,故号方丈。"

此外,有的寺院设罗汉堂,有的寺院还有地藏殿、文殊殿、普贤殿、禅堂(念佛堂)和藏经阁(楼),有的寺院院中或前后有佛塔,等等。

下面推介几处著名佛寺:

---

① 《佛学大辞典》中载:方丈,(堂塔)禅林之正寝,住持之住所也,故称寺主曰方丈,因其住于此也。一说维摩诘居士之石室,四方有一丈,丈室之名,始基于此。

白马寺，位于河南省洛阳市城东，创建于东汉永平十一年(68年)，为佛教传入我国后官方营造的第一座寺院，亦称为中国佛教祖庭。

少林寺，位于河南省登封县城西北，始建于北魏太和十九年(495年)，为中国禅宗祖庭。

相国寺，位于河南省开封市内，建于北齐天保六年(555年)。寺内存清代巨钟一口，重达万余斤。

灵隐寺，位于浙江杭州西湖侧，始建于东晋咸和元年(326年)。印度僧人慧理来到中国传教，因此处景色奇幽，以为是"仙灵所隐"，就在当地建立寺院，取名为"灵隐"。五代时吴越国王钱俶笃信佛教，对灵隐寺的建设倍加关心。当时灵隐寺达到了九楼、十八阁、七十七殿堂、僧众三千的规模，成为江南地区的佛教名刹。

寒山寺，位于江苏省苏州市城西阊门外枫桥镇，坐东朝西，门对古运河。寒山寺相传始建于梁武帝天监年间(502-519年)，初名"妙利普明塔院"。唐贞观年间，传说当时的名僧寒山和拾得从天台山来此做住持，遂改名寒山寺。寒山寺因唐朝诗人张继的《枫桥夜泊》而闻名中外："月落乌啼霜满天，江枫渔火对愁眠。姑苏城外寒山寺，夜半钟声到客船。"

隆兴寺，位于河北省正定县，始建于隋开皇六年(586年)，是国内现存时代较早、规模较大而又保存完整的佛教寺院之一。隆兴寺原是十六国时期后燕慕容熙的龙腾苑，隋文帝开皇六年(586年)在苑内改建寺院，初名龙藏寺，唐改额龙兴寺。宋开宝四年(971)年，宋太祖赵匡胤下令扩建龙兴寺。清康熙、乾隆年间两次增建，并改名为隆兴寺。寺内有隋、宋、金、元、明、清以来的历代碑刻，多为书法艺术珍品。

卧佛寺，位于北京市海淀区西山寿安山东麓，始建于唐代贞观年间(627~649年)。卧佛寺原名兜率寺，又名寿安寺，以后历代有废有建，寺名也随朝代变易有所更改。清雍正十二年(1734年)重修后改名为普觉寺。因自唐代寺内就有檀木雕成的卧佛，元代寺内又铸造了一尊巨大的释迦牟尼涅槃铜像，故称

"卧佛寺"。①

今天,佛教寺院已不再是单一的弘法场地,其功能日趋多样化,传法教育、美化环境、维护生态平衡、保存传统文化等功能逐渐明确并得以巩固。中国佛教寺院的建筑、雕塑、绘画,不仅深刻体现了我国建筑艺术之美、造型艺术之美,同时,它与其所蕴涵的历史、所体现的文化特质,共同构成了斑斓壮阔的文化画卷。

---

① 黄勇、张景丽、金昌海主编:《新编中国大百科全书 A 卷考古文博(图文版)》,延吉:延边大学出版社,2005年版,页76—77。

二、河南佛教与塔寺

【佛教在河南】

中原文化具有根源性、原创性、包容性、基础性和辐射性等显著特点,博大精深的中原文化为中华宗教文化的生成与发展提供了丰厚的沃土与精深的营养。中华民族传统文化的一个重要特点就是儒、释、道"三教合流",其中"释"(即佛)、"道"都属于宗教文化,其繁荣发展都与河南息息相关。①

河南地处中原,长期处于全国政治、经济、文化的中心。河南是中华文明的主要发源地之一,也是佛教在我国内地传播最早的地方之一,河南佛教在中国佛教历史上具有极其重要的地位。

河南拥有中国佛教史上的诸多第一。两汉之际,印度佛教传入中国,洛阳修建了中国最早的官办佛教寺院——白马寺,白马寺也被尊称为佛教"释源"和"祖庭"。在这里,佛教在中国落地生根,发扬光大,并继而走出了它的丰富与多彩。河南产生了许多佛教宗派。登封少林寺是我国第一座佛教禅宗寺院;光山净居寺是天台宗的发源地;固始妙高禅寺是临济宗大悟山派的开山祖庭;宝丰香山寺是我国五大菩萨道场之一。登封永泰寺是佛教禅宗传入中国后第一座尼僧寺院。卫辉香泉寺是我国最早的麻风病医院,开中国佛教慈善医疗之先河。

中国佛教的译经事业也开始于河南。洛阳、开封、安阳、许昌是四大佛经译场,历史上许多著名的中外译经师曾在这里译经传道。中国第一部汉文佛经——《四十二章经》在河南译出,佛教的其他经典,如《禅经》、《阿毗昙经》、《初期菩萨乘》、《律戒》、《释迦牟尼佛传》、《大乘》、《小乘》等,均在河南首译。

佛教戒坛传戒形式的创制始于河南。第一个受戒、第一个西行求法的僧人

---

① 徐光春:《中原文化与中原崛起》,郑州:河南人民出版社,2007年版,页21。

朱士行是河南颍川(今河南禹州市)人。中国第一大翻译家、被列为世界文化名人的玄奘法师故里在河南洛阳缑氏县(今河南偃师市)。洛阳阿潘是中国第一个比丘尼。唐代僧人一行,魏州昌乐(今河南南乐县)人,发明了世界上最早的自动计时器,提出了"恒星自行说",首次举行了子午线实测活动。① 河南有众多的佛教寺院。河南许多民间习俗和群众思想意识都体现出佛教文化传统及其思想影响的印迹。②

中原佛教建筑历史积淀深厚,艺术价值十分突出。少林寺塔林是中国现存最大的古塔林;嵩岳寺塔是中国现存最古老的密檐式砖塔;龙门石窟为中国开凿时间最长,窟龛数目、雕像数目、造像题记最多的石窟;巩义石窟寺保留了全国最为完整、面积最大的帝后礼佛图。③

【河南佛塔】

中原地区是中国佛教的发祥地,在孕育和催发中国佛教的过程中,发挥了巨大的作用。中原大地留下了非常丰富的文物古迹,向世人诉说着中华文明的光辉历程。根植于这片土地的寺院、佛塔、石窟造像、石刻、绘画等佛教遗迹品类繁多,光彩耀目,勾勒了佛教在河南的产生和发展的轨迹。④ 佛教传入我国后,佛教建筑文化经过不断的发展和演化,为中国的建筑文化增添了一项重要类型,成为中国传统建筑文化极其重要的组成部分。⑤

河南佛塔在中国佛教史和建筑史上的地位十分突出。"在中州宗教建筑中,构筑之奇特、造型之美妙、分布之广泛、数量之多的,还要数佛教宝塔。"⑥东汉永平十二年(69年),洛阳白马寺内建造的大型木塔为我国历史上最早的佛塔。西晋太康六年(285年),在洛阳建造的三层砖塔,为我国已知文献记载的

---

① 徐光春:《中原文化与中原崛起》,郑州:河南人民出版社,2007年版,页269—270。
② 邵文杰总纂:《河南省志·第九卷·宗教志》,郑州:河南人民出版社,1993年版,页8—15。
③ 李邦儒、徐干祥:《整合河南佛教文化资源的五条建议》,见李邦儒:《中原佛教文化初探》,呼和浩特:内蒙古人民出版社,2008年版,页172—179。
④ 释明乘:《从中原佛教遗迹探讨河南佛教发展轨迹》,《天中学刊》1995年第2期,页1—5。
⑤ 梅腾:《河南佛教寺院建筑初探》,2007年郑州大学硕士论文,页8。
⑥ 张志孚、何平立:《中州文化》,沈阳:辽宁教育出版社,1998年版,页254。

最早的砖质塔,开启了我国建造砖石塔的先河。①

河南现存古塔的数量和文物价值等均居全国首位。河南宝塔林立,现存有千余座古塔,约占全国古塔总数的六分之一,为全国各地古塔数量之最,早期塔之多,全国罕见。如:我国现存最早的密檐式砖塔——登封嵩岳寺塔,现存最早的双石塔——安阳灵泉寺双石塔,现存最早的八角形砖塔——登封净藏禅师塔,现存最早最高的琉璃塔——开封祐国寺塔。此外,安阳修定寺塔是我国现存唯一的琉璃花塔,安阳天宁寺塔为我国现存古塔中罕见的倒塔实例。登封永泰寺唐塔和法王寺唐塔造型相类,砖泥结构,形态优美。开封繁塔建筑奇特,佛雕精湛,具有极高的历史、科学、艺术价值。原阳玲珑塔是一座富有民族建筑风格的楼阁式斜塔。

河南不但大型古代佛塔多,而且古塔林也多。登封少林寺塔林,是少林寺历代和尚的墓地,现存各代墓塔230余座,为我国现存最大的古塔林。汝州风穴寺塔林,现存元、明、清时期的各类古塔70余座,为我国第三大塔林。此外,还有博爱月山寺塔林、南召丹霞寺塔林、宜阳灵山寺塔林等十四处中小型塔林。河南现存的塔林数量和塔林中的古塔数量,都是全国最多的。②

【河南佛寺】

佛教的传入对中国历代政治、经济、文化、艺术和社会生活产生了很大影响。近两千年来,从译经建寺到开凿石窟,河南留下了许多佛寺建筑和石窟。

河南佛教寺院地域分布十分广泛,并形成了以古时洛阳、开封为中心的两大佛教寺院分布区,规模之大、数量之多,在全国首屈一指。河南佛寺的地域分布状况,与当时的政治、经济、文化和贸易交通等因素密切相关。洛阳是西汉之后多个朝代的都城,自汉明帝永平年间白马寺建立,桓、灵以来佛寺不断扩展。曹魏、西晋时期,洛阳佛寺尤为众多。北魏皇家笃信佛教,迁都洛阳,广建佛寺1000余所。唐代,东都洛阳所建佛寺至多,位列当时第二大佛都。北宋时期,开封佛教进入发展高潮。据《东京梦华录》和《汴京遗址志》记载,北宋时东京

---

① 杨焕成:《河南古建筑撷英》,《文物建筑》第1辑,北京:科学出版社,2007年版。
② 杨焕成:《河南古建筑撷英》,《文物建筑》第1辑,北京:科学出版社,2007年版。

寺院达80多所,其中大相国寺、开宝寺、太平兴国寺、天清寺等均为天下名刹。①

根据陈鸣先生《中国宗教园林的文化意义》②的研究,中国的佛教寺院先后经历了都市型阶段、山林型阶段、园林型阶段。河南佛教寺院按照所处地理位置,主要分为都市型寺院和山林型寺院。都市型寺院,主要分布于河南三大都市佛寺中心:洛阳、开封、安阳,其特点是规模大,地位高。山林型佛教寺院主要分布在山清水秀、风水极佳的山麓,如登封、南阳山区,其特点是气势宏大,保存较好。

河南佛教寺院积淀了丰厚的文化内涵。登封嵩山南麓玉柱峰下法王寺,为印度高僧摄摩腾、竺法兰译经讲经处,建于汉明帝永平十四年(71年),比洛阳白马寺晚三年,保留有古塔、古树及石刻等文物。汝州风穴寺依山而建,高低错落有致,为一处包括唐宋元明清各代建筑的古代建筑群,寺内历代碑刻对研究中国佛教史极有价值。登封少室山五乳峰下初祖庵,是纪念达摩面壁的一座寺院,建于北宋宣和七年(1125年),初祖庵大殿是河南现存唯一的北宋木结构建筑,也是现存宋代建筑中同《营造法式》所反映的北宋后期官式建筑最接近的实例。温县慈胜寺为五代时创建的古建筑群。浚县大伾山东麓天宁寺创建于北魏太和年间,现存建筑均为明清遗物。登封会善寺高僧辈出,元同禅师、净藏禅师、一行和尚等皆名满天下,寺西还有著名的唐代净藏禅师塔。襄城南首山北麓乾明寺,曾有"中州第一丛林"之称。目前,河南各县市佛教寺院还有300余座,各具特色,具有十分重要的文化价值。

---

① 梅腾:《河南佛教寺院建筑初探》,郑州大学硕士论文,2007年,页35。
② 《宗教》1981年第2期。

第二篇　河南佛塔与文化

一、中国现存最早的密檐式砖塔
——登封嵩岳寺塔

印度佛塔与我国民族建筑相结合，衍生出形态各异、多姿多彩的中国古塔。根据梁思成先生的佛塔分类标准，中国佛塔的建筑形态可分为楼阁式、密檐式、亭阁式、花式、覆钵式、金刚宝座式以及复合式等几种。楼阁式塔来源于中国传统建筑中的楼阁。楼阁式塔在中国古塔中的历史最悠久、体形最高大、保存数量最多，是汉民族文化所特有的佛塔建筑样式。现存著名的楼阁式古塔有西安大雁塔、山西佛宫寺释迦塔（应县木塔）、广州六榕寺花塔、上海龙华塔和开封祐国寺琉璃塔（开封铁塔）等。

登封嵩岳寺塔

密檐式砖塔体现了中国古代砌体结构的成就。密檐式塔是由楼阁式的木塔向砖石结构发展时演变出来的，在中国古塔中的数量和地位仅次于楼阁式塔。密檐式塔第一层高大,而第一层以上各层之间的距离则特别短,各层的塔檐紧密重叠着。塔身的内部一般是空筒式的,不能登临眺览;有的密檐式塔在制作时就是实心的;即使在塔内设有楼梯可以攀登,而内部实际的楼层数也要远远少于外表所表现出的塔檐层数。富丽的仿木构建筑装饰大部分集中在塔身的第一层。现存密檐式塔的数量仅次于楼阁式塔,二者加起来则占了我国现存古塔的绝大多数。现存著名的密檐式塔有西安小雁塔、登封嵩岳寺塔、北京天宁寺塔等。登封嵩岳寺塔是我国现存最早的密檐式砖塔。①

嵩岳寺,又名大塔寺,位于郑州市登封西北太室山南麓,始建于北魏永平二年(509年),是中岳嵩山的一座历史悠久、规模宏大的寺院。嵩岳寺最早是北魏皇室的一座离宫,后改建为佛寺。嵩岳寺建筑宏伟雄壮,四周遍植松柏,其庙门宛若城阙,上额"峻极于天",乃乾隆御笔。寺中有高楼,称为天中阁。

嵩岳寺塔是北魏古刹嵩岳寺的重要组成部分,建于北魏时期。② 据唐朝李邕所撰《嵩岳寺碑记》载:"嵩岳寺者,后魏孝明帝之离宫也。正光元年,榜闲居寺……十五层塔者,后魏之所立也。拔地四铺而耸,凌空八相而圆。""十五层塔",在全国现存古塔中是少有的,"凌空八相而圆",在唐以前绝无仅有,系第一批全国重点文物保护单位。

嵩岳寺塔为砖砌单筒体结构,由塔基、塔身和塔刹组成,高约40米。塔身第一层平面正十二边形,二层以上塔室平面为正八边形。塔室底层宽约7米,开东、西、南、北四门,砖塔壁厚约2米。塔身建十五层叠涩檐,每两檐间距很近,檐间砌有矮壁,壁上砌拱形门与棂窗。塔刹由宝珠、相轮和莲花式覆钵等组成。

在中国现存的数百座砖塔中,嵩岳寺塔是唯一的一座十二边形平面的塔,是中国现存古塔中的孤例。③ 林徽因曾赞:"在唐以前的,惟有嵩山嵩岳寺塔平面作十二角形,这十二角形平面,不惟在唐以前是例外,就是在唐以后,也没有

---

① 杨育彬、孙广清:《河南考古探索》,郑州:中州古籍出版社,2002年版,页64。
② 叶献国主编:《建筑结构选型概论》,武汉:武汉理工大学出版社,2003年版,页16。
③ 陈国生、王勇主编:《中国旅游资源学教程》,北京:对外经济贸易大学出版社,2006年版,页100。

第二个,所以它是个例外之最特殊者,是中国建筑史中之独例。"①

嵩岳寺塔在结构、造型方面是一座极有学术价值的古建筑。它不仅是一件完美的艺术品,而且是中印古代佛教建筑艺术相融合的早期实物见证。我国早期佛塔建筑受古印度塔的影响较大,嵩岳寺塔塔身各部为"宝箧印经塔"式样,并做出火焰形尖拱等,具有明显的古印度犍陀罗艺术风格。

嵩岳寺塔所藏文物颇丰。地宫发掘有70余件藏品,其中雕塑造像12件。一件红砂岩造像背面有"大魏正光四年"(523年)造像记。地宫北壁有唐开元二十一年(733年)墨书题记一方。塔刹内有两座天宫,分别位于宝珠中部和相轮中,出土了银塔、瓷瓶、舍利罐、舍利子等。

附:《嵩岳寺碑记》②

凡人以塔庙者,敬田也,执于有为;禅寂者,慧门也,得于无物:今之作者,居然异乎!至若智常不生,妙用不动,心灭法灭,性空色空,喻是化城,竟非住处。所以平等之观,一洗于有无;自在之心,大通于权实。导师假其方便,法雨任其根茎,流水尽纳于海,聚沙俱成于佛道:大矣广矣,不可得而谈也。嵩岳寺者,后魏孝明帝之离宫也。正光元年,榜闲居寺,广大佛刹,殚极国财。济济僧徒,弥七百众;落落堂宇,寯一千间。藩戚近臣,逝将依止;硕德圆戒,作为宗师。及后周不祥,正法无绪,宣皇悔祸,道叶中兴,明诏两京,光复二所,议以此寺为观,古塔为玄。八部扶持,一时灵变,物将未可,事故获全。隋开皇五年,隶僧三百人,仁寿一载,改题嵩岳寺,又度僧一百五十人。逮豺狼恣睢,龙象凋落,天宫坠构,劫火潜烧,唯寺主明藏等八人,莫敢为尸,不暇匡补。且王充西拒,蚁聚洛师。文武东迁,凤翔岩邑,凤承羽檄,先应义旗,免粟供军,悉心事主。及傅奕进计以元嵩为师,凡曰僧坊,尽为除削,独兹宝地,尤见褒崇,实典殊科,明敕存及,不依废省,有录勋庸,特赐田碾双。代有都维那惠果等,勤宣法要,大壮经行,追思前人,仿佛

---

① 梁从诫选编:《林徽因文集·建筑卷》,天津:百花文艺出版社,1999年版,页124。
② 《欧阳修集》卷一三九:唐李邕《嵩岳寺碑》(开元二十七年),唐淄州刺史李邕撰,胡英书。英之书世所重也。其文云"寺,后魏孝明帝之离宫,初名闲居寺,仁寿二年改为嵩岳寺也"。

旧贯。

十五层塔者,后魏之所立也。拔地四铺而耸,凌空八相而圆,方丈十二,户牖数百,加之六代禅祖,同示法牙,重宝妙庄,就成伟丽;岂徒帝力,固以化开。其东七佛殿者,亦曩时之凤阳殿也。其西定光佛堂者,瑞像之庱止。昔有石像,故现应身,浮于河,达于洛,离京毂也。万辈延请,天柱不回,惟此寺也,一僧香花,日轮俄转。其南古塔者,隋仁寿二年。置舍利于群岳,以抚天下,兹为极焉。其始也,亭亭孤兴,规制一绝;今兹也,岩岩对出,形影双美。后有无量寿殿者,诸师礼忏诵念之场也,则天太后护送镇国金铜像置焉。今知福利所资,演成其广:珠幡宝帐,当阳之铺有三;金络花□,备物之仪不一:遥楼者,魏主之所构也。引流插竹,上激登楼,菱镜漾于玉池,金虬飞于布水。食堂前古铁钟者,重千斤,函二十石,正光年中寺僧之所造也。昔兵戎孔殷,寇攘偕作,私邑窃而为宝,公府论而作仇。后有都维那惠登,发夕通梦,迟明独往,以一己之力,抗分众之徒,转战而行,窜昏而至:虽神灵役鬼,风雨移山,莫之捷也。西方禅院者,魏八极殿之余址也。时有还禅师,坐必居山,行不出俗,四国是仰,百福攸归,明准帝庸,光启象设。南有辅山者,古之灵台也。中宗孝和皇帝诏于其顶,追为大通秀禅师造十三级浮图,及有提灵庙,极地之峻,因山之雄,华夷闻传,时序瞻仰。每至献春仲月,讳日斋辰,雁阵长空,云临层岭,委郁贞柏,掩映天榆,迢进宝阶,腾乘星阁,作礼者便登师子,围绕者更摄蜂王,其所由焉,所以然矣。

若不以达摩菩萨传法于可,可付于璨,璨受于信,信忞于忍,忍遗于秀,秀钟于今和上寂。其枕倚也。阴阳所启,居四岳之宗;其津染也,密意所传,称十方之首:莫不佛前受记,法中出家,湛然观心,了然见性。学无学,自有证明;因非因,本来清净。开顿渐者,欲依其根;设戒律者,将摄乎乱:然后微妙之义,深入一如;广大之功,遍满三界。则知和雅所训,皆荷法乘;慈悲所加,尽为佛子。是以无言之教,响之若山;不舍之檀,列之如市。则有和上任寺主坚意者,凭信之力,统僧之纲,崇现前之因,鸠最后之施,相与上座崇泰、都维那昙庆等,至矣广矣,经之营之。身田底平,福河流注,今昔纷扰,杂事伙多。是以功累四朝,法崇七代,感化可以函灵应,缘起所以广元河。故得尊容赫曦,光联日月,厦屋宏敞,势麎山川,回向有足度四生,镇重有足安万国,岂伊一邱一壑之异,一水一石之奇,禅林玲珑,曾深隐见,祥河皎洁。丹澄明而已哉?咸以为表于代者,业以成形;藏于密者,法亦无相,非文曷以陈大略?非石曷以示将来?命道奂禅师,千里求蒙,一言书事,专精每极。临纸屡空,丑迷津之未悟,期法主之可通。其词曰:西域传,耆旧山。南部洲,嵩岳寺,达摩传法于兹地。天之柱,帝之宫,赫奕奕兮飞九空。禅之门,觉之径,密微微兮通众圣。镇四国,定有力,开十方,慧有光,立丰碑之隐隐,表大福之穰穰。

二、中国现存最早的八角形砖塔
——登封净藏禅师塔

中国古塔的造型在中唐之前均为平面方形,六角形、八角形塔开始出现在晚唐。登封净藏禅师塔建于唐天宝五年(746年),是我国现存最早的八角形砖塔①,也是唐塔中极少见的八角形平面的亭式塔,可谓中国之最。

净藏禅师塔位于郑州市登封西北会善寺西侧。为埋葬寺内高僧净藏禅师,唐天宝五年,僧众于会善寺西山坡下建墓塔。

净藏禅师塔是一座平面八角形单檐仿木构的砖塔,塔坐北向南,高约9.5米,下有高大的基台和较低的须弥基座。塔身八角各砌角柱,柱下连以横木,上连阑额,柱头上砌斗拱,阑额上有人字拱。塔正面辟圆券门,两侧面有假门。塔身背面嵌塔铭一方,记述净藏禅师的生平。塔身的其余四面,均雕假棂窗。塔身以上为叠涩砖檐,塔顶由须弥座和山花蕉叶等组成刹座,塔刹以石雕成火焰宝珠。

登封净藏禅师塔

---

① 邬学德、刘炎主编:《河南古代建筑史》,郑州:中州古籍出版社,2001年版,页131。

净藏禅师塔造型体现出唐代精湛的建筑工艺与时代特征,为研究佛教建筑艺术和碑刻艺术提供了极其珍贵的资料,是不可多得的建筑瑰宝。净藏禅师塔是四方形塔向八角塔转化的一个里程碑,梁思成认为它是现存唐代唯一的八角形塔:"隋唐现存佛塔平面均四方形……然在唐代则仅此一例而已。"[1]同时,唐代木构建筑遗存至今无一存世,净藏塔禅师作为仿木构的砖塔,为研究唐代木构建筑提供了珍贵的实物资料。净藏禅师塔结构的特殊性由此可见一斑,系全国重点文物保护单位。

净藏禅师塔所在的会善寺,原为北魏孝文帝(471—499年在位)离宫,正光元年(520年)复建闲居寺,后隋文帝赐名会善寺。武则天巡幸此寺时拜道安禅师为国师,赐名安国寺,并置镇国金钢佛像于寺内。唐代增建殿宇、戒坛、塔,规模宏大,高僧辈出,元同、净藏及天文学家一行等皆出于该寺。五代时于嵩山琉璃戒坛纳法,又名"封禅寺",后梁时废。宋太祖开宝五年(972年)赐名"嵩岳琉璃戒坛"、"大会善寺"。元代至元年间(1264—1295年)又赐名"万寿禅寺"。

会善寺寺西山坡上原有唐代名僧一行禅师创建的琉璃戒坛,毁于五代,今存唐代残石柱两根,柱面雕天王像,柱础雕鬼怪神兽。寺西有唐净藏禅师塔,西南和东南有清代砖塔五座。寺内现存的主要碑刻有北齐《会善寺碑》、唐《道安禅师碑》、《会善寺戒坛记》等,具有重要的书法艺术价值和历史文献价值。

净藏禅师是唐代著名高僧,为禅宗六祖慧能的弟子,在会善寺致力于禅宗的传播,使嵩山禅宗重新发扬光大,因而被尊为禅宗七祖。净藏禅师塔的塔铭《嵩山□□□故大德净藏禅师塔铭并序》,介绍了净藏禅师的生平事迹,记述了其门人弟子修塔经过。

附:《嵩山□□□故大德净藏禅师塔铭并序》(《金石萃编》卷八十七)

大师讳藏,俗姓(阙),济阴郡人也。十九出家,六岁持诵《金刚》、《般若》、《楞伽》、《思益》等经,写瓶贯延,讽味精纯。来至嵩岳,遇安大师,亲承诺问,十有余年。大师化后,遂往韶郡,诣能和上,诹元问道,言下流涕。

遂至荆南,寻睹大师,亲承五载,能遂印可付法,传灯指而兆归。至大

---

[1] 梁思成:《中国建筑史》,天津:百花文艺出版社,2005年版,页518。

雄山玉像兰若,一从栖寓,三十余周,名闻四流,众所知识。复至嵩南会善西塔安禅师院,睹兹灵迹,实可奇耳。遂于兹住,阙乎圣典,乃造写藏经五千余卷。师乃如如生象,空空烈迹,可粲信忍,宗旨密传。七祖流通,起自中岳,师亦心苞万有,慧照五明,为法侣津梁,作禅门龟镜。于是化流河洛,屡积岁辰,不惮劬劳,成崇圣教。春秋七十有二,夏三十八腊,无疾示疾,憩息禅堂,端坐往生,归乎寂灭。

即以其岁天宝五载岁次丙□十月廿六日午时,奄将神谢。门人慧云、智祥、法俗弟子等,莫不攀慕教缘,香花雨泪,哀恋摧恸,良可悲哉!敬重师恩,勒铭建塔,举高四丈,给砌一层。念多宝之全身,想释迦之半座,标心孝道,以偈而宣。

猗欤高僧,嵩岩劫增。心星聚照,智月清升。坐功深远,灵迹时征。厥惟上德,成兹法兴。(其一)

五法三性,八万四千。帝京河洛,流化通宣。不惮劬劳,三五载间。造写三藏,顿悟四禅。(其二)

三摩钵底,定力孤坚。悲通法界,慈洽人天。法身圆净,无言可诠。门人至孝,建塔灵山。(其三)

除嵩岳寺塔、净藏禅师塔以外,嵩山地区还拥有诸多佛教文化积淀深厚的著名宝塔。兹举几例:

法王寺塔,位于嵩山南麓,唐代古建筑,全国重点文物保护单位。法王寺塔约建于盛唐时期,是一座体态优美的十五级密檐古塔。塔座方形,总高约 40 米。法王寺塔的轮廓线整体呈梭形,檐端连成极柔和的弧线。

法如禅师塔,位于登封市西北少林寺村东口,创建于唐永昌元年(689 年)。塔为平面方形,单层亭阁式。塔高约 6 米,下有基座,上为塔身,南辟券门,门内嵌石门楣、立颊、地栿等。塔心室为方形,上为攒尖顶。室北壁前立有《法如禅师行状》碑,记其生平事迹。法如禅师是禅宗第六代弟子,该碑铭是禅宗高僧在少林寺留下的最早遗迹。

同光禅师塔,位于登封市西少林寺常住院东墙外,建于唐大历六年(771年)。方形单层亭阁式砖塔,高约 10 米。塔下部为须弥座,座上为塔身,南面辟半圆形券门,背面嵌同光禅师塔铭。塔身上部为叠涩檐,檐上部为砖砌束腰座,座上为青石雕塔刹,由仰莲、云、盘和宝珠构成。

三祖庵砖塔,位于登封市北三祖庵,建于金正光二年(1223年)。方形七级叠涩密檐式砖塔,高约10米。有塔铭、塔刹,另有明碑二通。河南省文物保护单位。

行钧和尚塔,位于少林寺东,建于后唐。方形单层楼阁式砖塔,高约6米。有塔铭、塔刹。

无言道公寿寓塔,位于少林寺南山坡,明天启四年(1624年)建。五级喇嘛式砖塔。有塔铭、塔刹,高约4米。

三藏庵主常静庵公之塔,位于少林寺小金沟,明天启八年(1628年)建。方形三级叠涩式砖塔,高约6米。有塔基、塔刹及塔铭。

法缘大和尚塔,位于少林寺李沟,清康熙二十七年(1688年)建。方形三级叠涩式砖塔,高约5米。有塔基、塔刹及塔铭。

清源傅律普度林上太尊浮图,位于少林寺李沟,建于清代。六角形三级楼阁式琉璃砖塔,高约5米。塔基须弥座四周立有佛像,塔檐下施斗拱,各面辟门窗。有塔刹和塔铭。

汲妙先师塔,位于少林寺李沟,清康熙五十六年(1717年)建。方形三级叠涩式砖塔。有塔基、塔刹及塔铭。

善公和尚塔,位于初祖庵南山,清代建筑。方形三级叠涩式砖塔,高约4米。有塔基、塔刹及塔铭。

三、中国现存最早最高的琉璃塔
——开封祐国寺铁塔

开封祐国寺铁塔是我国现存最早的琉璃塔①，也是我国现存最高的琉璃塔②，位于开封市东北隅铁塔公园内。祐国寺铁塔以精湛绝妙的建筑艺术和雄伟秀丽的修长身姿而驰名中外，被人们誉为"天下第一塔"。③

中国古塔所使用的建筑材料主要有木、砖石、金属、琉璃等。我国是一个以木构建筑体系稳固著称的国家，因此，我国早期建造的塔，大都是木质结构的，砖石塔是唐代以后兴起的。中国现存的大部分古塔都是属于木、砖石类型。

开封祐国寺铁塔

铁质材料塔，最早出现在唐代。据《古清凉传》记载，唐贞观年间（627—649年），忻州人为五台山造铁塔（铁浮图）一座，高丈余，这是有史可查的最早铁塔，惜已不存。罗哲文《中国古塔》④说现在国内保存最古的铁塔是造于五代

---

① 杨深：《建筑七千年》，天津：天津科技翻译出版公司，1990年版，页34。
② 许长志、张庭祥：《中华之最》，南昌：江西教育出版社，1987年版，页595。
③ 黄勇、张景丽、金昌海主编：《新编中国大百科全书A卷考古文博（图文版）》，延吉：延边大学出版社，2005年版，页132。
④ 罗哲文：《中国古塔》，北京：中国青年出版社，1985年版。

南汉大宝年间（958—971 年）的广州光孝寺内的东西两座铁塔。据统计，我国现存古铁塔 13 座，如江苏省镇江市的甘露寺铁塔、山东省聊城的聊城铁塔、山东省济宁市的济宁铁塔等。著名的开封铁塔，虽名铁塔，其实是一座铁色琉璃塔。

琉璃，是在陶质物的表面覆盖一层细密的釉，用石英、长石等硅酸盐混合物在高温下熔制而成的。早在西周时代，我国制作琉璃的工艺已相当成熟，隋唐时期琉璃工艺已进一步发展和盛行。① 元代剧作家王实甫的《西厢记》有词曰："梵王宫殿月轮高，碧琉璃瑞烟笼罩。"可见琉璃工艺在我国已有悠久历史。佛教认为琉璃是千年修行的境界化身，将"形神如琉璃"视为佛家修养的极高境界。

宋代是我国古塔建筑史上的一个极盛时期。宋代塔的建筑形式更加繁荣，不仅建造了许多著名的难度较高的高层木塔和砖塔，而且还出现了一些建筑工艺复杂的琉璃塔和金属塔。随着琉璃工艺的成熟，宋代兴起了用琉璃烧嵌塔砖表面的工艺。阳光照射琉璃砖佛塔，全塔耀目光彩。这是宋塔建造的一次突破。② 开封祐国寺铁塔就是宋代琉璃塔最杰出的代表。

据历史文献记载，我国建造的琉璃塔有数百座，现存多数是明、清时期所建。

历史上的金陵大报恩寺琉璃宝塔，一般认为是明成祖朱棣在永乐十年（1412 年）为纪念其生母贡妃而建。据文献记载，该塔九级八角，总高超过 78 米，是明代初年至清代前期南京城最负盛名的标志性建筑，曾在南京的土地上屹立了近 400 年，1856 年毁于太平天国运动中。

现存于山西洪洞县广胜上寺内的洪洞飞虹塔，为明嘉靖六年（1527 年）重建。塔为八角十三级，高约 47 米。塔身青砖砌成，全身用黄、绿、蓝三彩琉璃装饰。各层皆有出檐，檐下有斗拱、倚柱、佛像、菩萨、金刚等各种构件和图案，设计巧妙，技艺精湛。

---

① 胡永林、李载本、程文久编：《趣闻由来八百题》，沈阳：辽宁人民出版社，1987 年版，页 289。

② 谢克：《中国浮屠艺术》，台北：汉光文化公司，1987 年版，页 20。

现存北京的香山琉璃塔,建于清乾隆四十五年(1780年)。七级八角形楼阁式塔,高约30米。塔身墙面用琉璃砖镶贴,塔内用楼梯做成回廊。乾隆年间,六世班禅前来北京为乾隆七十岁祝寿,乾隆为他建造了"宗镜大昭之庙"。1900年八国联军攻打北京时,庙被破坏,只保留下这座琉璃塔。

现存承德须弥福寿之庙的琉璃万寿塔与北京香山的琉璃塔同出一式,不仅在建筑形式上相同,而且修建的目的和时间也相同。承德须弥福寿之庙是为了迎接六世班禅前来祝寿,仿西藏日喀则的扎什伦布寺在承德修建供其居住的。塔为七级八角形,下部是白台雕砌,底层有广阔的大廊,顶覆黄琉璃瓦。塔身上雕刻有精美的佛像。

在北京颐和园的万寿山后山处,现还存有一座著名的琉璃塔,人称多宝琉璃塔。多宝琉璃塔建于清乾隆十六年(1751年),是乾隆皇帝为庆祝皇太后六十寿辰而建造的。塔为七级,塔身呈不等边的八角形,高约16米,是一座楼阁式与密檐式相结合的塔。整座塔身用黄、绿、青、蓝、紫五色琉璃砖镶嵌而成。乾隆皇帝将此塔命名为"多宝佛塔",亲笔撰写了《御制万寿山多宝佛塔颂》,镌刻在石碑上,树立塔前。

开封祐国寺铁塔是琉璃塔中的杰作,是中原文化中一颗璀璨明珠。该塔建于北宋皇祐元年(1049年),因当年建筑在开宝寺内,故称开宝寺塔;又因该塔的外壁用褐色琉璃砖镶嵌,呈褐铁颜色,元代以后俗称铁塔。明代寺院易名为祐国寺,随之又名为祐国寺塔。祐国寺铁塔雄伟高大,像屹立于古都开封的擎天巨柱,是古代留下的优秀高层建筑,系第一批全国重点文物保护单位。①

祐国寺铁塔原为木塔,八角十三级,高约120米,是宋代著名佛寺开宝寺为供奉阿育王佛舍利而建立的。相传释迦牟尼佛舍利被古印度的八个国王均分,其中摩陀国中的一份被晚年信佛的阿育王所有。阿育王又将佛舍利分藏在8.4万个小塔内,运送到各地,其中一部分传入中国。浙江宁波的阿育王寺就是因为得到一份阿育王的佛舍利而建造的。北宋初,吴越王降宋,佛舍利供奉在东京(开封)的滋福殿中,后来又修建开宝寺十三级木塔,用做供奉佛舍利。

---

① 河南省文物局编:《河南国家级文物三十处》,郑州:中州古籍出版社,1992年版,页158。

木塔建在开宝寺西隅福胜禅院,始建于宋太平兴国七年(982年),竣工于端拱二年(989年),历经七年建成,定名为福胜塔。宋仁宗庆历四年(1044年),福胜塔焚于雷击。皇祐元年,宋仁宗下诏在原塔不远处,仿照木塔的式样,建造了我们今天所看到的这座铁色琉璃砖塔。宋末寺毁,元代在原址建上方寺,明代改称祐国寺,清代更名为大延寿甘露寺。

祐国寺铁塔系楼阁式建筑,现高约57米,是国内现存琉璃塔中最高的一座。塔身为八角十三级,基座及八棱方池因黄河泛滥埋淤地下。铁塔层层建有明窗,一层向北,二层向南,三层向西,四层向东,以上雷同,其他如盲窗。明窗具有透光、通风、瞭望、减轻强风对塔身的冲击力等多种功能。据《如梦录》记载,基座辟有南北二门,南门上有一块"天下第一塔"门匾。

铁塔表面全部用"铁色琉璃"做面砖。塔外壁采用了28种仿木结构的模制琉璃雕砖,砖上有飞天、佛像、伎乐、花卉等图案50余种。梁思成赞叹:"我们所要特别注意的就是在宋朝初年初次出现了使用特制面砖的塔,如公元977年建造的开封南门外的'繁塔'和这座'铁塔'。而'铁塔'所用的是琉璃砖,说明一种新材料之出现和应用。这是一个智慧的创造,重要的发明。它不仅显示材料、技术上具有重大意义的进步,而且因此使建筑物显得更加光彩,更加丰富了。"[1]

今天,当人们登上铁塔,不禁对历史上开宝寺和祐国寺的兴衰沉浮有所感叹。

开宝寺建于北齐天保十年(559年),初名独居寺。唐代开元十七年(729年),玄宗东游至此,改名封禅寺。北宋太祖开宝三年(970年),改名开宝寺,太宗端拱年间于寺内建塔。欧阳修《开宝寺斜塔》记载:"开宝寺塔,在京师诸塔中最高,而制度甚精,都料匠预浩所造也。塔初成,望之不正而势倾西北。人怪而问之,浩曰:京师地平无山,而多西北风,吹之不百年,当正也。其用心之精,盖如此!国朝以来木工,一人而已。至今木工借以预都料为法,有《木经》三卷行于世。"庆历元年(1041年)改名上方寺,因上方寺建有铁色琉璃塔,后人又称为铁塔寺。金正大二年(1225年),哀宗完颜守绪太后曾重修上方寺。明洪武

---

[1] 梁思成:《凝动的音乐》,天津:百花文艺出版社,2006年版,页197。

十六年(1383年),僧祖全(一作视全)募缘重建上方寺。天顺间下诏改为祐国寺。明末,黄河决口时寺废塔存。清初左布政使徐化成奉旨重修寺院,御赐名"大延寿甘露寺",亲题"华严香海"匾额及对联。清道光二十一年(1841年),黄河漫城,寺院被毁,唯塔幸存。民国十六年(1927年),像毁僧逐,寺遂全废,只有铁塔尚存。

四、宋代佛经碑刻精品荟萃
——开封繁塔

繁塔位于开封市东南古老的繁台之上,建于北宋开宝七年(974年),是我国已知最大的造像塔之一①,也是河南现存直径最大的古塔②。塔内琳琅满目的宋代石刻题记,不仅是研究繁塔历史的宝贵资料,也是书法艺术的珍品,为全国重点文物保护单位。

开封繁塔

繁台因五代后梁高祖朱温曾在台上阅兵,所以又叫讲武台。后周显德二年(955年)曾在台上兴建天清寺。北宋时期,天清寺与当时的相国寺、开宝寺、太平兴国寺并称为京都四大名寺。据北宋王瓘《北道刊误志》记载,宋开宝年间(968-975年)重修天清寺时,在寺内兴建了一座砖塔,名为兴慈塔,又名天清寺塔,因其坐落在繁台上,故俗称繁塔,是开封地区兴建的第一座佛塔。

繁塔是四角形佛塔向八角形佛塔过渡的典型,独特的造型、精美的雕刻艺术别具特色。宋代繁塔是等边六角形,九级80余米高,是当时开封最高的塔。

---

① 晓东、李任远:《中国历史文化名城便览》,成都:成都出版社,1991年版,页361。
② 邹学德、刘炎主编:《河南古代建筑史》,郑州:中州古籍出版社,2001年版,页156。

北宋诗人石曼卿曾有诗云"台高地迥出天半,了望皇都十里春","繁台春色"成为著名的汴京八景之一。因为塔太高,元代泰定年间被雷电击毁了两层。明朱元璋封五子朱橚为周王在开封建藩,于是发生了"铲王气"一事,又人为去掉四层。因岁月沧桑,明代繁塔仅余三层。后人在大塔之上,仿损毁的六层缩建为六级小塔,成为如今独特奇丽、别有风趣的造型。

相传,明建文帝朱允炆即位后,开封周王朱橚和北京燕王朱棣联手将建文帝推翻。后朱棣当了皇帝,为防周王朱橚图谋篡位,明成祖朱棣将周王软禁,并毁坏周王府的银安殿和繁塔,目的是破坏开封的"王气",以防江山易主。明末崇祯时无名氏的《如梦录》是一部记载明代后期开封城市状况的笔记体方志性著作,记载翔实,内容丰富,具有重要的史料价值。《如梦录》对于铲除"周藩王气"有较为详细的记载:"……因周藩王气太盛……将银安殿拆毁,并将唱更楼及尊义门楼拆去,东华门禁不许开……形家者言:毁银安殿所以去龙心,拆唱更楼所以去龙眼……"此处虽然没有明确提到拆繁塔,但证明了明初"铲王气"一事的存在。参订《如梦录》的清人常茂徕则在《繁塔寺记》中说"明太祖以王气太盛"而削繁塔。明嘉靖六年(1527年)李梦阳撰写的《重修国相寺碑记》中记载:"国相寺,繁台前寺也。台三寺,后曰白云,中曰天清,塔断而中立……又国初铲王气,塔七级去其四。"①

繁台三寺。明洪武十六年(1383年),僧人胜安在天清寺南前楼废址上兴建佛殿,因寺前有国相门,故取名国相寺。洪武十九年(1386年)又在天清寺原址上复建新寺,仍复原名天清寺。同时,僧人胜安、圆真等在寺西北白云阁废址上建寺,名为白云寺。国相寺、天清寺、白云寺在繁台上南北排列。明朝末年,黄河水淹开封,三寺淹毁。清朝初年,僧人桂山和尚带领门徒去山西五台山朝拜,途经开封时在繁塔门洞里居住数年,后来他在繁台上又重建一座寺院,名为国相寺,寺规模宏大,寺殿数进,内有钟鼓二楼,正殿之后为繁塔。清道光二十一年(1841年),黄河泛滥,水淹开封,国相寺又遭严重毁坏。1927年,毁弃寺院,国相寺被拆除。从此,繁台上只剩下了一座繁塔。

---

① 转引自牛仲寒:《幽怪古塔的千年兴衰——繁塔》,见大河报社编《厚重河南》(第4辑),开封:河南大学出版社,2005年版,页118-119。

繁塔的建筑造像艺术甚为精美。繁塔现高约32米,塔身内外墙面几乎都用约33厘米见方的灰砖砌成,每块砖上都有一个圆形小佛龛,雕有精美的佛像,共108种,7000余尊,姿态各异。雕砖上的佛像形态造型逼真,尤其18尊伎乐砖,是研究宋代乐器的形象资料。塔内存有178块宋代佛经碑刻,是珍贵的佛经碑刻精品。[1] 繁塔碑刻以宋代为主,其中以宋代书法家洛阳人赵安仁[2]所写的"三经"最为著名。赵安仁为北宋著名书法家,善楷书隶,曾在国子监书写《五经正义》,深受宋太宗赏识。他的书法方正淳厚,端严整齐,最适于书经。"三经"分别存于塔内上下两层,南门内第一层东西两壁镶嵌刻经六方,东壁为《金刚般若波罗蜜多心经》,西壁为《十善业道经要略》,第二层南洞内东西两壁上镶嵌着《大方广回觉多罗了义经》。以上经均为楷书,有欧、柳书法之长。"三经"刻石四周均饰有莲瓣开花纹图案,雕技精妙。

开封还有两座宝塔也很有特色。

太平兴国寺塔,又名东关塔,位于尉氏县城东关太平兴国寺内,建于宋初,寺废而塔存。塔体为八级六角重檐楼阁式砖塔,砖砌台阶绕塔心柱盘旋,可达顶层,高约30米,塔内外嵌有佛龛和图案、假门、假窗等造型。该塔历经近千年的风雨剥蚀、地震影响、黄水侵袭,至今巍峨屹立,充分显示了古代劳动人民的聪明才智和高超的建筑技术,为全国重点文物保护单位。

杞县大云寺塔,俗称瓦岗塔,位于杞县县城南瓦岗村,明万历二十四年(1596年)依宋初原塔旧迹补建而成。原塔青砖迭砌,仿木结构,七级八角形。其后塔刹及第七层损毁。现塔高约20米。全塔内外壁现存佛像砖51块,为河南省文物保护单位。

---

[1] 邬学德、刘炎:《河南古代建筑史》,郑州:中州古籍出版社,2001年版,页155。
[2] 赵安仁(958－1018年),字乐道,洛阳人。执笔能大字。雍熙二年(985年)进士,补梓州榷盐院判官。会国子监刻五经正义版本,以安仁善楷书,遂奏留书之。直集贤院。王侯内戚家多以铭诔为托。历官御史丞,谥文定。当时梁景不善书,每起草必用蜀笺,赵安仁善书,必用旧纸,人号"二背"。

五、中国第一古塔
——洛阳齐云塔

齐云塔,又名释迦舍利塔,位于洛阳白马寺东,是我国最早建成的佛塔。① 齐云塔始建于白马寺创建的第二年,即东汉永平十二年(69年),汉明帝刘庄敕令创建,被称为"中国第一古塔"。② 现存的齐云塔为金代建筑。

据现存白马寺的《释源大白马寺齐云塔灵异记》记载:己巳年(69年)二月八日,汉明帝刘庄驾临白马寺,会见摄摩腾、竺法兰二位印度高僧。当时摄摩腾问:白马寺的东南是何馆室?汉明帝解释说,很早以前,那里忽然涌起一个土阜,高丈余,人们把它铲平,接而复出。其上时放光明,百姓皆以为奇,故称"圣冢"。自周代以来,经常祭祀,祈求灵验,然情由未知。摄摩腾道:《全藏》有云,如来灭度百年之后,有阿恕伽王,安放佛舍利于天下,共有八万四千处,东土中国有十九处,陛下所言"圣冢",即十九处中之一处。由此,明帝便下诏,于"圣冢"之上,依二高僧所传印度佛塔样式,建佛塔九级,高五百余尺,岌若岳峙,号曰"齐云"。今寺中所存宋代碑刻与《魏书·释老志》等书均有汉明帝时建"齐云塔"的记载。《四十二章经序》中也有汉明帝时"起立塔寺"之

洛阳齐云塔

---

① 金海龙等主编:《中国旅游地理》,北京:高等教育出版社,2002年版,页101。
② 吕自申:《中国佛教风景名胜游佛国胜境》,郑州:河南人民出版社,2007年版,页6。

说。

　　最初的齐云塔是木塔结构，后遭雷击损毁。金大定十五年（1175年），大金国"彦公大士"以"塔之旧基，剪除荒埋，重建砖浮图一十三层，高一百六十余尺"，称其为"释迦舍利塔"或"浮图"，因建于金代，塔基为四方形，又称"金方塔"。明代嘉靖三年（1524年）碑文称其为"白马寺塔"。清代康熙、雍正年间，白马寺方丈如琇考证说：今之齐云塔处，就是东汉明帝永平己巳年所创建的释迦舍利塔处，此说后被人们广泛接受。此外白马寺内现存宋碑《摩腾入汉灵异记》（宋景遵）和佛籍《历代三宝记》①也有关于汉明帝修建佛塔的记载。作为有史料记载的第一座佛塔，齐云塔当之无愧地荣膺"中国第一古塔"。

　　现存的齐云塔，高约35米，共十三级，四方形密檐式砖塔。塔边长约7.8米，底部为正方形的束腰须弥座。第一层塔檐之下饰砌以仿木构式斗拱，每层开拱门。塔身最大处在塔的中腰。顶覆宝瓶式塔刹。②

　　齐云塔还有一奇。当站在齐云塔南面大约20米处用力击掌，便可听到从塔身处发出青蛙的叫声。这也是齐云塔独特造型所致的物理现象，因塔面上凸凹不平，故使回声不齐所致。

　　关于齐云塔蛙鸣之谜的传说是这样的：建塔以前，白马寺东南边有个大水潭。水潭有一只蛤蟆精，经常搅得潭水四溢，淹毁庄稼，百姓深受其害。一位游方老和尚路过蛤蟆潭，见洛阳人乐善好施，便降妖除怪，将蛤蟆精收进钵盂。蛤蟆精向老和尚求饶，愿意痛改前非。老和尚答应了蛤蟆精的请求。于是蛤蟆精积攒石块，在蛤蟆潭边修建了一座佛塔，即齐云塔。人站在塔前猛拍手掌时，那蛤蟆误以为是游方僧又拍钵盂了，吓得跟着哇哇直叫。这就是当地人说的"塔上有个金蛤蟆，能听叫声不能拿"了。③

---

① 《历代三宝记》又名《开皇三宝录》，十五卷，为隋开皇十七年（597年）大兴善寺翻经学士费长房所撰。全书分作四部分：一为帝年，为周秦以来的年表；二是代录，逐代列出译经，间有译人小传；三为入藏目，当为隋代现存经目；末附序目，述撰意及篇目。
② 徐金星主编：《洛阳市志·白马寺志》，郑州：中州古籍出版社，1996年版。
③ 张敏编：《少林寺·中岳庙·白马寺轶闻》，郑州：中州古籍出版社，1990年版，页168。

六、中国现存唯一的琉璃砖花塔
——安阳修定寺塔

中国古塔的形制,主要有楼阁式、亭阁式、密檐式及覆钵式等,花塔这一形制却鲜为人知。花塔的出现和建造主要在宋、辽、金时期。花塔的主要特征是:塔身装饰着各种繁复的花饰,有巨大的莲花瓣、密布的佛龛,或各种佛、菩萨、天王、力士及一些动物形象的雕塑,是古塔由质朴到华丽,由实用到单纯崇拜发展的结果。① 花塔的实用功能完全消失,成为纯粹的艺术品。

安阳修定寺塔

现存的花塔,主要建于宋、辽、金时期,集中分布在山西、北京、河北、甘肃一带。其中享有盛名的是河北正定广惠寺花塔,又称正定华塔、多宝塔,建于唐贞元年间(785—804年)。现存塔的造型与雕塑艺术保存了金代风格,塔顶部是仿木构建筑,八角攒尖顶,与其他花塔相比别出心裁。此外,典型的花塔还有北京的房山坨里花塔、长辛店镇岗塔、河北的丰润车轴山花塔,均为单层八角亭阁

---

① 牛军:《云南少数民族宗教文化与审美》,北京:中国社会科学出版社,2002年版,页245。

式砖砌花塔。

修定寺塔位于安阳西北的清凉山村西侧，是我国现存唯一的琉璃砖花塔。①

修定寺塔俗称"唐塔"，因其门楣上镌刻有三世佛，又名"三生宝塔"；又因塔身表面遍涂一层橘红色，故又称"红塔"。修定寺塔建造艺术极其罕见，系单层方型浮雕琉璃砖塔，装饰华贵，富丽堂皇。此塔建于唐德宗建中二年（781年）到贞元十年（794年）之间②，现系第二批全国重点文物保护单位。

修定寺传为僧人张猛创建于北魏太和十八年（494年），原名天城寺。北齐时改称合水寺，隋代称修定寺。唐太宗时期全面修复。寺院坐北朝南，三重院落，主要殿堂有天王殿、大佛殿、二佛殿及铁瓦殿，四座大殿排列得错落有致。

修定寺塔是一座单层琉璃砖花塔，全塔遍嵌浮雕琉璃砖。塔现高约16米，由塔基、塔身、塔顶三部分组成。塔基为北齐时物，平面呈八角形，外表用浮雕琉璃砖镶嵌，雕砖图案有力士、乐伎、飞天、滚龙、飞雁、帐幔、花卉以及仿木建筑结构的斗拱等30多种，工艺精湛，细腻入微。塔身四壁镶嵌模制菱形、矩形、三角形、五边形以及直线和曲线组合的各种型制的琉璃雕砖约3800块，琉璃砖浮雕真人、武士、侍女、飞天、乐伎、童子、力士、龙、虎、狮、天马、蟒蛇及花卉等图案80余种，装饰面积达300多平方米。四角装有马蹄形团花角柱，两侧加滚龙攀椽副柱。塔顶为明代重修，上置椭圆宝瓶，下为仰莲承托。塔室用长方形小砖砌成。南壁开有拱券石门，门额雕三世佛和弟子、菩萨、天王，下部刻"林虑县令杨去惑邺县令裴口康游古，（唐）咸通十一年五月八日同题"题记。门额正中嵌砌一衔环兽面，两边嵌砌青龙吞云和白虎喷水雕砖。③

修定寺塔无与伦比的雕塑装饰与建筑方式显示了唐代艺术的高度发展水平。修定寺塔外壁的所有琉璃雕砖与内层砖的衔接处，均采用榫卯相套和相互

---

① 河南省河洛文化研究中心编：《河洛文化与汉民族散论》，郑州：河南人民出版社，2006年版，页318。
② 修定寺塔建造年代有两说：杨宝顺、孙德萱《河南修定寺唐塔》（《文物》1979年第9期）认为安阳修定寺塔建造于唐朝。董家亮《安阳修定寺塔建造年代考》（《佛学研究》2007年第16期）认定为修定寺塔建造于我国南北朝的北齐天保二至四年，即公元551—553年。
③ 杨焕成：《中国古建筑文化之旅：河南》，北京：知识产权出版社，2007年版，页21。

嵌制的砖砌方法,使整个塔身浑然一体,十分坚固。千百年来,此塔经受过多次地震,安然无恙,依然屹立。这对今天研究建筑物的防震、抗震仍有重要的参考价值。①

修定寺塔,无论从它的造型到结构,或从布局到工艺,都别具匠心。它对于中国古代建筑史、艺术史、民族史、宗教史的研究,以及建筑物的抗震防震研究,都有着极其重要的意义,不愧为我国古塔中之瑰宝。

---

① 杨育彬:《河南考古》,郑州:中州古籍出版社,1985年版,页385。

七、中国现存最典型的倒塔
——安阳天宁寺塔(文峰塔)

天宁寺塔,又名文峰塔,位于安阳市中心,是安阳的象征。1977年国家佛教协会主席赵朴初来安阳登塔,赞美道:"层伞高擎窣堵坡,洹河塔影胜恒河,更惊雕像多殊妙,不负平生一瞬过。"①天宁寺塔制作精巧,细致美观,上大下小形成独特的建筑风格,"为我国现存最典型的倒塔"②。系全国重点文物保护单位。

安阳天宁寺塔(文峰塔)

我国保存下来的倒塔极为罕见,目前所知道的还有重庆大足县宝顶倒塔。宝顶倒塔位于宝顶山圣寿寺外的小丘顶上,楼阁式八角实心石塔,现存四级,高约8米,塔基直径约3米,塔顶直径约4米,远观上大下小。塔身雕有精细的佛龛,为减少日晒雨淋,古代建筑工匠特意将塔檐逐层向外扩展,使这座塔形成上大下小的奇观。

安阳天宁寺始建于隋仁寿年间(601-604年),而天宁寺塔则修筑于五代后周时期。天宁寺于隋后遭到较大破坏;五代后周广顺二年(952年)重建,名

---

① 杨作龙、邹文生主编:《中原文化景观》,北京:中国三峡出版社,2000年版,页332。
② 河南大学古建园林设计研究院编《中国营造学研究》(第一辑),开封:河南大学出版社,2005年版,页41。

永庆院;元延祐二年(1315年)重修,称天宁寺,寺塔称天宁寺塔。天宁寺"居郡庠之艮位,关系阖郡文风"。清乾隆三十七年(1772年),时任彰德(今安阳)知府的黄邦宁,主持重修天宁寺塔,认为塔与南边的孔庙二者相互呼应,代表安阳古城的文化,于是在塔门的横额上题了"文峰耸秀"四个大字,塔因此又得名为"文峰塔"。

天宁寺塔的珍贵主要表现在四个方面。一是上大下小,形状奇特。大多数的塔都是由下而上逐渐缩小,而天宁寺塔由下往上一层大于一层,逐渐宽敞,伞状形式,国内外少见。二是塔上有塔,构造奇特。塔身为辽式佛塔,塔顶为藏式佛塔,极为罕见。三是雕刻精美,塔的八角都有精美的砖雕,雕像栩栩如生。四是梁思成先生的看法:"自下至上各檐大小完全相同,无丝毫收分或卷杀。为他塔所不见。"①

天宁寺塔形制介乎单层多檐塔与多层塔之间。塔为八角五级密檐式砖塔,砖身木檐,由塔基、塔身、塔刹三部分组成,高约39米,周长约43米。塔基高约3米,上为圆形莲花座,莲瓣共七层,上下交错,左右舒展。莲花座上是五层塔身。塔顶为高约10米的塔刹。塔内壁有台阶,可旋转登上塔顶。

天宁寺塔塔身上大下小。八角形的塔身立于圆形莲花座上。第一层高大,以上四层低矮,每层由下而上直径逐层增大,每层檐下有砖质斗拱承托出檐,以上檐水不滴下檐为限,形成上大下小的优美外观。二至五层塔身有相互交错的通风口,使塔身不因通风口集中于一条垂直线而出现裂缝。

天宁寺塔塔顶为高约10米的藏式塔刹。塔刹位于塔的最高处,是"观表全塔"和塔上最为显著的标记。塔刹作为全塔艺术处理的顶峰,以冠盖全塔的形象而尤为突出。塔刹一般用金属或砖石制成。塔刹本身也如一座小覆钵塔,一般由刹座、刹身、刹顶三部分构成。"许多塔刹本身就是一座小型的窣堵坡,最典型的就是安阳的天宁寺塔,在五层塔顶之上建了一个相当大的喇嘛小塔。"②天宁寺塔塔刹为清代砌筑,由基座、须弥座、圆形金刚圈、瓶身、鲷质十三天组成。该塔辽式塔身之上建藏式塔刹的形制,在中国现存古塔中极为独特。

---

① 梁思成:《中国建筑史》,天津:百花文艺出版社,1955年版,页145。
② 刘策:《中国古塔》,银川:宁夏人民出版社,1981年版,页105。

天宁寺塔塔壁遍布精美浮雕,刻工细致,造型动人。塔的八面壁上分别饰有佛教故事砖雕,南面为三身佛像,西南为佛祖说法像,正西为悉达多太子诞生像,西北为佛祖雪山苦行修定像,正北为观音菩萨与善财龙女像,东北为佛祖结跏趺座像,正东为佛祖涅槃像,东南为波斯王及王后侍佛闻法像。

天宁寺塔形制特殊之点颇多。它不仅在建筑结构、造型和细部浮雕装饰上有着较高的艺术研究价值,而且其浮雕故事图也为研究佛教史提供了参考材料,是我国古代劳动人民聪明才智的结晶。

八、中国现存最早的双石塔
——安阳北齐双石塔

安阳北齐双石塔,位于安阳市西南宝山之麓的灵泉寺西北,建于北齐河清二年(563年),为"中国现存最早的双石塔"①,也是现存全国露天保存的最早石刻墓塔②,系双塔之鼻祖,堪称国珍。

双塔是佛塔建筑艺术的璀璨明珠。我国佛塔中的双塔较

安阳北齐双石塔

为少见,现存双塔均为佛塔精品。苏州双塔,砖质塔,系唐代王文罕、王文华兄弟创建,其建筑形式一模一样,因此又叫"兄弟塔"。涿州双塔为八角形仿木构楼阁式砖塔,南塔五级,通高约44米,始建于辽太平十一年(1031年),北塔六级,通高约56米,始建于辽大安八年(1092年),时代特征明显,颇具辽代建筑风格。海南双塔,系元代古塔,俗称"姐妹塔",造型协调美观,为古塔中的珍品。太原双塔,建于明万历三十六年(1608年),两塔南北对峙,相距约50米,北塔全部用素砖砌筑,底座为八角形,琉璃镶边,色彩绚丽,是不可多见的明代

---

① 邹学德、刘炎:《河南古代建筑史》,郑州:中州古籍出版社,2001年版,页115。
② 杨宝顺:《安阳宝山灵泉寺及小南海石窟的研究》,见河南省文物考古学会编《河南文物考古论集》(二)郑州:中州古籍出版社,2000年版,页349。

砖雕艺术品。然而,"考我国佛寺建筑上的采用双塔,在现存遗物上看,要算河南安阳宝山灵泉寺大殿前的双石塔为最古"①。

安阳灵泉寺,原为东魏名刹宝山寺,东魏高僧道凭法师于武定四年(546年)创建。开皇十一年(591年),隋文帝诏寺僧灵裕法师(道凭的弟子)到长安,封为国统僧官,管理全国寺院僧尼,又将宝山寺改为灵泉寺。灵泉寺为北方佛教圣地,规模宏大,称"河朔第一古刹"。

安阳北齐双石塔东西并列,为一对单层方形石塔。两塔相距约4米,型制较小,雕饰朴素。西塔为道凭法师烧身塔,高约2.2米,由塔基、火焰门眉塔室、卷叶檐、方斗相轮宝珠塔刹构成。塔基为正方形,由下大上小两块青色石块垒叠而成。塔身用整块青石雕凿而成,东、西、北三面无装饰,南面开长方状拱门,门左右两侧刻半圆形倚柱,柱头刻莲瓣,柱础呈覆莲状。塔身以上刻三层叠涩出檐。在门楣与檐部之间,镌刻有"宝山寺大论师道凭法师烧身塔"塔铭和"大齐河清二年三月十七日"的题记。塔心室为正方形。塔顶呈覆钵状,雕刻华丽,四面雕卷叶状纹饰,正中皆雕一圆形宝珠。全塔造型稳固而美观,尤以塔身中部呈束腰状,别具一格。② 塔室底部凿骨灰穴,古代存道凭法师舍利子,现已空。东塔为陪塔,除塔门形制和塔身花纹与西塔略有不同外,其他与西塔相同。

灵泉寺中还有一对唐代九级方石塔。两塔相距约9米,单层叠涩密檐式石塔,坐北向南,造型基本相同。塔高也相差不大,东塔高约5.3米,西塔高约5.6米。两塔由基台、基座、塔身、塔檐、塔刹组成,四角呈抛物线形。两塔均有须弥座,束腰部位凿窟,内雕有伎乐人。③ 塔身镌佛祖、弟子及护法神王,神态各异,栩栩如生。塔座雕饰的乐伎,各持笛、笙、鼓、琵琶、箜篌等乐器,为演奏姿态,显现盛唐灿烂文化之一斑,是研究古代音乐史的珍贵资料。

道凭(482—554年),平恩县(今河北北丘)人。他曾在少林寺修行,是东魏和北齐两代著名高僧,最擅长讲解《地论》等经典,有很高的声誉。唐代道宣《续高僧传》有载。道凭还是北齐著名雕塑家,一生致力于宗教雕塑事业,擅长

---

① 孙宗文:《南朝四百八十寺》,见《现代佛教学术丛刊》(第59册),台北:大乘文化出版社,1980年版,页47—58。
② 《河南之最:中国最早的石塔》,《大河报》2005—05—13。
③ 任崇岳编著:《安阳》,北京:旅游教育出版社,2001年版,页23。

雕刻石佛。大魏四年创造砂洞、响堂洞、各山岩造石佛百余处。武定四年(546年)与张岫同造安阳宝山大留圣窟南无日光佛像。

附:《道凭法师传》①

　　释道凭(齐邺西宝山寺),俗姓韩,平恩人。十二出家,投贵乡邵寺。初诵维摩经,自惟历览日计四千四百言,一闻无忘乃通数部。后学涅槃略观远节,复寻成实。初听半文便竖大义。聪明之誉无美昔人,致使遐迩闻风咸思顶谒。七夏欲讲涅槃,惟曰:文一释异,情理难资,兼虚课谤法诚重。八夏既登遂行禅境,漳滏伊洛遍讨嘉猷。后于少林寺摄心夏坐。问道之僧披榛而至,闻光师弘扬戒本,因往听之,涉悟大乘深副情愿,经停十载,声闻渐高。乃辞光通法弘化。赵魏传灯之美,罕有斯焉。讲地论涅槃花严四分,皆览卷便讲。目不寻文章疏本无,手不举笔而开塞任情。吐纳清爽,洞会筌旨,有若证焉。故京师语曰:凭师法相上公,文句一代希宝,斯言信矣。时人以其口辩方于身子也,以齐天保十年三月七日卒于邺城西南宝山寺。春秋七十有二。将终之前,大钟两口小触而破,康存之日愿生安养,故使临终光寻满室,凭独见之,异香充庭大众同美。初凭之处道,弘护居心,经律遽讲,福智双习。骨族血亲往来顿绝,势贵豪家全无游止,而乞食自资少所恒习,袒肩洗净老而弥固,胫臂无服生死齐焉,兼以心缘口授杜于文相者,古今绝矣。

---

① 《续高僧传·道凭传》卷八,见《大正藏》第50卷,页484。

九、中国古代四大回音建筑中历史最悠久者
——三门峡宝轮寺塔

我国古代劳动人民巧妙运用回音的原理建造的著名回音建筑,现存的有四处:北京天坛回音壁、山西蒲州的普救寺塔、四川潼南县大佛寺的石琴、河南三门峡的宝轮寺塔。①

北京天坛回音壁,是天坛中存放皇帝祭祀神牌的皇穹宇外围墙,长约193米,始建于明永乐十八年(1420年)。墙壁为磨砖对缝砌筑,墙头覆蓝色琉璃瓦。围墙弧度规则,墙面光滑整齐。如两个人分别站在东、西配殿后,贴墙说话,双方均能听见。由于内侧墙面平整光洁,使外来音响沿内弧传递,久久回荡,故称之为"回音壁"。

三门峡宝轮寺塔

普救寺塔,位于山西永济县普救寺内,又称舍利音塔,明嘉靖四十三年(1564年)重修。因古典名著《西厢记》源出于此,因而又名"莺莺宝塔"。塔为方形十三级,高约50米。登塔者,用石投地,回声即起;投于前地,则声在塔

---

① 黄勇、张景丽、金昌海主编:《新编中国大百科全书 B 卷建筑交通(图文版)》,延吉:延边大学出版社,2005年版,页44。

底;投于后地,则声在塔顶。此现象系塔身中空所致。

潼南县大佛寺石琴,位于涪江岸边,建于明宣德年间(1426—1435年)。36级石梯,似一把巨大的石琴,每个阶梯,犹如一根琴弦,只要把脚踏上石磴,拾级而上,脚下便会响起美妙悦耳的琴声,故又称"石磴琴声"。此现象系石下有暗泉流经,恰好与脚踏石梯发生共鸣。

宝轮寺塔,位于三门峡市西黄河岸的陕州故城,因塔壁回声具有逼真的蛤蟆叫声,俗称"蛤蟆塔"。宝轮寺始建于唐。据清龚崧林修杨建章纂乾隆《重修直隶陕州志》记载:宝轮寺始为唐僧道秀所建。金大定十七年(1177年),僧人智秀建塔。

在我国现存的古代四大回音建筑中,宝轮寺塔建造时代最为久远。[1] 宝轮寺塔比回音壁早243年,比普救寺塔早387年,比石琴早250年,是四大回音建筑中历史最悠久的。[2] 系河南省第一批省级文物保护单位,全国重点文物保护单位。

宝轮寺塔融合了唐宋密檐式塔和宋代楼阁式塔结构和双重特点。宝轮寺塔为方形十三级叠涩密檐式砖塔,外形为唐塔风格,内部结构则采用宋代的建塔方法。塔现高约27米,塔基边长约5米。塔顶原有塔刹,现已毁没。塔身上部装饰叠涩砖花,塔身叠涩密檐逐渐收分。塔四面为三圣佛龛。从造型特点上看,宝轮寺塔与洛阳白马寺齐云塔和沁阳天宁寺塔类似。

宝轮寺塔回音建筑原理是这样的。宝轮寺塔塔体十三级,层层叠涩,自下而上逐渐递减,而每层塔檐下砌有斜砖,亦是层层叠涩,自下而上逐渐递增。这样的设计既增强了塔檐外在的艺术效果,又非常利于声波的反射。密檐、垂直塔壁和塔内孔道,科学地组成了连续而规律的声波反射壁,声波在这种境况下会变成固定的回声波组,且这种回声波组类似典型的蛤蟆叫声。

三门峡市历史悠久,文化灿烂,作为"文化圣地"的三门峡佛教文化十分丰富。三门峡市位于西安、洛阳两大佛教中心之间,也是佛教最先传入的地区,地

---

[1] 许长志、张庭祥编:《中华之最》,南昌:江西教育出版社,1992年版,页603。
[2] 上官西才:《历史名城三门峡》上册,郑州:河南人民出版社,2006年版,页233。

面上仍然保存着许多著名的佛教遗迹。

灵宝麻衣和尚塔,位于豫灵镇沐珠峪石旧寺南。宋至道元年(995年)建,明成化十一年(1475年)重修。八角五级密檐式砖塔,高约10米,有塔铭。

灵宝喇嘛塔,位于豫灵镇甘家峪东子湖。明代建筑。九级覆钵式塔,高约10米。

陕县空相寺,原名定林寺,又称熊耳山寺,位于陕县西李村乡的熊耳山下,全国重点文物保护单位。据清朝和民国的《陕州志》记载,佛教从东汉永平年间(58-75年)传入陕州时,修建了空相寺,是与白马寺同一时期的佛门圣地。空相寺还是禅宗初祖菩提达摩的安葬处。现存的主要遗迹有达摩灵塔一座,石碑十块。其中最有意义的石碑有两块,一是南朝达摩碑,即南朝梁武帝所撰写的《菩提达摩大师颂并序》碑;二是达摩造像碑,东魏元象元年(538年)所立,碑的正中刻达摩大师站像,碑右上侧刻的四句偈语"航海西来意,金陵语不契,少林面壁功,熊耳留只履",精确概括了达摩大师的生平。

陕县安国寺,位于陕县西李村乡,因寺院殿堂彩釉筒瓦,俗称琉璃寺。安国寺始建于隋,历代均有修葺。主体建筑群坐北向南,以火墙为界分前后两处院落。前院包括山门和前、中、后三重佛殿,另有经房、禅房、钟楼、东西莲池和石碑经幢等。后院有佛殿一重,石碣两块。寺内存有明清碑刻十余通。系河南省文物保护单位。

渑池石佛寺,位于渑池县西北。据《渑池县志》载:石佛寺建于唐代,中有石崖镌成佛像,由于石佛高丈八,又称丈八石佛。石佛寺现存大小石佛150余尊,多属于北齐时的作品。现存七通石碑,有明万历年间的《重修石佛寺碑记》。系河南省文物保护单位。

此外,三门峡现存的佛教遗址还有:渑池云门寺,始建于唐,现存大殿、廊房;陕县崇福寺,又名阳山寺,始建于唐开元四年(716年),现存后殿及明清碑刻三通;灵宝铁佛寺,始建于唐,现存大殿及明清碑刻四通;灵宝乾明寺,又名潘河寺,始建于明,现存山门、戏楼大殿、廊房及明清碑刻三通;卢氏龙严寺,始建于唐,现存前殿、东西廊房及清碑两通;卢氏名医寺,始建无考,现存戏楼、山门、前殿、大殿;卢氏大明寺,始建无考,现存戏楼、前殿、大殿,另有清代碑刻。

十、中国现存规模最大的五代塔之一
——武陟妙乐寺塔

武陟县位于河南省西北部,北依太行,南临黄河。武陟历史悠久,隋开皇十六年(596年)始置武陟县,境内有仰韶、龙山文化遗址,是"竹林七贤"中的山涛、向秀,明代礼部尚书何塘,三代帝王之师李堂杰,清代名人毛昶熙等历史名人的故里。在武陟历史文化遗产中,妙乐寺塔尤为突出。

妙乐寺塔,又名妙乐寺真身舍利塔,位于焦作市武陟县城西,是河南现存最高的五代砖塔①,为国内现存规模最大、保存最完整的五代塔之一②。妙乐寺塔始建于唐,现塔为五代后周广顺三年(953年)重修。据周显德二年所立《妙乐寺重修真身舍利塔碑并

武陟妙乐寺塔

序》记载:"自大周广顺三年(953年)癸丑岁兴工,至显德元年(954年)甲寅岁年毕功。"《法苑珠林》卷第三十八《敬塔篇》第三十五载:"怀州妙乐寺塔者,在

---

① 杨育彬、孙广清:《河南考古探索》,郑州:中州古籍出版社,2001年版,页86。
② 徐玉迎主编:《云台山》,郑州:中州古籍出版社,2002年版,页518。

州东武陟县西七里妙乐寺中,见有五级白浮图,塔方可十五步,并是侧石编砌,石长五尺阔三寸,以下鳞次茸之极细密。道俗目见咸惊讶其神鬼所造。其下不测其底,古老相传。塔从地涌出,下有大水,莫委真虚。有刺史疑僧滥饰,乃使人傍基掘下,至泉源犹不见其际。"又据后周重建碑载:"迎佛祖舍利灵骨,建宝塔一十九所,妙乐寺塔其一也,序列第十五。"

妙乐寺塔工艺精致,保存完整。塔为纯砖结构,塔身、心柱、内廊、阶梯等均为砖砌而成。塔为十三级方形叠涩式砖砌建筑,高约 30 米,各层檐部用青砖叠涩筑砌,具有唐代砖塔的遗风。塔身自下而上每层高度均匀递减,外轮廓呈优美的抛物线形。塔正面向南,东西南北四面各辟一拱状门。塔身南壁二至十三层各有一佛龛,龛内安置铜佛,其余壁面,间或辟设佛龛,亦置铜佛。各层檐翼角下有木质角梁,梁头悬风铎。塔顶为铜制塔刹,塔刹上有建塔铭文。塔心室地平砖隙间,投入硬币可听到水声,故有塔下有井的传说,实为塔下地宫长期积水所致。

妙乐寺塔塔刹工艺尤为精湛。塔刹为铜制鎏金,高约 7 米,由须弥座、七级相轮、宝华盖、水烟、仰月、三重宝珠、刹尖组成。刹柱上有铁链四根,系于塔顶四角,由四尊鎏金铜狮镇压。塔刹所有构件均一次浇铸成型,没有焊口及铆钉,技艺高超,实为罕见珍品。特别是鎏金铜狮,造型独特,面部狰狞,保存完整,堪称文物精品。刘敦桢先生曾提及:"刹的结构,以山纹代替覆钵,最为奇特。其上施外轮线微微臌出的相轮九层,相轮之上,再加伞形的宝盖,俱与河南武陟县五代后周显德元年(954 年)建造的妙乐寺塔同一形态。再上施仰、覆莲各一层承托宝顶。宝顶略如桃形,而顶部特别高耸,浮雕龙云,殊不常见。"①

妙乐寺塔塔顶上长有两株木槿树。明代赵贞吉过妙乐塔有诗云:"洪流千古意。孤塔往来心,寂寂留双槿,花开不计春。"塔东北现存宋太平兴国六年(981 年)巨型经幢,十三节,高约 7 米,幢顶雕四大护法神、仰覆莲、伎乐,幢座雕八力士、八舞乐,具有重要的历史和艺术价值。

妙乐寺塔为唐塔风格向宋塔风格过渡的特例。其建筑风格具有唐代典型特征,塔内中空呈筒状,出檐较深,而且檐部曲线及山花蕉叶的做法,唐代以后

---

① 刘敦桢:《刘敦桢文集》(二),北京:中国建筑工业出版社,1982 年版,页 417。

佛塔极为少见,这都是唐塔的建筑手法。① 但使用金属塔刹,是唐代以后塔的建筑手法。故为特例。②

妙乐寺塔为河南省仅存的两座五代时期砖塔之一,是河南省现存形制最大的五代佛塔。③ 系河南省第一批省级文物保护单位,全国重点文物保护单位。千余年来,虽历经地震、洪水等各种自然灾害,塔体及木结构依然保存完好。1939年至1942年,日本侵略军和国民党军队两次破坏堤防,洪水直冲寺塔,寺院全毁,唯塔独存。

妙乐寺塔建塔的原因和背景,有以下说法。后周世宗御驾亲征,与北汉、契丹联军战于高平,路过此地,曾经在此休息。后来,为纪念高平之战的胜利而修建了妙乐寺塔。

附:《旧五代史》卷一百一十四《周书·世宗本纪一》

世宗睿武孝文皇帝,讳荣,太祖之养子,盖圣穆皇后之侄也。本姓柴氏,父守礼,太子少保致仕。帝以唐天祐十八年,岁在辛巳,九月二十四日丙午,生于邢州之别墅。年未童冠,因侍圣穆皇后,在太祖左右。时太祖无子,家道沦落,然以帝谨厚,故以庶事委之。帝悉心经度,资用获济,太祖甚怜之,乃养为己子。汉初,太祖以佐命功为枢密副使,帝始授左监门卫将军。二年,太祖镇邺,改天雄军牙内都指挥使,领贵州刺史、检校右仆射。三年冬,太祖入平内难,留帝守邺城。

广顺元年正月,太祖践祚,帝恳求入觐,忽梦至河而不得渡,寻授澶州节度使、检校太保,封太原郡侯。帝在镇,为政清肃,盗不犯境。先是,澶之里街湫隘,公署毁圮,帝即广其街肆,增其廨宇,吏民赖之。二年正月,兖州慕容彦超反,帝累表请征行,太祖嘉之。及曹英等东讨,数月无功,太祖欲亲征,召群臣议其事,宰臣冯道奏以方当盛夏,车驾不宜冲冒。太祖曰:"寇不可玩。如朕不可行,当使澶州儿子击贼,方办吾事。"时枢密王峻意不欲

---

① 焦作市文化局编:《焦作市文物志》,郑州:中州古籍出版社,2005年版,页180。
② 杨作龙、邹文生主编:《中原文化景观》,北京:中国三峡出版社,2000年版,页279。
③ 赵宗军:《中西部的希望之星焦作》,郑州:河南人民出版社,1996年版,页31。

帝将兵，故太祖亲征。六月，兖州平。十二月，加检校太傅、同平章事。三年正月，帝入觐。三月，授开封尹兼功德使，封晋王。

显德元年正月庚辰，加开府仪同三司、检校太尉、兼侍中，依前开封尹兼功德使，判内外兵马事。时太祖寝疾弥留，士庶忧沮，及闻帝总内外兵柄，咸以为惬。壬辰，太祖崩，秘不发丧。丙申，内出太祖遗制："晋王荣可于柩前即位。"群臣奉帝即皇帝位。庚子，宰臣冯道率百僚上表请听政，凡三上。壬寅，帝见群臣于万岁殿门之东庑下。

二月庚戌，潞州奏，河东刘崇与契丹大将军杨衮，举兵南指。壬戌，宰臣冯道率百僚上表，请御殿，凡三上，允之。丁卯，以中书令冯道充山陵使，太常卿田敏充礼仪使，兵部尚书张昭充卤簿使，御史中丞张煦充仪仗使，开封少尹、权判府事王敏充桥道使。河东贼将张晖率前锋自团柏谷入寇，帝召群臣议亲征。宰臣冯道等奏，以刘崇自平阳奔遁之后，势弱气夺，未有复振之理，窃虑声言自来，以误于我。陛下纂嗣之初，先帝山陵有日，人心易摇，不宜轻举，命将御寇，深以为便。帝曰："刘崇幸我大丧，闻我新立，自谓良便，必发狂谋，谓天下可取，谓神器可图，此际必来，断无疑耳！"冯道等以帝锐于亲征，因固诤之。帝曰："昔唐太宗之创业，靡不亲征，朕何惮焉！"道曰："陛下未可便学太宗。"帝又曰："刘崇乌合之众，苟遇王师，必如山压卵耳。"道曰："不知陛下作得山否？"帝不悦而罢。诏诸道募山林亡命之徒有勇力者送于阙下，仍目之为强人。帝以趫捷勇猛之士多出于群盗中，故令所在招纳，有应命者，即贷其罪，以禁卫处之。至有朝行杀夺，暮升军籍，仇人遇之，不敢仰视。帝意亦患之，其后颇有不获宥者。

十一、河南现存三大金塔之一
——沁阳天宁寺三圣塔

我国现存的金代佛塔为数不多。金代佛塔造型朴实,结构合理,颇具北方文化特色,塔身多涂饰白色以象征国号。塔形有八角五级式的,如沙锅屯石塔,章宗泰和六年(1206年)建;有八角七级式的,如冀东摩天塔;有八角十三级的,如开原石塔;有六角八级的,如朝阳五家子砖塔;有六角五级的,如林东街西塔等。这些塔是金代佛塔的代表性作品。

沁阳天宁寺三圣塔

河南现存的金代塔较为稀少,但保存较好。洛阳齐云塔、三门峡宝轮寺塔和天宁寺三圣塔被誉为河南现存的三大金塔。修武百家岩寺塔,为八角九级楼阁式,是文物价值很高的金代塔。少林寺塔林中有一些形制较小的金代佛塔,其中西堂老师和尚塔造型优美,雕刻精致,砌工考究,为金代和尚墓塔中的代表作。①

天宁寺三圣塔现位于焦作市沁阳博物馆院内,系全国重点文物保护单位。天宁寺建于隋朝,原名长寿寺,唐代更名为大云寺,金大定元年(1161年)又更名为天宁寺。现存唐《大云寺皇帝圣祚之碑》,具体地记载了寺院的兴废和创建

---

① 杨育彬、孙广清:《河南考古探索》,郑州:中州古籍出版社,2001年版,页86。

木楼阁的详细情况。

天宁寺三圣塔的造型与建筑手法,与洛阳白马寺齐云塔基本相同,为金代所建。刘敦桢《豫北古建筑调查记》考证此塔建于金大定十一年(1171年)。[①] 现存塔内"舜都栖严寺髑髅和尚铭","怀州天宁万寿禅院创建三圣塔记"也证实天宁寺三圣塔为金代建筑。

天宁寺三圣塔是河南现存金代塔中形体大、保存状况好、石刻艺术资料及塔铭题记都非常丰富的一座。塔为十三级方形叠涩密檐式砖塔,由塔基、塔身、塔刹三部分组成,高约33米。方形基座高约7米,其上置须弥座,须弥座承托塔身。庞大的石造基座内为双环体壁,两壁中间设回廊走道。内环中心为双层心室,塔身一至九层均有心室,各心室下部砌地窖,上棚木楼板,顶部是用砖砌成不同图案的天花藻井。塔内环转梯道通至第九层,从九层外部攀缘而上,才可以登上十三层顶,这是取"九霄云外"之意。最令人赞叹的是从进入塔门到达塔身第九层,要通过九平、九转、九竖的"三九"通道,每个九的长度恰好相等。这种内部结构非常类似宋代塔制。三圣塔塔身每层高度与宽度逐级递减收敛,呈优美的抛物线形。塔身还设有气窗、风洞,利于通风。

天宁寺三圣塔以"三绝"著称。其一,砖塔怀抱木楼阁。三圣塔是在唐木楼阁的基础上建造的。一至九层的各层地窖和藻井,都留有约16至18cm的活口,当年建塔的程序是先修成井架形木塔,作为圣塔的木骨,然后从顶部挂上垂线,作为掌握中心高度和四壁数据的标准。木骨大架含而不露,只在心室极处才可窥见。其二,结构独特。外形有唐砖塔风格,内部结构又据宋塔特点,在造型上融合了唐宋密檐式塔和楼阁式塔的艺术与结构特点。其三,塔内石刻资料丰富。基座南面一券门上方青石题额上书"中天一柱",为清代怀庆知府张甄题。石刻镶门门额有"玉泉龙宫藏"半月形刻石,左右线刻云龙和花卉图案。三圣塔内设佛龛多处。

天宁寺三圣塔是我国古代劳动人民勤劳智慧的结晶,也是沁阳古代文明的象征。

---

① 中国营造学社编:《中国营造学社汇刊》第六卷第四期(1937年6月)。

沁阳还有一处塔林和两座宝塔也很有特色。

云阳寺塔林,位于沁阳市紫陵镇赵寨村北的云阳河谷西岸,坐北朝南。现存塔三座,均为砖造和尚塔。西侧塔平面呈方形,须弥座,三级密檐式,塔刹为仰莲上置宝珠,正面一层下镶嵌塔铭一方,铭石上方楷书"普通之塔",落款为"大元国至元二十三年十月"。

临川寺塔,位于沁阳市紫陵镇北的临川山老龙沟。据传寺由北齐稠禅师建立,始称临川寺,宋嘉祐年间更名净安禅院。寺中大佛殿东侧原有宋净安禅院祖师清公和尚塔,现有塔记立于大佛殿前。

性空和尚塔,位于沁阳市崇义镇南范村东南。塔地处平原,建于清光绪十三年(1887年),为性空和尚墓塔。五级密檐式砖塔,现存高约5米,下为方形石造基座,基座四周砌方形柱,正面镶嵌"性空和尚塔铭"。塔造型美观,砖雕图案细腻。

十二、河南明代砖塔之冠
——许昌文峰塔

明清以来,寺院中多建造一些小型和尚墓塔,故存留下来的大型明清佛塔较少。河南现存的大型明塔有许昌文峰塔、新郑卧佛寺塔、卫辉镇国塔、延津万寿寺塔、太康寿圣寺塔、林州惠明寺塔、镇平宝林寺石塔、鹤壁玄天洞石塔等。①

许昌文峰塔,又称文明寺塔,现位于许昌市博物馆内,建于明万历四十二年(1614年)。文峰塔在整体造型、建筑结构与雕饰上,集中展示了明代的建筑工艺水准和雕刻艺术魅力,极富中原地方色彩,在中国建筑领域享有很高的声誉,被誉为河南明代砖塔之冠。② 许昌文峰塔作为明代古建筑的精品典范,被国务院批准为全国重点文物保护单位。

许昌文峰塔

许昌文峰塔造型古朴,结构严谨。塔为八角十三级仿楼阁式砖塔,高约52米,由基台、基座、塔身、塔刹四部分组成。八角形基台用条砖平卧顺砌而成。

---

① 杨育彬、孙广清:《河南考古探索》,郑州:中州古籍出版社,2001年版,页86。
② 河南省文物局编:《河南历史文化名迹》,郑州:中州古籍出版社,1992年版,页101。

基座为束腰须弥座,砖石构造,表面浮雕仰覆瓣莲和卷草花纹。塔身巍峨挺拔,青砖砌成,由外壁、回廊、塔心柱、塔心室组成。塔檐为仿木结构,砖质斗拱出檐,规整有序,结构完美。塔身四面,辟半圆拱券门窗,门嵌长方形石塔铭,阴刻"文笔耸秀"四字,左上方竖刻"万历四十二年"字样。塔内梯道,环形盘旋,直达塔顶。塔刹为青砖垒砌的双重宝葫芦,葫芦上为木质刹杆。

许昌文峰塔于清康熙、嘉庆、同治年间多次维修。现塔前立有石碑三通,一通为明万历四十二年(1614年)《文明塔赋》;一通为清康熙五十八年(1719年)《重修文明寺塔记》;一通为嘉庆十四年(1809年)《重修文明寺释迦文佛殿鳌头观音殿碑记》。文峰塔工艺精湛,是河南明塔中的佼佼者,对研究中国古代建筑史,具有重要参考价值。①

许昌文峰塔是明代许州太守郑振光为振兴许昌文运而创建的风水塔,是明代儒、释、道三教融合的产物。明万历四十一年(1613年),郑振光就任许州太守,他是江苏状元之乡武进人,字明初,明万历三十八年进士。令郑振光感慨的是,许昌也曾是秦代丞相吕不韦、西汉御史大夫晁错、唐代"画圣"吴道子的故土,但自建安以后,却没出过状元,文风没落。出身状元之乡又是许州太守的郑振光,很想改变自汉以来许昌的文风状况。于是,郑振光寻访风水先生,得到的答案是,许昌地势西北高、东南低,许昌的风水由于地势的原因流失了。不让风水跑掉,就要提高东南地势高度,需要建一座塔,让塔的高度与西北地势同高,才能镇住风水。明万历四十二年,郑振光于州城东南兴祥院建造了文明塔,以"借培地脉,振兴文教"。至今,文峰塔下仍有一通当时建塔时的碑,其上镌刻着《许州郑公创修文明塔记》,详细记载了修塔的经过。

许昌鄢陵还有两座宝塔也是值得推介的:

鄢陵乾明寺塔,位于鄢陵县城西北隅乾明寺旧址。塔始建于隋仁寿四年(604年),北宋重建,明代重修,从塔的结构和形制看,现存为北宋中晚期建筑。六角十三级楼阁式砖塔,高约38米。下为青砖塔基,塔内有台阶可供攀登。塔

---

① 张家泰主编:《中国民族建筑》(第五卷),南京:江苏科学技术出版社,1999年版,页74。

每层檐下均砌砖斗拱,并辟有券门、假窗和佛龛。第二层塔身嵌塔铭,第三层塔身一周嵌琉璃佛像雕砖八块。塔顶为铜质宝珠塔刹。塔前有明隆庆元年(1567年)碑刻一通。全国重点文物保护单位。

鄢陵兴国寺塔,位于鄢陵县南马栏镇兴国寺旧址,建于北宋初年。为六角九级楼阁式砖塔,高约 27 米。下为须弥座式砖基。塔身每层檐下置仿木砖雕斗拱,外壁砌花纹砖。塔内中空。顶部塔刹为铁质宝瓶。河南省文物保护单位。

附:《许州郑公创修文明塔记》

昆陵郑大夫守许州,唯节用爱人为先务,疏百龙、古城等河为堤,时其钟泄而田不患涝;召流徙归业,给之牛、种,治屋以居,而地不患荒;雨雪愆期,贬食卑服祷祠,糜神不举,而岁不患侵;厩傅募役无征富人赋金粟者,权量无溢黍垒输解者,皆官为饩费,而敛不患苛;凤兴夜寐,庭无留牍,人人得纳款自尽,折狱明允,强暴无敢以私挠,而事不患格,情不患壅,曰民可教也。

矧士乃民之秀者乎?月朔与乡校士若邑大夫贤者谈经论道,而程督制艺品第其上下,衣食其贫乏褒劳其俊异,即童子课之如诸生,诸属邑邻国,子弟负笈从者如云矣。学宫殿庑,斋舍桥门,久而圮剥损其奉新之巍然焕然,藏修息游,耳目心志,日趋于高明光大,而相地者言许东南势下,西南石梁,陂陀若厌其上,于形法非宜,诸生亦群进说,须建塔则可。大夫曰:"苟有利于州,吾何所爱?第惧劳民。"民曰:"大夫为吾许百世利敢不敬应。"而诸若厥置者赖大夫力以苏,首捐二百金,从事诸生以学田所入若干,大夫复以其月奉与金矢之美益之,请于上官,咸报可。己卯春正月经始,越八月告成。

十三、中原斜塔
——原阳玲珑塔

比萨斜塔是意大利比萨城大教堂的独立式钟楼,是比萨城的标志。该塔修建于1173年,由于地基不均匀和土层松软,塔身向东南倾斜。目前的倾斜度约5.5度。

我国也有多座著名的斜塔。有的斜塔建塔时间比比萨斜塔更早,有的斜塔的倾斜度还超过比萨斜塔,迄今依然高高屹立在华夏大地。

原阳玲珑塔

辽宁前卫斜塔,古称瑞州歪塔,坐落在绥中县西南前卫镇。前卫斜塔建于辽代,比比萨斜塔早约300年。塔为三级八角形砖塔,高约10米,塔身向东倾斜已达12度之多,大大超过比萨斜塔的倾斜度。前卫斜塔虽经千年风雨的腐蚀,但塔身上的砖雕图案花纹仍清晰可见。

南京定林寺塔,位于南京市江宁区方山西北麓,俗称方山斜塔。塔始建于南宋乾道九年(1173年),高约15米,为七级八角仿木结构楼阁式砖塔。该塔腰檐、塔顶及塔刹已毁,塔身向北倾斜,倾斜度约7度59分。

上海护珠斜塔,位于上海市松江县天马山上,建于北宋元丰二年(1079年)。塔为七级八角砖木结构,高约19米,倾斜度约6度52分。该塔历经多次台风袭击,迄今安然无恙。

湖南武冈花塔,建于宋元丰元年(1078年)。花塔为七级八角形,高约31米。各层短檐檐口构形图案,七层各异。塔身绘饰瑰丽多彩的壁画。倾斜度约6度22分。

湖北玉泉寺铁塔,位于湖北省当阳县城西覆船山东麓玉泉寺门前,全称"如来舍利宝塔",又称当阳铁塔。宋嘉祐六年(1061年)建,工艺精湛,造型挺秀典雅。塔身为生铁铸造,八角十三级仿木构楼阁式,重约53吨,高约18米。筑塔时,建筑师根据当地北风风势猛烈的自然环境,有意让塔的上半部向北倾斜了约1.5度。

苏州虎丘塔,坐落在苏州市虎丘山上,始建于后周显德六年(959年),比比萨斜塔早200多年。塔为七级八角形,高约47米,由于塔下基石倾斜、岩石风化等原因,塔身倾斜,现已偏离中心线约2.8米。

广西归龙塔,位于广西崇左县左江的江心石岛上,是一座人为建造的斜塔,五级六角形,青砖砌就,高约25米。建塔时,工匠们考虑到江心的风力和石岛的地质情况,使塔身倾斜约1米左右,人称"左江斜塔"。

除此之外,比较有名的斜塔还有广东省连州慧光塔、四川省南充市的建隆斜塔、江苏省镇江市甘露寺斜塔、重庆市荣昌县河包镇清代石塔、四川阆中县舍利斜塔、山西应县木塔等。

原阳玲珑塔,又名徽塔,也叫雁塔,位于新乡市原阳县城西南原武镇东关。玲珑塔建于北宋崇宁四年(1105年),略早于比萨斜塔,原为原武镇善护寺内的附属建筑物。据明万历二十九年(1601年)《重修宝塔记》记载,善护寺原规模宏大,有大雄宝殿及众多僧人,重修宝塔由虔诚会首师君士和僧人悟节主持,善人赵仁偕等人施工。清乾隆十年(1745年)《原武县志》介绍八景时说:"善护寺傍城之东,外有清溪环抱雁塔,雄峙其左,每当暮云阴霭,零雨空濛,水光微艳,树色烟笼,觉城廓人物隐隐如在画图中"。河南省第一批省级文物保护单位。

原阳玲珑塔结构严谨科学。塔为六角十三级楼阁式砖塔,高约47米,因黄河水泥沙淹没,塔身第一层淤埋地下,地面存高约34米。北面有一塔门,塔檐砖砌斗拱露出地面,自第二层以上皆为叠涩出檐。塔身自下而上逐层缩小,轮廓为抛物线形。塔身每层均辟半圆拱券门及假窗。塔内有廊梯可登塔顶。塔顶铁刹、覆钵、相轮犹存。登上玲珑塔可以南望黄河波涛，北眺太行峰峦。

原阳玲珑塔明显向东北方向倾斜，并且还有继续倾斜的趋势。① 不管是从近处直观，还是从远处眺望，倾斜的古塔好像随时都会倒塌。其实，这座古老的斜塔已饱经千年的风雨。据当地人传说，这座塔的方位正处于风口地带，为了抵御东北风，在建造该塔时，就有意使塔往东北方向倾斜。后来因为黄河泥沙浸泡，塔身向东北方向倾斜的角度就更大了。

新乡市地处河南省北部，历史悠久。新乡古称庸国，春秋属卫，战国属魏，汉为获嘉。隋文帝开皇六年（586年）置新乡县。新乡佛教历史遗迹众多，曾建有诸多宝塔，留存下来的亦有不少。

卫辉镇国塔，位于卫辉市东南隅，又名灵应塔，明万历十三年（1585年）卫辉知府周思宸所建。塔为六角七级楼阁式砖塔，高约35米。每层檐下有砖雕仿木结构的额枋、斗拱等装饰，并砌出线条柔和的腰檐。每层有望窗、塔心室，塔心室内设有佛龛共21个。河南省文物保护单位。

新乡千佛塔，位于新乡市城区的华藏寺内，因塔身雕有1000余尊石佛而得名。始建于明嘉靖十五年（1536年），后寺毁塔存。塔为石雕，由塔基、塔座、塔身、塔刹构成，高约8.5米。正方形塔基四周和角刻有对称的波浪纹，塔座四周遍刻石雕，塔刹雕立佛四尊。该塔刻工精细，线条流畅，是研究古代建筑结构和雕刻艺术的珍贵实物资料。

延津广唐寺塔，位于延津县西北塔铺村广唐寺内，始建年月无考。现存明嘉靖四十二年（1563年）《重修广唐寺塔记碑》记载："广唐寺创于古酸邑……及氓迁通郭，居人列寺之东向，及以塔名铺。"塔为六角形阁楼式砖塔，外部轮廓呈抛物线形。塔高约30米，底部直径约10米，造型古朴。河南省文物保护单位。

延津大觉寺万寿塔，位于延津县城北街。大觉寺始建于唐天宝年间，明洪武年间置僧令司，宣德年间僧定元重修，现仅存大殿，大雄宝殿前右侧有元代书法家赵孟頫（字子昂）亲书《长明灯记》石刻一副。万寿塔耸立于大觉寺门口，

---

① 董云山：《玲珑塔》，《中原文物》1980年第4期，页11—12。

始建于唐天宝年间,毁于明嘉靖二十八年(1549年),又二年重修。万寿塔高约28米,底层周长约23米,自下而上每层高度及直径稍有减少,建筑风格有浓厚的阁楼色彩。每层顶部都有青砖雕砌的阁楼飞檐,各层内壁均嵌有塔铭,所写诗文大多为明代绅士登塔观感、抒怀等。河南省文物保护单位。

新乡县小石塔,位于新乡县七里营乡龙泉村西。建于北宋宣和三年(1121年),方形六级密檐石塔,高约2米。每层四面辟佛龛,内刻一佛二弟子。塔阴刻"大宋宣和三年八月立"题记。

辉县六台山塔,位于辉县市高庄乡。元代建,六级八角楼阁式砖塔。塔基部分由两层青石构成,青石以上全用砖构成,有明显元代特征,具有较高的历史价值和艺术价值。

辉县天王寺善济塔,位于辉县市城关镇百泉。建于元代至元四年(1267年),七级六角形砖塔,由塔基、塔身、塔刹组成。塔基为六角形石质须弥座。塔身呈锥形,高约24米,通体嵌砌青砖浮雕。河南省文物保护单位。

辉县凌云寺塔,位于高庄乡北陆台山凌云寺旧址。元代建筑,六角六级楼阁式砖塔,高约9米。一层檐下有砖雕斗拱。塔旁有明清维修凌云寺碑刻七通。

新乡万圣庵塔,位于新乡市凤泉区潞王坟村南。明代建筑,八角三级密檐式砖塔,高约4米,塔身嵌铭。另有《万圣庵记》碑刻一通。

十四、豫东佛塔明珠
——商水寿圣寺塔

豫东一带地处平原,不是佛教寺院的最佳选择地。因此,豫东地区保存下来的塔寺不是很多。而保存完整的商水寿圣寺塔突兀于豫东大地,像一颗璀璨的明珠,显得尤其珍贵。

商水寿圣寺塔位于周口市商水县城西北常社店寿圣寺旧址。据一层塔门楣上的"明道二年□岁三月一日丙寅时,戊寅时日葬利院主僧建功德碑塔"刻字推算,此塔应建于宋明道二年(1033年)。明正统元年(1436年)重修,系全国重点文物保护单位。

商水寿圣寺塔建筑结构严谨,造型雄伟。塔为六角九级楼阁式砖塔,高约42米,塔基宽约4米。塔身六角各设置倚柱,塔檐下密布砖雕斗拱。每层外壁开辟圆券门和假窗。塔内设有塔心室和盘旋梯道,可达塔顶。第四层塔心室内北墙嵌有石雕佛像三尊。塔体自下而上渐收匀称,成六棱锥体形。塔的层檐突出,既有利于保护塔墙,又使得塔规整肃穆。塔顶葫芦形铸铁塔刹为明嘉靖二十八年(1549年)铸造,1998年维修中,在塔刹宝顶封盖的天宫中,发现保存有铅佛像一尊、铜佛像二尊、刻印大弥陀经一卷(残)和白釉瓷盘瓷碗等文物。

商水寿圣寺塔

商水寿圣寺塔的建筑年代久远,建筑风格独特。近千年来,虽历经风雨侵蚀、水灾、地震、焚烧,但该塔仍巍然屹立,足以反映出我国古代劳动人民高超的建筑技巧和卓越的艺术才能。中国科学院非常重视这座古老而完整的高空建筑,曾多次组织有关专家、学者来此考察、研究。①

豫东著名宝塔还有:

睢县圣寿寺塔,位于睢县后台乡阎庄村,俗称阎塔,宋代建筑物。塔高约22米,底座周长约28米,为平面对称六角九级密檐式结构。外壁嵌砌佛像雕砖。塔内为六角形塔心室,室壁佛像砖砌,顶部饰有彩绘图案。全国重点文物保护单位。

睢县无忧寺塔,位于睢县平岗镇西,宋代所建,仿唐风格。塔原为八角五级密檐式砖塔,因毁于战乱,现仅存三级。檐下有斗拱,檐上为反叠涩砖垒砌,翼角翘起。塔内有梯形空心室。建筑形式特色鲜明,艺术精湛,具有较高的建筑艺术价值和科学研究价值。

永城崇法寺塔,位于永城市东关崇法寺内。崇法寺建于唐代,塔建于宋绍圣二年(1095年)。塔为八角九级楼阁式砖塔,高约35米,底层直径约8米。塔体为椎柱形,每层檐下均有仰莲相托,仰望塔身,如九朵莲花开放。塔每层均有东南西北四门。八角皆有石龙头,龙头系铁铃。塔底层有地宫,内有棺床、石匣。塔底北门有青石走道直至塔顶。内壁镶有深绿色琉璃佛像砖650余块,构图为一佛两菩萨。是我国古代砖塔建筑艺术的精品。全国重点文物保护单位。

太康寿圣寺塔,俗称高贤塔,位于太康县城西北高贤集。塔系明代建筑,六角七级楼阁式砖塔,高约28米,上有塔刹。檐施砖雕斗拱。塔身饰石雕佛像210余尊,石碣十四块。河南省文物保护单位。

太康小吴塔,又称吴广塔,位于太康县城西逊母口镇小吴村内。塔为六角六级实心砖塔,高约15米,建于清乾隆年间。塔一、二两层为束腰式塔檐,余为仿木结构式样出橡头塔檐。四、五层有佛龛,内置佛像十二尊。顶部有宝瓶式塔刹。该塔建筑技艺较为别致,属民间地方手法,在诸塔建筑中较为罕见。

---

① 杨作龙、邹文生主编:《中原文化景观》,北京:中国三峡出版社,2000年版,页163。

第三篇　河南塔林与文化

一、中国现存最大的古塔林
——少林寺塔林

塔林堪称中国古代文化的一座丰碑,是中华灿烂文明延续和发展的历史见证。塔林是高僧们的墓塔集群。佛教界有名望、有地位的和尚去世后,把他们的骨灰或尸骨放入地宫,上面造塔,以示功德。塔的高低、大小和层数的多少,主要根据和尚

少林寺塔林

们生前的佛学造诣深浅、威望高低、功德大小来决定。①

在许多历史悠久的寺院旁边常会有高僧们的墓塔,有的几座,有的几十座,甚至多达几百座,形成塔林,其中像著名的有河南登封少林寺塔林、山东灵岩寺塔林、汝州风穴寺塔林、山西五台山佛光寺塔林、永济栖岩寺塔林、山东历城神通寺塔林等。

现介绍几处著名塔林:

---

① ［韩］刘烜主编:《中国禅寺》,北京:中国言实出版社,2005年版,页203。

灵岩寺塔林,坐落于山东省济南市长清区方山向阳坡上,现存墓塔170余座,规模之大、数量之多仅次于河南嵩山少林寺塔林。另有墓碑300多通,碑文题记极多,达十万余字,国内罕见。该塔林造型优美,形制多样,其中以唐代慧崇和尚塔为最早建筑,是研究我国佛教历史的珍贵资料。

青铜峡塔林,位于宁夏青铜峡县峡口黄河西岩一个陡峭的山坡上,背山临水,共108座塔。塔林始建于西夏,坐西朝东,背山面水,呈一、三、三、五、五、七、九……奇数排列,构成一个呈等边三角形的大型塔群。塔群的总体布局别具匠心,风格独特。

飞龙山白塔林,在云南景洪县大勐龙乡曼飞龙村后的山上。塔林始建于傣历565年(1204年),由大小九座白塔组成。这九座塔均建在高4米的圆形基座上,中为主塔,高约21米,雄伟挺拔;其余八座小塔分列八角,高约10米,形似莲花,宛如群星拱月,壮丽奇特。该塔林建筑奇异,是极为稀有的大型白塔林。

五台山塔林,位于山西五台县佛光寺东山腰和西北塔坪里。唐代始建,现存古塔七座,其中四座为唐代墓塔,形制特别,古老质朴,有原形覆钵体塔身、八角形和六角形塔身,宏伟壮观。

少林寺塔林,位于郑州市登封少林寺西,为少林寺历代高僧的墓塔,占地两万余平方米,是中国现存数量最多和最大的塔群。① 全国重点文物保护单位。

少林寺塔林现存唐以来各代古塔230余座,展现了各个历史时期的古塔艺术。少林寺塔林按建筑时代分,有唐塔2座、宋塔3座、金塔16座、元塔51座、明塔146座,余为清塔或时代不详者。按建筑材质分,有砖、石和砖石混合结构的各类墓塔。按样式分,有单层单檐塔、单层密檐塔、印度堵坡塔和各式喇嘛塔等。按塔的层数分,一般为一至七级,高度约在15米以下。按造型分,有四方形、六角形、八角形;有柱体、椎体;有直线形、抛物线形;有瓶体、喇叭形,种类繁多,形态奇妍。②

少林寺塔林中保存了大量珍贵的塔额和塔铭。塔林中古塔绝大多数现存有额文或铭文,共存塔额和塔铭302方。其中既有塔额又有塔铭的塔63座;有

---

① 邹学德、刘炎:《河南古代建筑史》,郑州:中州古籍出版社,2001年版,页128。
② 常景月、王国俊、张世杰主编:《中原颂》,北京:气象出版社,1995年版,页55。

额无铭的塔 160 余座;有铭无额的塔 7 座。

在全国塔林中,少林寺塔林规模最大①,塔数最多,自唐代以来建塔的时代最全,跨越时间最长,早期塔最多,文物价值最高。这些精美的砖石雕刻,特别是雕刻精湛的石构塔刹和绚丽多姿的砖雕图案,实为珍贵的砖石艺术佳品,是综合研究我国古代建筑、书法、雕刻、绘画艺术的宝库。

下面介绍塔林中几座有特色的个人塔。

法玩禅师塔,是塔林中有年代可考的最古老的砖塔。该塔坐落在塔林西北部,建于唐代贞元七年(791年),四角方形,共一级高约7.5米,是为唐代嵩洛一带临坛说法的高僧法玩禅师所建。整座塔用青石雕刻和砖砌建而成。塔门浮雕飞天、嫔伽等图案。②

西堂老师和尚塔,建于金正隆二年(1157年),是塔林中已知年代塔中最早的一座金塔。亭阁式重檐结构,高约6米,塔身磨砖对缝,工艺精湛。

铸公塔,建于金正大元年(1224年),是塔林中已知年代塔中最晚的一座金塔。石塔正前方有"铸公禅师之塔"大字额文。铸公名广铸,于金元光二年(1223年)任少林寺住持。

福裕和尚塔,是塔林里级别最高的一位高僧墓塔,六角七级砖塔。福裕生前是忽必烈的国师,圆寂之后,被封为晋国公。福裕是少林寺历史上唯一一位被封为国公的僧人。

小山和尚塔,是少林寺第二十四代方丈小山和尚墓塔。嘉靖年间,东南沿海倭寇骚乱,沿海人民苦不堪言。嘉靖皇帝曾先后三次任命小山率领少林武僧去平定倭寇,为嘉奖其功德,下诏修建七级塔。

行正禅师塔,是新中国成立之后塔林所建的第一座塔。该塔建成于1992年,是少林寺第二十九代方丈行正墓塔,为七级砖塔。

---

① 杨永生等编:《中国建筑精华》,北京:中国建筑工业出版社,1995年版,页192。
② 谢克:《中国浮屠艺术》,台北:汉光文化公司,1987年版,页62。

二、中国现存最早最大的摩崖塔林
——安阳灵泉寺塔林

把文字或图像书刻在山崖石壁上称为"摩崖"。据冯云鹏《金石索》曰:"就其山而凿之,曰摩崖。"①清人叶昌炽《语石》认为:"今人见题名,或称之为摩崖,不知摩崖不皆题名也。即桂林诸山,诗、赋、赞、颂姑无论,唐宋《平蛮》诸碑、韩云卿《舜庙碑》,非巍然巨制乎?……晋、豫、齐、鲁间佛经、造像,亦往往刻于崖壁……盖摩崖,犹'碑'也,为通称,为虚位,亦为刻石之纲,其文字则条目也。"徐自强、吴梦麟在他们的新著《古代石刻通论》中认为:"摩崖石刻是石刻中的一个类别。所谓摩崖石刻,就是利用天然的石壁以刻文记事的石刻。"这里的摩崖石刻是专指文字石刻,但摩崖石刻往往还包括摩崖造像和摩崖浮雕。摩崖浮雕或雕刻佛教故事,或雕刻佛教宝塔,具有丰富的历史内涵和史料价值,许多摩崖浮雕塔系为佛教名僧而作,具有珍贵的艺术价值和人文内涵。

安阳灵泉寺塔林

灵泉寺位于安阳市西南的宝山之麓,原名宝山寺,东魏高僧道凭法师于武

---

① 转引自潘良桢:《北朝摩崖刻经与灭佛》,见中国书法家协会山东分会、山东石刻艺术博物馆编:《北朝摩崖刻经研究》,济南:齐鲁书社,1992年版,页72。

定四年(546年)创建。唐时灵泉寺为北方佛教圣地,规模宏大,称"河朔第一古刹"。根据灵泉寺遗存基址考察,原灵泉寺坐北朝南,山门、天王殿、玉皇阁、大佛殿、菩萨殿、千手千眼佛殿在一个中轴线上。

灵泉寺寺院东西两山遍布石窟,山岩遍刻塔龛,俗称"万佛沟",又名"小龙门"。灵泉寺宝山和岚峰山的浮雕石塔聚成的塔林,是国内现存时代最早、数量最多、规模最大的摩崖塔林。① 灵泉寺摩崖石塔按年代编排,反映出历代塔式的沿革,是研究古代建筑史、石刻艺术史、佛教史的珍贵文物。全国重点文物保护单位。

灵泉寺摩崖塔林因山就势,造型别致,种类广泛。整个摩崖石塔依山势开凿,分布位置分上、中、下三层排列,每层塔龛都不在一个水平线上,高度一般约一米左右。塔林共有塔龛230座以上,按造型和内容不同可分为灰身塔、支提塔、像塔、灵塔、散身塔、碎身塔、影塔等。塔林主要开凿在隋唐时期,在造型及结构上,基本是按当时流行的地方塔、亭及殿堂式建筑雕造的,具有明显的时代特征。

灵泉寺摩崖塔林是一处纪念性名僧墓塔群。它的一大特点是:除了本寺历代高僧的墓塔外,还雕凿有当时周边其他寺院大量僧人的墓塔。仅从塔铭题记看,就有慈润寺、圣道寺、光天寺、大云寺、妙福寺、报应寺、圆藏寺、灵山寺等近十所寺院的高僧,去世后在这里依山雕凿墓塔,这些僧人称号有法师、论师、律师、禅师等。不少僧塔刻有塔铭和历代题记,这为研究我国的建筑史、隋唐时期塔的造型及其发展演变规律和有关佛教文献提供了可信的实物史料。②

灵泉寺摩崖塔林内容丰富,雕刻精美,具有极高的艺术价值。在艺术处理上,摩崖塔林完全采用高浮雕的形式,对形体进行压缩处理。各塔由基座、塔身、塔檐、覆钵和塔刹组成。每塔身正面开塔门,内雕高僧影像、佛像等。各塔造型装饰各异。隋塔的艺术造型朴实简洁,大多檐厚装饰简单。唐塔的造型精致而华丽,装饰图案多样,有的檐下雕出舞蹈人,手擎塔檐,飘逸生动,有的檐

---

① 河南省古代建筑保护研究所:《宝山灵泉寺》,郑州:河南人民出版社,1991年版,页63。
② 河南省古代建筑保护研究所:《宝山灵泉寺》,郑州:河南人民出版社,1991年版,页63。

下复加折幔装饰和卷草纹图案,有的为力士和怪兽,既丰富了塔完造型,又使塔完庄重而不失活泼。①

灵泉寺还保存着两对时代久远的双石塔,都是现今全国塔类建筑中,极为珍稀的石刻艺术珍品。寺院西侧台地上的北齐双石塔,是一对单层方形石塔,乃道凭法师的烧身塔,是全国现存最古的双石塔,也是目前全国在露天保存的最早石刻墓塔。② 寺院基址上的唐代双石塔,是一对九级方石密檐楼阁式塔,塔座雕饰姿态各异的演奏乐伎,是研究古代音乐史的珍贵资料。

---

① 解少勃:《灵泉寺石窟考察记》,《西北美术》2003 年第 2 期,页 23—25。
② 杨宝顺:《安阳宝山灵泉寺及小南海石窟的研究》,见河南省文物考古学会编:《河南文物考古论集》(二),郑州:中州古籍出版社,2000 年版,页 349。

三、中国现存第三大塔林
——汝州风穴寺塔林

汝州风穴寺塔林现有唐、宋、元、明、清各代的高僧墓塔83座①,是仅次于嵩山少林寺的河南第二大塔林、我国现存第三大塔林②。全国重点文物保护单位。

风穴寺位于平顶山市汝州东北的嵩山少室南麓。风穴寺

汝州风穴寺塔林

原名香积寺,创建于北魏,隋代改称千峰寺,唐代扩建为白云寺,因为寺的东面山中有大小两个风穴洞,故俗称"风穴寺"。③ 寺院被群山环抱,紫霄峰、紫云峰、纱帽峰、香炉峰、石榴嘴峰等九条山脉逶迤相连,有"九龙朝风穴,连台建古刹"之誉。风穴寺距今已有1500多年的悠久历史,是我国最古老的佛寺之一,建筑布局依山就势,兼有南北园林风格之长,保存完好的唐塔、宋钟、金殿、明

---

① 王元、张剑奇:《我国第三塔林:风穴寺塔林》,《中州统战》1994年第9期,页31。
② 张家泰、左满常主编:《中国营造学研究》第1辑,开封:河南大学出版社,2005年版,页39。
③ 风穴寺名称的来源,还有一说。安喜兰、刘凤《千载名刹——风穴寺》(《中州统战》2000年第2期第38页)载:"至唐开元年间(公元713—741年),社会相对安定,许多善男信女便常来寺拜佛,因缺乏场所,要求重建寺院。相传,初选址在龙山南侧山坳,孰知物料备齐即将破土动工之际,夜间刮起一阵大风,将所有物料吹过龙山向西而来,到现在的寺院上空,风停料聚,寺院便建于此。因以风点穴故称'风穴寺'"。

佛均属国宝。

风穴寺的佛教传承，初为佛教天台宗，后为禅宗临济宗。佛教禅宗以达摩为初祖，继以慧可、僧璨、道信、弘忍、慧能，是为六祖，六祖而后，传至临济、仰山、云门、法眼、洞山，称为禅宗五宗。唐开元年间，风穴寺是佛教天台宗第七代祖师贞禅师的传灯之所，颇负盛名。① 五代后唐长兴四年（933年），延沼禅师继贞禅师住风穴寺，延沼原习天台宗，后又成了临济宗第三世慧颙禅师的传人。继延沼主风穴寺的是首山念，嗣受的是临济宗，但他仍诵天台宗法。首山念之后，传人广慧元琏为纯粹的临济宗，之后次第主风穴寺传人，皆临济正宗。至解放前风穴寺的最后一位住持肃然德一禅师，为临济宗四十五世，嗣续不乱。②

风穴寺是一个古代建筑的艺术宝库。由于僻处山谷，风穴寺历代古建都有遗存，是集唐、宋、元、明、清各时代建筑为一体的古建筑历史博物馆。③

唐代七祖塔，位于毗卢殿西侧，是唐开元二十六年（738年）所建的贞禅师墓塔，为寺内最高建筑。贞禅师原名张贞，长安人，年轻好学，秀才登科，知名太学，后遁入空门，先到南岳衡山，后居洛阳白马寺，辗转至风穴寺，广收门徒，弘扬佛法，圆寂后，造塔供奉，唐玄宗御赐名"七祖塔"。塔为典型的唐代密檐式砖塔，建在高约1.5米左右的基台上。第一层塔门内空，上方有一石匾额，中书"贞禅师塔"四个大字，右侧写"大唐开元寺禅师贞和尚宝塔"等铭文。第二层以上为实心结构。塔身轮廓为优美的抛物线，塔身背面的第二、三层密檐之间还有石匾一方。塔刹由相轮、宝盖和火焰组成，保存完整。

金代中佛殿，位于寺的中心，建于金代。中佛殿建在高台基上，面阔三间，进深三间，平面方形，单檐歇山式建筑，是以木制结构和金代彩画蜚声海内外的建筑瑰宝，是河南省现存最完整的金代殿堂式建筑。

宋代钟楼，原名悬钟阁，建于宋，气势雄伟，典雅古朴。钟楼居中佛殿西南隅，建在6米多高的石砌台上，台西侧筑有石阶梯道。面阔、进深各三间，阁檐

---

① 李健、邢滨华：《关于汝州市风穴寺宗教旅游开发的几点思考》，《萍乡高等专科学校学报》2008年第5期，页24—28。
② 李泉海：《汝州风穴寺的佛教传承》，《汝河之声》第143期（2008年10月28日）。
③ 大河报社编：《厚重河南》（第6辑），开封：河南大学出版社，2005年版，页258。

三层。脊中心饰有凤鸟形风标。现存斗拱、额枋等多为明代修缮时所建。

风穴寺内碑碣林立,上自五代时后汉乾祐三年(950年)的《风穴千峰白云禅院记》,下至宋、元、明、清碑刻。

风穴寺塔林保存了唐代以来各代的高僧墓塔83座。塔林分上、下两处,原有115座。塔的形状各不相同,形式多种多样。有的是六角形,有的形如宝瓶为喇嘛式塔;有的用青砖垒筑,还有的纯属一件大型石雕。风穴寺塔林最早的是唐代七祖塔,其次是宋代、元代所建,大部分是明、清建造。上塔林中以"松齐慧公宗之塔"为最佳,慧公禅师是风穴寺的高僧之一。该塔建于元世祖至元十七年(1280年),塔基为六角须弥座,塔身为仿木结构建筑形式,檐下饰砖斗拱,六面都有装饰性的假门,门上雕有龟背型、十字型、田字型、歇山十字型、四斜填花毯形格眼等图案。下塔林中以"开山沼公之塔"和"瑞公、显公合葬塔"最为有名,沼公是禅宗临济宗四祖延沼禅师。

四、河南其他著名塔林

登封法王寺塔林,位于登封市嵩山太室山麓玉柱峰下法王寺后。现存古塔六座,其中密檐式唐塔1座、单层唐塔3座、元塔和清塔各1座。密檐式唐塔位于法王寺后山坡上,方形砖塔,高约40米,黄泥砌缝,外涂白灰。塔身密檐层层外叠。塔室方形,上部空心。三座单层唐塔位于密檐式唐塔的东边百余米,四角单层砖塔。元塔位于法王寺西卧龙岭之巅,六角七级砖塔,高约6米,水磨砖垒砌,饰有多种砖雕图案。据寺前《月庵海公道行碑》记载,该塔建于元仁宗延祐三年(1316年)五月,为月庵海公圆净之塔。清塔位于法王寺北百余米,名曰"弥壑澧公和尚塔",六角七级砖塔,高约11米。塔身刻有各种花卉图案,嵌有青石塔铭一块。塔刹为青石雕刻。法王寺唐塔等文物在我国佛教史、建筑史、金石史上都占有重要位置,为历代所重视。系全国重点文物保护单位。

博爱月山寺塔林,位于博爱县城西北,始建于金正隆三年(1158年)。原塔林有琉璃塔、石雕塔、砖塔百余座,依山势由北向南排列,多为六角五级砖塔,高约5—10米,现仅存元明清时期砖塔20多座。系河南省文物保护单位。

固始妙高寺塔林,位于固始县陈淋镇。妙高寺始建于隋,是佛教禅宗临济宗大悟山派的开山祖庭。位于妙高寺东侧的高僧和比丘尼塔林系妙高寺历代高僧大德的灵骨塔。塔形独特,具有极高的历史文化价值。系河南省文物保护单位。

商城息影塔林,位于商城县黄柏山,现存5座造型各异的石塔。法眼寺开山祖师无念禅师舍利塔,俗称祖师塔,明代天启七年(1627年)建成。祖师塔为八角四级楼阁式石塔,高8.5米,塔顶置宝瓶状塔刹,均为精雕细琢的料石砌筑。系河南省文物保护单位。

南召丹霞寺塔林,位于南召县留山乡。塔林共13座,其中元塔5座、明塔

4座、清塔4座。5座元塔中2座位于寺东塔湾村,3座位于寺西山坡下,均为叠涩檐砖塔,平面呈六边形,高约4—7米,中空,有四座塔尚存塔铭。系河南省文物保护单位。

淅川香严寺塔林,位于淅川县仓房镇。淅川香严寺历代高僧辈出,名塔林立。明清时期的塔就有百余座。现仍留存27座宋代至清代所建的石塔、砖塔,具有重要文物价值。

桐柏太白顶塔林,位于桐柏县鸿仪河乡,清代建筑。共有六边形或圆形石塔十余座,一般5—7层,通高约5—7米。

宜阳灵山寺塔林,位于宜阳县城西灵山北麓。灵山寺原名报忠寺、报恩寺,亦名凤凰寺,被誉为"乃一方之奇观,光千古之名刹"。大雄宝殿前阶下有一座七级佛塔,建于明成化十七年(1481年)。寺东角门外有塔林,计有寺僧砖石墓塔20座,最古老的是宝公峰寿塔,最重要的是良卿和尚寿塔。

永城郭塔塔林,位于永城市芒砀山。在夫子崖东有3座清代佛塔,2座石塔分列于前,一座砖塔在北约10米居中,互呈三角而立,统称郭塔。塔为八角五级仿楼阁式砖塔,高约10米,石瓶为刹。下有高约2米、直径约3米的青石基座。各层用正反叠涩砖出檐,转角雕竹节状倚柱,角间各面作大佛龛,遍贴精雕画像砖。塔体上共镶嵌64块大型砖雕,画面内容极为丰富,各具独特风格。

沁阳云阳寺塔林,位于沁阳市紫陵镇赵寨村北。云阳寺又名寿圣寺,云阳河谷台地上原有塔5座,现存3座,均为砖造和尚塔,坐北朝南。西侧塔建于元代,平面呈方形,须弥座,三级密檐式,塔刹为仰莲上置宝珠。

襄城乾明寺塔林,仅存遗址。史料记载,塔林系唐至清历代所建,原有砖塔372座,塔身均为青砖结构,造型各异。乾明寺塔林是首山西北麓一处历史文化遗址,现遗址呈长方形,面积12000平方米。

第四篇 河南寺院与文化

一、佛寺"释源"、"祖庭"
——洛阳白马寺

洛阳白马寺为世界著名伽蓝、中国第一古刹,是佛教传入我国后官方营造的第一座寺院,被中外佛教界誉为"释源"、"祖庭"。①

白马寺位于洛阳市老城以东,创建于东汉永平十一年(68年)。汉明帝敕令在洛阳雍门外

洛阳白马寺

建僧院,为铭记白马驮经之功,故命名该僧院为白马寺。白马寺是一处保存完整、古色古香的古建筑群,寺内存有大量元代夹纻干漆造像如三世佛、二天将、十八罗汉等,弥足珍贵。1961年被国务院公布为第一批全国重点文物保护单位。1983年,被国务院确定为汉族地区佛教全国重点寺院。

白马寺原来的建筑规模极其宏伟壮观,千百年来已几度兴衰,现存建筑多为明清两代修建。寺庙坐北朝南,为一长形院落,总面积约4万平方米。白马

---

① 黄勇、张景丽、金昌海主编:《新编中国大百科全书 A 卷考古文博(图文版)》,延吉:延边大学出版社,2005年版,页76—77。

寺主体建筑有天王殿、大佛殿、大雄殿、接引殿、毗卢阁五层殿堂及中国第一古塔齐云塔。白马寺山门采用牌坊式的一门三洞的石砌弧券门，上方嵌刻"白马寺"，它同接引殿通往清凉台的桥洞拱形石上的字迹一样，是东汉遗物。山门左右两侧各立一匹青石圆雕马。

白马寺现存有历代碑刻40余方，其中最著名的是"断文碑"和"赵碑"，分别位于山门内的东西两侧。山门西侧有一座宋人苏易简撰写的《重修西京白马寺记》石碑，立于淳化三年（992年），碑文分五节，矩形书写，人称"断文碑"。山门东侧有一座白马寺文才和尚撰写的《洛京白马寺祖庭记》石碑。该石碑是元太祖忽必烈两次下诏修建白马寺的纪念物，至顺四年（1333年）由著名书法家赵孟頫刻碑，立于寺内，人称"赵碑"，碑文字体潇洒，丰神秀骨，是书法艺术的珍品。

白马寺东南有一座齐云塔，旧与清凉台、腾兰墓、断文碑、夜半钟、焚经台合称"白马寺六景"。齐云塔始建于白马寺创建的第二年，即东汉永平十二年（69年），被称为"中国第一古塔"，现存的齐云塔为金代建筑。寺南还有两座夯筑高土台，上立"东汉释道焚经台"碑，为焚经台。

白马寺悠久的历史蕴涵关联了中国佛教文化史上的诸多"第一"：

【佛教正式传入中国之始——永平求法】

东汉末年，佛徒牟融作《理惑论》，记述了汉明帝派人到印度寻求佛法的故事，史称"永平求法"。"永平求法"之事，不仅见于《弘明集·理惑论》，在《后汉记》、《魏书·释老志》、《水经注》、《洛阳伽蓝记》、《后汉书·西域传》和《高僧传》等书中也都有记载。① 此事被历代史家认为是佛教正式传入中国的开始。

东汉永平八年（65年），汉明帝夜梦金人，飞绕殿庭，顶佩白光。翌日，汉明帝询问大臣，博士傅毅奏答："臣听说西方有一位神，叫佛陀，佛陀有佛经，诵经即可得到佛陀的庇佑。从前武帝元狩年间（前122－前117年），骠骑将军霍去病率军讨伐匈奴时，曾经获得休屠王所供的金人一尊，此金人由天竺国传来。今皇上所梦金人是西方天竺的佛佗。"于是汉明帝便派遣蔡愔、秦景、王遵等十多人出使天竺，拜取佛法。行至大月氏国，正好遇到在当地传教的天竺高僧摄

---

① 米士诚、陈长安：《白马寺》，郑州：中州书画社，1981年版，页2－3。

摩腾、竺法兰。永平十年(67年),汉使和梵僧用白马驮载佛经、佛像,回到洛阳。汉明帝礼请二位高僧暂时下榻于鸿胪寺(负责外交事务的官署),翌年,敕命于洛阳修建僧院白马寺传扬佛法。此说流传既久且广,唐朝韩愈在上唐宪宗的《论佛骨表》中也说,"佛者……自后汉时流入中国……汉明帝时始有佛法"。

【最早来华传教的高僧——摄摩腾、竺法兰】

东汉以来,不少大月氏、安息、印度和康居等国的僧人来中国传布佛教。有史料记载的最早来我国的印度高僧是摄摩腾和竺法兰。① 汉明帝"永平求法",两位高僧不惧疲苦,随汉使来到洛阳,而后在洛阳白马寺弘法传教,最后圆寂于白马寺。今天,白马寺山门内中轴甬道两侧有二高僧墓,东为摄摩腾墓,西为竺法兰墓。寺后院清凉台上有摄、竺二僧殿。这两位大师的名字,永远留在了中国佛学史上。

摄摩腾全名迦摄摩腾,迦摄即迦叶,意译饮光,摩腾意译大象,中天竺人。擅长礼仪,解大小乘经典,常以游化为己任。有次前往天竺一附庸小国讲《金光明经》时,正值外国军队侵犯国境。摄摩腾说,据经上讲,能说此经法,为地神所护,使所居安乐。今将爆发战争,这不是以经法使人民获益的好机会吗?他因此不惧自身安危,亲身前往边境劝和,结果使两个国家避免了战争,他自己也由此声名鹊起。②

竺法兰,意译法宝,中天竺人,诵经论数万章,为天竺学者之师。竺法兰少年时期就会汉语。蔡愔在西域得到佛经,竺法兰曾经翻译了《十地断结》、《佛本生》、《法海藏》、《四十二章经》等五部。后因汉末移都和动乱,其余四部失本不传,唯《四十二章经》流传。③

【最早传入中国的梵文佛经——贝叶经】

贝叶经,就是刻写在贝多罗(梵文Pattra)树叶上的佛教经文,最早起源于印度。贝叶,即贝多罗树树叶,属棕榈科的一种热带性植物,主要产于印度、缅甸、中国西南地区,叶子长且质地稠密。2000多年前佛教诞生时,造纸术还没

---

① 崔连仲:《从佛陀到阿育王》,沈阳:辽宁大学出版社,1991年版,页348。
② [梁]释慧皎撰:《高僧传》卷一。
③ 顾伟康编:《历代名僧辞典》。

有发明,古印度以贝多罗叶记载佛教经典及宫廷文献资料,以免散佚。这些书写在贝叶上的佛经,被称为"贝叶经"。

公元1世纪,两位印度高僧摄摩腾、竺法兰来到洛阳白马寺译经传法,所携带的经文就是佛经原本——梵文"贝叶经"。①

【中国第一处译经场所——清凉台】

白马寺清凉台原是明帝少时读书乘凉之处,后为印度高僧摄摩腾、竺法兰译经之所。两位高僧一直在清凉台上译经、修行,直到去世,此地成为中国第一处译经场所。自东汉后,此台均为历代藏经之处。

清凉台位于寺院后部,是一座雄浑古朴、蔚为壮观的砖砌高台。东西长约43米,南北宽约32米,高约6.5米。重修于明代嘉靖三十四年(1555年)。

毗卢阁高耸于清凉台之上,是寺内最后一层殿。该殿始建于唐代,元代重建,明代重修,重檐歇山,飞翼挑角,古香古色,具有古建筑的独特风格。殿内正中置木雕佛龛。

毗卢阁前,东有摄摩腾殿,西有竺法兰殿,分别供两位高僧塑像。金人西应,宝笈东来。后人为纪念两位高僧弘法布教之功,特在清凉台建腾、兰殿以记之。

【第一部汉文佛经——《佛说四十二章经》】

《佛说四十二章经》,简称《四十二章经》,东汉时印度高僧摄摩腾、竺法兰汉译,为佛教传入中国后第一部汉文佛经。②

摄摩腾、竺法兰把佛经中佛所说的某一段话称为一章,共选集了四十二段话,编集成了《佛说四十二章经》。这也可以说是佛的一个语录,四十二章就是四十二段佛的语录,如同儒家经典《论语》是孔子的语录集一样。

【汉家沙门第一人——朱士行】

朱士行(203-282年),三国时高僧,法号八戒,祖居颍川(今河南禹州市)。魏嘉平二年(250年),印度律学沙门昙河迦罗到洛阳译经,在白马寺设戒坛,朱

---

① 徐金星:《洛阳白马寺》,北京:文物出版社,1985年版,页13。
② 洛阳市文物管理局、洛阳市白马寺汉魏故城文物保管所编:《千年阁一城:汉魏洛阳故城与汉魏王朝》,郑州:中州古籍出版社,2005年版,页95。

士行首先登坛受戒,成为我国历史上汉家沙门第一人。

朱士行钻研、讲解佛经,感到经中译理未尽,就决心西行去寻找原本。260年,他从雍州(今陕西长安县西北)出发,越过流沙到于阗国(今新疆和田一带),得到《大品般若经》梵本。他就在那里抄写,并派弟子把抄写的经本送回洛阳,自己留在于阗直至去世。朱士行是我国佛教界西行取经的第一人,比玄奘早约400年。

二、禅宗祖庭
——登封少林寺

少林寺位于郑州市登封,坐落于嵩山腹地少室山下的茂密丛林中,所以取名"少林寺"。天竺高僧达摩在此首传佛教禅宗,少林寺遂被尊为中国佛教禅宗的发祥地——祖庭,达摩也被尊为禅宗初祖。① 少林寺现为全国重点文物保护单位和国务院确定的汉族地区佛教全国重点寺院。

登封少林寺

北魏太和二十年(496年),孝文帝元宏敕建少林寺,以安顿天竺僧人跋陀来嵩洛传教。跋陀是少林寺的第一位住持,又名佛陀,北魏孝文帝时来中国传播佛教,深得敬重。北魏迁都洛阳,孝文帝在洛阳为他建造寺院。跋陀性喜幽静,孝文帝又在嵩山少室山下为他建造了少林寺寺院。跋陀到少林寺后,长住于此传授佛法,翻译了《华严》、《涅槃》、《维摩》、《十地》等经,并度化了慧光、僧稠等人。

北魏孝明帝孝昌三年(527年),释迦牟尼第二十八代佛徒菩提达摩漂洋过海到中国,来到少林寺。在跋陀开创的基础上,达摩广集信徒,传授禅宗,寺院

---

① 罗宏才:《中国文物古迹集粹》,西安:陕西人民出版社,1989年版,页45。

逐渐扩大,僧众日益增多,少林寺名重一时,成为禅宗祖庭。①

禅宗,也称宗门,因早期不立文字,又称"佛心宗"。禅宗始于菩提达摩,盛于六祖惠能,中晚唐之后成为汉传佛教的主流,也是汉传佛教最主要的象征之一。禅宗的"禅"字由梵文"禅那"音译而来,意为"静虑"、"思维修"、"定慧均等",是指经由精神的集中,以进入有层次冥想过程,是佛教很重要而且基本的修行方法。禅宗的核心思想为"不立文字,教外别传;直指人心,见性成佛",意指透过自身实践,从日常生活中直接掌握真理,最后达到真正认识自我,又称开悟。禅宗在中国佛教各宗派中流传时间最长,影响甚广,至今延绵不绝,在中国哲学思想及艺术思想史上有着重要的影响。

菩提达摩于嵩山少林寺面壁九年,修持佛法,修习禅定,为中国禅宗初祖。菩提达摩在少林寺有嗣法弟子慧可、道育等,僧璨为再传,僧璨弟子为道信,道信弟子弘忍立东山法门,为禅宗五祖。门下分赴两京弘法,名重一时,其中有神秀、惠能二人分立北宗渐门与南宗顿门,时称"南能北秀"。南宗传承很广,成为禅宗正统,以惠能为六祖。

【少林建筑】

少林寺建筑群主要包括三部分:常住院(即人们通称的少林寺)、初祖庵和少林寺塔林。寺北有初祖庵、达摩洞、甘露台,寺西及寺周围有塔林,西南有二祖庵,东北有广慧庵等。

少林寺的主体建筑为常住院,是寺中住持及众执事僧人进行佛事活动和起居的地方。常住院依山而建,中轴建筑七进,由南向北依次是山门、天王殿、大雄宝殿、藏经阁、方丈室、达摩亭和千佛殿,两侧还有六祖殿、紧那罗殿、东西禅堂、地藏殿、白衣殿等建筑,面积3万多平方米。②

山门,创修于清雍正十三年(1735年),单檐歇山顶,额悬清康熙皇帝御书"少林寺"方匾。进山门中为甬道,两侧有马道,甬道边立唐、宋、元、明、清各代古碑30余通。

达摩亭,又名立雪亭,相传是禅宗二祖慧可向初祖达摩求法的地方。单檐

---

① 张志孚、何平立:《中州文化》,沈阳:辽宁教育出版社,1995年版,页120。
② 温玉成:《少林史话》,北京:金城出版社,2009年版,页2。

庑殿顶,石柱上有明代题字,殿内悬乾隆题"雪印心珠"横匾,佛龛内供达摩铜像。东间有一口明万历十七年(1589年)铜钟。

千佛殿,又名毗卢殿,硬山式建筑,创建于明万历十六年(1588年)。檐下悬挂"西方圣人"匾,殿内有铜铸毗卢像,东、西、北三壁绘"五百罗汉朝毗卢"大型壁画。殿内地面上有48个武僧练功的站桩脚窝。

白衣殿,又名锤谱殿,供铜铸白衣菩萨像。北墙绘16组拳术对打观武图,南墙绘持械格斗图,东墙被神龛分为南北两部分,北半部绘"十三棍僧救唐王"壁画,南半部绘"紧那罗王御红巾"壁画。

初祖庵,位于少林寺西北五乳峰下的山丘上,是宋人纪念达摩面壁修建的一座庵院,又称"面壁庵"。初祖庵大殿是河南省现存最古老的一座木石结构建筑,创建于北宋宣和七年(1125年),历代每有修葺,主要构件仍为北宋原物,在建筑学术上具极高价值。初祖庵大殿东、北、西三壁壁画形象质朴古拙,绘制年代约在明末,内容为自初祖达摩以下36位禅宗祖师彩绘画像,现存23幅,具有较高的艺术价值和史料价值。彩绘以下群肩石上以及大殿的12根檐柱、4根内柱、神龛须弥座束腰部分,都雕刻着精美的浮雕,皆为北宋宣和七年大殿创建时所刻,是少林寺石刻中的珍品,也是我国石刻艺术的宝库之一。

初祖庵内名碑甚多。其中著名的有:北齐武平六年(575年)《少林寺碑》、唐永淳二年(683年)《大唐天后御制诗书碑》(王知敬书)、宋宣和四年(1122年)《面壁之塔》(蔡京书)、宋《第一山》(米芾书)、宋黄庭坚《达摩颂碑》、宋蔡汴《达摩面壁之庵》、元皇庆元年《裕公碑》(赵孟頫书)、元至正十四年(1352年)《淳拙才禅师道行碑》、明万历三十七年(1609年)《少林禅师道公碑》(董其昌书)、明刻《达摩面壁图》等名碑,实为一座丰富的书法艺术宝库。

达摩洞,在五乳峰中峰上部南侧,为当年达摩面壁处。石洞深约7米,高宽约3米,内供达摩塑像,洞外有石坊,明万历三十二年(1604年)造。南额题刻"默玄处",北额题刻"东来肇迹"。

【少林功夫】

武术作为一种人文现象,已成为中华文化的宝贵遗产。而少林功夫又是中国武术中极具代表性、极具文化内涵、极具宗教文化底蕴、极具完整的体系,又极具神秘感的中国武术流派,它无疑已成为中国武术的主流学派。少林功夫是国务院公布的第一批国家级非物质文化遗产。

少林功夫是在历代武僧长期的实践经验和历史演变下形成的特有的功夫体系，历史悠久，博大精深，门类众多，体系庞大，内容极为丰富。少林功夫是指在嵩山少林寺这一特定佛教文化环境历史地形成，以佛教神力信仰为基础，充分体现佛教禅宗智慧，并以少林寺僧人修习的武术为主要表现形式的传统文化体系。①

少林功夫以禅拳双修而闻名天下。与其他武术派别不同的是，少林功夫是一项综合的武术体系，讲究的是"禅武合一"。少林寺是佛教禅宗的祖庭，禅宗以明心见性、顿悟成佛为要旨。因此，少林功夫以武术技术和套路为其表现形式，以佛教信仰和禅宗智慧为其文化内涵，其灵魂是佛教禅宗智慧信仰。少林功夫充分融入了中国古代哲学思想，动作和套路讲究动静结合、阴阳平衡、刚柔相济、神形兼备，其中最著名的是"六合"原则：手与足合，肘与膝合，肩与胯合，心与意合，意与气合，气与力合。②

少林功夫"拳以寺名，寺以拳显"。少林寺白衣殿内的"少林拳谱"壁画，描绘了当年少林寺和尚练拳习武的真实情景。千佛殿是当年少林寺的练功房，地上还有48个寺僧"站柱"的遗迹，反映了古代少林寺僧苦练少林功夫的真实史迹。少林寺还经常到各地传授拳法、棍法，发展少林功夫。如五代十国时高僧福居特邀十八家著名武术家到少林寺演练三年，各取所长汇集成少林拳谱；明代抗倭名将俞大猷也曾到少林寺传授棍术。少林寺博采百家之长后，又逐步发展成为包括有马战、步战、轻功、气功、徒手以及各种器械等多种套路的武术流派，并进而发展充实，成为名扬中外的少林功夫。

少林功夫名显于世，始于隋末应秦王李世民邀请参加讨伐王世充的战役。唐太宗李世民登基后，重赏少林寺僧，扩建少林寺，准许少林寺成立僧兵队伍。昙宗被封为大将军，其余的人"时危聊作将，事定复为僧"。从此，少林功夫名驰遐迩，开创了少林功夫的新时期。

少林尚武精神千古流芳。明嘉靖年间，日本倭寇侵扰我国东南沿海一带，

---

① 韩雪：《中州武术文化研究》，北京：人民体育出版社，2006年版，页190。
② 阿德、谷文雨、周亚非编：《走进少林》，开封：河南大学出版社，2006年版，页107。

少林寺以月空为首的30多个和尚应召组成一支僧兵队伍,开赴松江前线御倭抗敌,后来因寡不敌众,月空等30多位爱国和尚全部壮烈牺牲,以身殉国。

【少林医学】

与少林禅学、功夫同样闻名的是少林医学。少林药局距今已有近800年的历史,始建于金兴定四年(1220年,另一说为1217年),创建者是当时的少林寺住持东林志隆。

兴定末年,寇彦温等百家大户施财愿作百年之斋,住持志隆在少林寺设立"药局"一所。① 金人元好问《遗山集》卷三十五《少林药局记》一文,记载了少林寺建造药局的始末:"昔青州辨公,初开堂仰山,自山下十五里负米以给大众。其后,得知医者新公,度为僧,俾主药局。仍不许出子钱致赢余,恐以利心而妨道业。新殁,继以其子能。二十年间,斋厨仰给而病者亦安之。故百年以来,诸禅刹之有药局,自青州始。兴定末,东林隆住少林,檀施有以白金为百年斋者,自寇彦温而下百家。图为悠久计,乃复用青州故事,取世所必用、疗疾之功博者百余方,以为药,使病者自择焉。僧德僧浃,靖深而周密,又廉于财,众请主之。故少林之有药局,自东林隆始。"②

志隆禅师,号东林,世称东林志隆、东林隆公,金末曹洞宗高僧。东林志隆为曹洞宗大师万松行秀的主要弟子之一,金贞祐三年(1215年)至元光元年(1222年)任少林寺住持。

其后,福裕大和尚住持少林寺期间,倡导"主伤科兼修内科、儿科,医众僧兼俗疾,方为普度众生"的僧医方针,使少林医药学获得了长足的发展。福裕,号雪庭,山西人。九岁入学,理解力极强,乡里人称他为"圣小儿"。出家后拜休林为师。元世祖慕其名德,命其住持。元宪宗时授他都僧省之符,总领天下僧众。他率众修复了嵩山一带因战乱毁坏的寺院,故被后人尊为少林寺"中兴之祖"。元皇庆元年(1312年)被追封为大司空并晋国公,是少林寺历史上唯一被封为"国公"的和尚。

---

① 阿德、谷文雨、周亚非编:《走进少林》,开封:河南大学出版社,2006年版,页230。
② [金]元好问:《少林药局记》,见《全辽金文》下册,太原:山西古籍出版社,2002年版,页3206。

少林寺在明代设立医座、药局司等,开设寺医学堂,培养专科僧医。

少林医学的总纲是:活血化瘀抗衰老,疏经通络祛百病。它以通为补,以通为用。治疗理念强调不仅仅治疗疾病的症状,更要让病人易筋洗髓,脱胎换骨,彻底祛除病根。

三、千古名刹　皇家寺院
——开封大相国寺

大相国寺位于开封市中心，是著名的皇家寺院。寺址原为战国魏公子信陵君的故宅，712年唐睿宗赐名大相国寺，北宋时期是全国佛教中心。大相国寺在中国佛教史上声名煊赫，素有"大相国寺天下雄"之称。① 系河南省文物保护单位。

开封大相国寺

【历史源流】

史料记载，大相国寺在战国时期曾是魏公子信陵君故宅。信陵君，名魏无忌，战国时魏昭王之子，魏安釐王同父异母的弟弟。信陵君是战国时期著名的政治家、军事家，官至魏国上将军，和赵国平原君赵胜、齐国孟尝君田文、楚国春申君黄歇合称为"战国四公子"。

大相国寺开创于北齐天保六年（555年）。南北朝时佛教盛行，寺院林立，北齐佛寺达四万余所，天保六年开封建建国寺。唐初，建国寺原址成为歙州（今安徽歙县）司马郑景的宅园。唐睿宗景云二年（711年），慧云禅师看到"隋河（即汴河）北岸，有异殊气天"，"至明入城寻睹，乃歙州司马郑景宅"，便购得郑

---

① 周进步、庞规荃、秦关民：《现代中国旅游地理学》，青岛：青岛出版社，1998年版，页233。

景的宅园,建为"福慧寺"。《宋高僧传》卷第二十六《唐东京相国寺慧云传》详细记载了慧云禅师的经历和建造福慧寺的经过。睿宗李旦因纪念其由相王登上皇位,于延和元年(712年)七月诏改福慧寺为大相国寺。

大相国寺有"汴京八景"、"相国十绝"的美誉。宋人郭若虚《图画见闻志》卷五"相蓝十绝"①云:

  大相国寺碑,称寺有十绝。其一大殿内弥勒圣容,唐中宗朝僧慧云于安业寺铸成,光照天地为一绝。其二睿宗御书牌额为一绝。其三匠人王温重装圣容,金粉肉色,并三门下善神一对为一绝。其四佛殿内有吴道子画文殊维摩像为一绝。其五供奉李秀刻佛殿障日九间为一绝。其六明皇天宝四载乙酉岁,令匠人边思顺修建排云宝阁为一绝。其七阁内西头有陈留郡长史乙速令狐为功德主时,令石抱玉画"护国除灾患变相"为一绝。其八西库有明皇先敕车道班往于阗国传北方毗沙门天王样来,至开元十三年封东岳时,令道政于此依样画天王像为一绝。其九门下梵王帝释及东廊障日内画"《法华经》二十八品功德变相"为一绝。其十西库北壁有僧智俨画"三乘因果入道位次图"为一绝也。

唐代的大相国寺,在中日佛教文化交流史上占有重要的地位。大相国寺藏经楼西侧现有"空海大师堂",内有日本爱媛县集资铸建的空海铜像一尊。日本真言宗的开山祖师弘法大师空海,于唐德宗贞元二十年(804年)曾居于大相国寺内。弘法大师空海精通汉文,参照中国草书偏旁,创立了日文字母"平假名"并作《伊吕波歌》传世,对中日文化交流起了重要作用。此堂就是为纪念他而建。②

---

① (宋)郭若虚《图画见闻志》卷五,北京:人民美术出版社,1963年版,页120
② 弘法大师空海(774—835年)俗姓佐伯,日本赞岐国多度郡(今日本香川县)人。少年时赴奈良学习儒学,18岁时写《三教指归》,对中国的儒、佛、道三教进行评论比较。20岁正式出家,潜心钻研佛学,后随日本第十七次遣唐使来长安。805年,拜青龙寺高僧惠果为师。空海在唐期间不仅钻研佛经,博览群书,而且学习梵文、书法。著有《文镜秘府论》,介绍传播中国文化。他还借用中国汉字草书创造日本文字平假名,并引进中国种茶技术。后授弘法大师名号。

北宋时大相国寺为东京汴梁最大的佛寺,深得皇家厚遇。自至道元年(995年)开始大规模扩建,占地500余亩,金碧辉煌,地位显赫,成为皇帝平日观赏、祈祷、寿庆和进行外事活动的重要场所,被誉为"皇家寺"。宋太宗、宋英宗、宋徽宗先后为寺院题额或制赞。大相国寺寺院住持由皇帝册封,寺院各院住持的任命和辞归均由君王诏旨允准,每逢住持就职则遣钦差降香,谓之"为国开堂"。高僧大德、文人墨客、达官贵人、平民百姓尽皆出入其间。

北宋时代的大相国寺也是中外文化交流的重要活动场所。大相国寺不仅是全国佛教中心,而且也是国际佛教活动中心,许多国家的外交使节和僧侣都到大相国寺参拜和学习佛法。建隆二年(961年),于阗僧善名等七人来汴,诏馆于大相国寺。《宋史》载,印度王子曼殊室利为僧后随中国僧人至汴,太祖令馆于大相国寺。宋神宗熙宁七年(1074年),朝鲜的崔思训带了几位画家来寺,将寺内所有壁画临摹回国。神宗时日本僧人成寻也曾在此居住。宋徽宗曾将"大相国寺"匾额赠送给朝鲜使者。大相国寺每年还举办五次"相国寺万姓交易"庙会,成为当时进行政治、商贸、社交、文化等活动的重要场所。

由于战乱,大相国寺在金代和元代严重损毁,明代多次重修。明成化十二年(1474年)曾一度改名为崇法禅寺。明末崇祯十五年(1642年),黄河水灌淹开封城。清朝初年,在大相国寺旧址废墟上重建寺院。清乾隆十一年(1746年)对大相国寺进行大规模重修。①

【大相国寺建筑】

大相国寺建筑呈中国传统的轴对称布局。主要建筑有大门、天王殿、大雄宝殿、八角琉璃殿、藏经楼等,由南至北沿轴线分布,大殿两旁东西阁楼和庑廊相对而立。大雄宝殿和藏经楼均为清朝建筑,重檐歇山,层层斗拱相叠,覆盖着黄绿琉璃瓦。殿与月台周围有白石栏杆相围。

八角琉璃殿,又称罗汉殿,清乾隆三十一年(1766年)重修,建筑奇巧,精美无比,极具特色,为汉地佛寺中罕见的古建筑。八角琉璃殿于中央高高耸起,四周游廊附围,顶盖琉璃瓦件,翼角悬持铃铎。八角琉璃殿中间,有一木结构八角

---

① 吕石明、曾广植等编:《中国宗教艺术大观》(3),台北:自然科学文化出版社,1981年版,页66—71。

亭高高耸立,内有一尊四面千手千眼观音木雕像,高约 6.6 米,全身贴金,异常精美,是乾隆年间由艺术巨匠用一整株白果树雕刻而成,雕像每面有 6 只大手,200 余只小手,手心有一只慧眼,总共 1000 余只,故名千手千眼佛。

大相国寺寺内东角有个钟楼,悬铜钟一口。巨钟高约 2.7 米,重约 5000 公斤,铸于清乾隆三十三年(1768 年),是该寺的珍贵文物。该钟霜天一杵,钟声悠扬深远,声震全城,"相国霜钟"为汴京八景之一。

【大相国寺佛乐】

佛教音乐是佛教寺院在各种法事活动、节日庆典中所使用的音乐。佛乐是我国音乐文化中重要的组成部分,是中华民族的宝贵文化遗产之一。

佛教音乐又称梵呗或梵乐,亦称赞呗、梵音、佛曲、佛乐等。梵,是印度语"清净"的意思;呗是印度语"呗匿"的略称,义为赞颂或歌咏。梵呗内容多为弘扬佛法和赞颂佛菩萨等美好事物的声乐,是佛事活动中必不可少的仪规。

佛教音乐源于印度。印度佛乐起源于公元前 2000 年至 1500 年左右,阿育王时代佛乐种类已非常丰富。梁朝慧皎《高僧传》云:"天竺国俗,甚重文制,其宫商体韵,以入弦为善,见佛之仪,以歌赞为贵。"

佛乐和佛教是不可分割的一个整体,佛教历来重视用音乐"宣唱法理,开导众心"。白马驮经,佛教传播中华,佛教梵呗也开始在我国流传。早期的中国佛教音乐活动自然完全承袭梵呗形制,即佛教史上称之为"西域化"的讲经吟唱方式。佛教史上著名的天竺国竺法兰大师及康居国康僧会大师,均对佛乐在华夏的传播作出了积极的贡献,后世尊二人为南北梵呗祖师。

曹植是最早创作中国梵呗唱法的人。三国时期,魏武帝第四子曹植(陈思王),素有音乐天分。相传曹植游鱼山,闻梵响(岩谷水声),写为梵呗,撰文制音,凡有六章,即后世所传《鱼山梵》(亦称《鱼山呗》)。唐代释道世撰《法苑珠林》卷三十六载曰:"植每读佛经,辄流连嗟玩,以为至道之宗极也。遂制转赞七声,升降曲折之响,世人讽诵,咸宪章焉,尝游鱼山,忽闻空中梵天之响,清雅哀婉,其生动心,独听良久,而侍御皆闻,植深感神理,弥悟法应,乃摹其声节,写为梵呗,撰文制音,传为后式,梵声显世始于此焉。"[1]

---

[1] 周青青:《中国民间音乐概论》,北京:人民音乐出版社,2003 年版,页 1。

南北朝时，随着佛教的传播，民间吟唱赞偈甚为流行。至唐朝，佛乐高度发展。唐代在印度佛教的梵呗和倡导的影响下，还一度出现了俗讲和变文，构成后世说唱文学的直接渊源。明清时期的佛曲日益通俗化，明成祖颁布御制《诸佛世尊如来菩萨尊者名称歌曲》五十卷，并通令全国佛教徒习唱。清代，佛教音乐盛行于道场。①

大相国寺佛乐是"镇寺"之宝之一，是国务院确定的国家级非物质文化遗产。大相国寺佛乐起源于唐，宋时达到了鼎盛。② 唐代佛教盛行全国，至天宝年间，大相国寺已出现完整的乐队。到唐大历年间，寺院将向佛献乐定为制度，开坛讲经必由乐队献乐，以表庄严和虔敬。这一传统也使得寺院注重了对佛乐曲目的整理和收藏，对佛乐的弘传和建设有着重大意义。

史料对大相国寺佛乐多有记载。宋朝梅尧臣的《宛陵集》中写有："刘原甫观相国寺净土院吴道子画，杨惠之塑像，又乐僧鼓琴，闽僧写真，予解其诧。"沈括《梦溪笔谈》中详细记载了大相国寺当时奏乐时所使用的乐器及演奏技巧，其中所载之管子仍然为当代佛乐演奏的主要乐器。《梦溪笔谈》卷十七《书画》："相国寺旧壁画，乃高益之笔，有众工奏乐一堵，最有意，人多并用琵琶者误拨下弦，众管发'四'字，琵琶'四'字在上弦，此拨乃掩下弦，误也。予以为非误也。盖管以发指为声，琵琶以拨过为声，此拨掩下弦，则声在上弦也。"孟元老的《东京梦华录》卷六记载："寺之大殿前设乐棚，诸军作乐，两廊有诗牌灯云：'天碧银河落下来，月华如水照楼台'并'火树银花合，星桥铁索开'之诗。"③

大相国寺佛乐是音乐宝库中的璀璨明珠。大相国寺佛乐乐谱保存较为完备，经多年收集、释译，已达200多首。大相国寺佛乐保留不少古曲痕迹，如在音乐典籍中只有曲名未见乐谱的《驻云飞》，在大相国寺乐谱中可找到，其结构极似隋唐的大曲。其他的一些乐曲也有不少唐宋大曲或法曲的特点。另外，曲名和曲谱中也保存有不少词曲音乐的踪迹，如菩萨蛮、浪淘沙、望江南、水龙

---

① 尼树仁：《中州佛教音乐研究》，广州：广东高等教育，1994年版，页6—17。
② 王姝懿、柴修石：《大相国寺佛乐初探》，《吉林艺术学院学报》2008年第4期，页13—17。
③ 王姝懿、柴修石：《大相国寺佛乐初探》，《吉林艺术学院学报》2008年第4期，页13—17。

吟、山坡羊、醉太平等。还有明清以来的俗曲如剪绽花、银扭丝及民间俗曲凤阳歌、二八罗戏耍孩等。① 大相国寺为弘扬传统文化，专门培养了专职乐僧22名，并精心组织编排了《白马驮经》、《相国霜钟》、《普庵咒》、《宝鼎赞》、《菩提树》等佛乐曲目。今天大相国寺佛乐已成为中原传统音乐的一个典型代表。

---

① 尼树仁：《中州佛教音乐研究：论文选集》，广州：广东高等教育出版社，1994年版，页130－138。

四、中国现存最古老的尼僧寺院
——登封永泰寺

永泰寺,原名明练寺,位于郑州市登封西北中岳嵩山西麓子晋峰下,因北魏孝明帝的妹妹永泰公主入寺为尼,唐代更名为永泰寺,距今已有1400多年的历史。登封永泰寺是中国历史上第一座尼僧寺院①,也是我国现存最古老的尼僧寺院②。

登封永泰寺

【永泰寺与三公主】

永泰寺是嵩山地区唯一一座皇家尼寺,南北朝时期的转运公主、明练公主、永泰公主相继在这里出家为尼。永泰寺前身为转运庵,是北魏文成帝女儿转运公主修炼地。南朝梁武帝的女儿明练公主修炼处为转运庵旁边的尼僧寺院明练寺。北魏时孝明帝的妹妹永泰公主③在明练寺削发为尼,潜心修佛。唐中宗时为纪念永泰公主的功德,明练寺更名永泰寺,又名永禅寺、永泰院或永泰庵。

永泰寺也因为历史上有三位公主在此修行礼佛而名扬天下。

转运公主是在永泰寺出家的第一位公主。关于她的记载文献甚少。转运

---

① 徐光春:《中原文化与中原崛起》,郑州:河南人民出版社,2007年版,页22。
② 汤淑君:《中国现存最古老的尼僧寺院》,《中原文物》1998年第2期,页39。
③ 根据永泰公主的传奇经历,作家李靖天创作有长篇历史小说《永泰公主》(河南文艺出版社,2006年版)。

公主是北魏文成帝和冯太后的女儿。文成帝在位期间，大兴佛寺，恢复修建被太武帝所毁佛寺，并开凿云冈石窟。北魏时期，佛教在中国盛极一时，皇宫内崇佛之风日盛，转运公主也信佛极诚。467年，转运公主告别皇宫，来到嵩山太室西麓建造自己的出家尼庵。转运公主在这里出家的时候，条件还比较简陋，只搭建了一座小庵，即转运庵。转运公主在转运庵一边念佛，一边劳动，自食其力，在佛门修炼终生。

明练公主是南朝梁武帝的女儿。南北朝时期，佛寺遍天下，梁武帝笃信佛教，曾先后三次到南京同泰寺（今鸡鸣寺）出家，后分别被大臣赎回。明练公主天性善良，颇有佛性，觉悟达摩佛理，毅然出宫，追随达摩为师，遁入空门，出家嵩山。达摩见其诚意，收她为徒，赐名道迹，法号总持。明练公主成为达摩的唯一女弟子。梁武帝改建转运庵为寺院，即明练寺，安置明练公主。因明练公主是禅宗的第一位女僧，开创了禅宗尼僧的先河，所以后人称总持为佛教禅宗尼僧的鼻祖，称该寺为佛教禅宗尼僧的第一寺院。

永泰公主是北魏宣武帝元恪之女、孝明帝的妹妹。北魏正光二年（521年），永泰公主来到嵩山明练寺削发为尼，潜心修佛。永泰公主乐善好施，深受崇敬和爱戴。唐中宗神龙二年（706年），为纪念永泰公主的功德，嵩岳寺僧人道莹奏请皇帝整修明练寺，奉祀永泰公主，更名永泰寺。明万历三十五年（1607年）十二月，费必兴撰《重建嵩山永泰寺碑记》，把永泰公主出家和达摩面壁、神光断臂得法并称为佛教禅宗中的三件大事，可见其影响之广之深，可谓"五叶敷荣，千花竞秀与三花之树、五衢之禾相辉映"，"变千古不配矣"。

【尼僧与尼庵】

永泰寺在历史上先后有转运、明练、永泰三位公主在此出家，规格之高，在中国佛教史上也是首屈一指。尤其是永泰寺三位公主的尼僧与尼庵规制与风气影响更为深远。

在佛教中，男子出家为僧，梵语叫做比丘，又叫苾刍；女子出家为尼，梵语叫做比丘尼，又叫尼僧，也叫女僧，或叫尼众，俗称尼姑。阿潘为我国最早的比丘尼。北宋赞宁《僧史略》卷上说："汉明帝听阳城侯刘峻等出家，僧之始也；洛阳妇女阿潘等出家，尼之始也。"西晋建兴年间，净检受智山法师剃发受十戒，为中国第一位受戒的比丘尼。《新唐书·艺文志》著录有僧宝唱写的《比丘尼传》

四卷,是我国最早的一本比丘尼传记。

唐以后,洛阳、南京、五台山、峨眉山、九华山等地先后出现尼僧寺院。尼僧寺院历经损毁,只有永泰寺从北魏正光二年(521年)至今,都是由女僧传法,至今未改。封建社会,皇室的人出家侍佛屡见不鲜,如北周的皇后中先后有六人相继走出皇宫,到寺院为尼。

在我国佛教史上,不乏戒行精严、学优行粹的比丘尼。《比丘尼传》中所载之比丘尼,颇有能登台讲解经律、著书立说者。由晋代迄梁武帝之间,中国佛教界已有不少杰出之比丘尼。如道容"戒行精峻"(卷一),令宗"学行精悫,开览经法,深义入神"(卷一);慧果"常行苦节,不衣绵纩,笃好毗尼,戒行清白"(卷二);慧耀"甚且烧身以供养三宝"(卷三);晋穆帝时,妙相"每说法度人,常惧听者不能专志,或涕泣以示之"(卷一);齐武帝时,昙彻"才堪机务,尤能讲说。剖毫析滞,探赜幽隐。诸尼大小,皆请北面"(卷三);智胜研读律藏,"自制数十卷义疏,辞约而旨远,义隐而理妙"(卷三)等等。足可窥见比丘尼在佛教史上的重要贡献。

【永泰寺三塔】

永泰寺后有三座古塔,分别为唐、金、明三代所建,其中以唐塔最为珍贵。

永泰寺唐塔,位于寺院后东北山坡上,塔因寺得名。塔为单层密檐式砖塔,平面呈正方形,高约25米,周长约18米,黄泥砌砖而成。塔室内部为方形,上部呈空筒状直通塔顶,塔身之上为十一层密檐,密檐外的轮廓连线呈抛物线形。塔刹由仰莲、五重相轮组成。塔之精美造型,具有显著的唐代风格,是嵩山唐塔中典型的代表作品,是我国现存唐塔中的佼佼者。全国重点文物保护单位。

均庵主塔,位于永泰寺院后,建于金大安元年(1209年)。塔为四边形双层砖塔,高约3.5米。塔基为须弥座,周围有砖雕花纹。塔身背面嵌有《嵩山永禅寺均庵主塔记》刻石一方。碑载北魏时期明练、永泰二公主出家前后的景况及均庵主之功德和生平。

明代肃然无为之塔,是肃然、无为两位尼僧合葬塔。位于永泰寺唐塔东北,建于明崇祯十一年(1638年),喇嘛式砖塔。塔分为基座、塔身、塔顶三部分。基座是一个高大的六边形须弥座,高约1.2米。塔铭刻《明圆寂慈恩师肃然无为讳敬果觉灵立祖普同之塔》铭文。塔顶高约3米,由粗厚朴实的五层相轮、矮石柱、俯莲盆、仰莲盆和火焰形宝珠等组成。

【嵩山名刹】

嵩山是历史悠久的佛教名山,佛教文化丰富而灿烂。东汉初年佛教传入中国,首先在东汉都城洛阳和地处京畿的中岳嵩山落迹,并由此开始向全国传播。汉明帝永平十四年(71年),嵩山建法王寺,并继此在嵩山地区兴起了建造佛寺的高潮;北魏太和八年(484年),大德沙门生禅师创建嵩阳寺;北魏太和二十年(496年),孝文帝为天竺高僧跋陀建少林寺;永平年间,北魏宣武帝元恪专门诏令冯亮、僧暹与河南府尹甄琛视嵩岳形胜之处兴建佛寺。

嵩山的佛教寺院不仅传承和发展了佛教,也在建筑艺术、碑刻艺术、书法艺术、绘画艺术等方面留下了众多的文化精品,积淀了深厚的文化遗产,其中以佛教寺院为中心的建筑文化尤为显著。据《登封市志》①记载,嵩山历史上共有122座寺院,一些寺院至今保存完好。历史上的名刹诸如永泰寺、法王寺、会善寺、清凉寺、嵩岳寺、少林寺、朝阳寺、黄龙寺、菩提寺、崇法寺、龙潭寺以及初祖庵、二祖庵、广惠庵等至今仍屹然矗立。

除著名的少林寺、嵩岳寺、永泰寺以外,嵩山地区还拥有诸多佛教文化积淀深厚的著名寺院。兹举几例:

法王寺,位于登封市太室山南麓玉柱峰下。法王寺创建于东汉明帝永平十四年(71年),是汉明帝专为印度高僧摄摩腾和竺法兰译经传教而敕建的。寺院依山而建,从低到高七进院落,有山门、金刚殿、天王殿、大雄宝殿、地藏殿、西方圣人殿、藏经阁,规模宏大,结构严谨。全国重点文物保护单位。

会善寺,位于登封市嵩山南麓积翠峰上。原为魏孝文帝离宫,正光元年(520年)复建闲居寺,隋开皇中,隋文帝赐名会善寺。武则天巡幸此寺拜道安禅师为国师,赐名安国寺。会善寺高僧辈出,净藏及天文学家一行等皆出自该寺。宋太祖开宝五年(972年)赐名"嵩岳琉璃戒坛"、"大会善寺"。元至元年间又赐名为"万寿禅寺"。会善寺保存了元至清时代的古建筑。全国重点文物保护单位。

---

① 《登封市志》,郑州:中州古籍出版社,2009年版。

清凉寺,位于登封市嵩山少室山清凉峰下,寺因山而得名。清凉寺始建于唐代,现存殿宇 15 间。清凉寺大殿保存较好,从大殿的彩绘壁画风格看属金代遗存,对研究古代建筑和绘画艺术具有极高的科学价值。河南省文物保护单位。

崇法寺,在登封市颍阳镇西门里。寺外有寺塔一座,始建不详。明嘉靖七年(1528 年)改纯孝伯祠堂。清顺治十七年(1660 年)仲春重建。乾隆四十八年(1783 年)重修天王殿。寺前有山门、配房。中间有韦陀殿,后有千佛殿。

龙泉寺,位于登封市西南石道乡龙泉寺村。始建不详。寺院坐北朝南,现存山门、六祖殿和千佛殿等建筑。千佛殿为明嘉靖九年(1530 年)建。河南省文物保护单位。

五、中国最早的麻风病医院
——卫辉香泉寺

卫辉香泉寺位于新乡市卫辉西北的霖落山上,为河南省北部最早的佛教寺院,素有"豫北第一古刹"之称。香泉寺是我国最早的麻风病医院①,专门收治麻风病的"疠人坊",开中国佛教慈善医疗之先河。② 河南省文物保护单位。

卫辉香泉寺原为战国魏安釐王的离宫——雪宫。北齐天保七年(556年),著名高僧稠禅师在魏离宫旧址上

卫辉香泉寺

建寺院,名为"香泉寺"。香泉寺稠禅师殿前西侧立有一通明成化九年(1473年)《重修香泉寺碑》,详细记载了香泉寺的创建经过和历代住持法号。碑文记载香泉寺"其传齐僧稠禅师游化之所。涌泉甘洌,稠掬水闻其香而记曰:是地可以建道场矣。厥后,寺事成,即以香泉题其额"。

稠禅师是名扬北朝的一代佛学大德国师。稠禅师(480－560年),北齐僧人,昌黎人,俗姓孙。稠禅师二十八岁投僧寔法师出家,先后参访道房、跋陀三

---

① 《我国最早的麻风病医院在香泉寺》,见中共新乡市委宣传部:《新乡五千年》(北京:中国农业科技出版社,2002年版)。

② 徐光春:《中原文化与中原崛起》,郑州:河南人民出版社,2007年版,页270。

藏、道明禅师，修习禅法，历住嵩岳寺、大冥山、石窟大寺。天保三年（552年），齐文宣帝于邺城西南龙山为之建云门寺。汤用彤《汉魏两晋南北朝佛教史》评价稠禅师说："北齐禅师首称僧稠……稠于嵩岳、怀州、邺城各地弘道，练众千百。魏孝武帝为立禅室，齐文宣帝躬身郊迎，礼貌优渥……稠之影响当甚大。"①任继愈、杜继文《佛教史》称："僧稠在北魏，特别是北齐，势力熏天。"②现在安阳小南海北朝时期的北齐石窟、宝山灵泉寺、龙山云门寺、林虑山和武安禅果寺、卫辉香泉寺、修武百家岩寺、圆融寺等处都留有稠禅师活动的遗迹和历史记载。

北齐天保七年（556年），印度高僧那连黎耶舍应香泉寺的创建者稠禅师的邀请，来香泉寺传经讲学。那连黎耶舍在香泉寺讲经传播佛教文化使香泉寺在历史上素有佛教"小西天"之称。

那连黎耶舍（489－589年）是有崇高威望的印度来华高僧，又译名那连耶舍、那连提耶舍，略称耶舍。那连黎耶舍十七岁出家，通大小二乘，精于三学，立志礼佛陀圣迹并周游诸国。在北齐，那连黎耶舍甚受文宣帝礼遇，并用他的供禄建立了汲郡（现卫辉）西山三寺，以收留染患疠疾（此指麻风病）患者。隋开皇九年圆寂，寿满百岁。

那连黎耶舍在香泉寺建立的疠人坊，是我国历史上有史可查的第一座麻风病医院③，在中国卫生史上留下了灿烂的一页。那连黎耶舍在香泉寺传经讲学时，随行的一个僧人得了麻风病。为了防止麻风病传播，那连黎耶舍与稠禅师商定，把他安排在寺北山崖上的一个天然溶洞内，两个月后，麻风病僧人竟奇迹般地痊愈了。那连黎耶舍颇精医道，他研究后认为洞顶滴下的水珠可治麻风病人。《续高僧传》记载：那连黎耶舍自此潜心麻风病的研究，又于"汲郡西山建立三寺……又收养厉疾男女别坊，四事供承（供给衣食住行所需），务令周给"。香泉寺东寺即那连黎耶舍协助稠禅师所建三寺之一，另两寺是已成为香泉寺西寺的霖落寺和距此不远的六度寺。

---

① 汤用彤：《汉魏两晋南北朝佛教史》，北京：中华书局，1988年版，页570。
② 任继愈、杜继文：《佛教史》，南京：江苏人民出版社，2005年版，页211。
③ 梁章池、赵文明：《关于中国"疠人坊"起源的考证及其遗址现场的考察》，《中国麻风皮肤病杂志》1985年第1期，页21。

那连黎耶舍在此设立麻风病医院,救治了许多病人。后来他于辞世前夕,专程从京师返回香泉寺,找来石工,将平生收集整理并经临床检验的逾百种能够治愈麻风病的中药方剂,刻在十块方碑上,立在那个山洞旁边,这就是著名的《疠疾百解碑》。至今那座滴水疗病的山洞犹存,被人唤做"洗身洞"。疠人坊,就是中国古代专门收容麻风病人的隔离医院。由此可见,我国古代对传染病的认识和治疗技艺已达到相当高的水平。香泉寺东西两寺中间山谷两旁的山崖上,仍遗存大量的当年放置麻风病人死后骨灰盒的石龛。①

香泉寺临山崖而建,亭台楼阁,碑殿佛雕,甚为壮观。香泉寺石壁上、建筑物上雕的、画的都是佛像、佛龛。千佛洞开凿在山崖上,现存的270余尊佛像雕刻于唐开元年间(713—741年),姿态各异,形象逼真。千佛洞北面的石壁上,有唐代"画圣"吴道子的"麻姑像"石刻,线条简洁,雍容华贵。摩崖石刻《华严经》为北齐时期不可多得的石刻艺术珍品。寺旁的崖壁上,镌刻有明朝万历皇帝的胞弟潞简王书写的"香泉"二字,苍劲有力。历史上香泉寺以"佛洞烟云"、"古塔凌云"、"凉台玩月"、"涧水涛声"、"竿山叠翠"、"乳岩溪流"、"香泉甘洌"、"炉山夕照"八景而闻名。

新乡市位于豫北平原,寺院林立,佛乐飘香。

辉县白云寺,位于辉县市西白鹿山麓,原名白茅寺,又称梦觉寺。始建于唐高宗年间,盛建于元、明,明洪武二十四年(1391年)改白云寺,为现存规模较大、保存较完整的佛教寺院。白云寺历史悠久、布局完整、文物丰富、风貌原始。寺内重要文物有元代普照大禅师石塔,宋代五百罗汉碑,金、明时期砖塔四座。系全国重点文物保护单位。

辉县兴国寺,位于辉县城西永安山巅,介于南湖、北湖之间,故又名中湖寺,始建无考。兴国寺原规模宏大,山泉流经寺内,佛殿前有养鱼池,现存庙宇数间,石碑十余通,其中有宋代所立《太平兴国禅院碑》。清乾隆年间《重修中湖寺碑》记载:"中湖寺,天生地设,竹林辅势,山川效灵,岩谷幽深,竹林森茂,泉

---

① 《我国最早的麻风病医院在香泉寺》,见中共新乡市委宣传部《新乡五千年》(北京:中国农业科技出版社,2002年版)。

出山岭,流经寺内。"

辉县普救寺,位于辉县市西褚邱村,北依太行,环境优美。现存明嘉靖、万历、清康熙、乾隆、道光古碑十余通。相传普救寺是西厢记故事的发源地。如今辉县市西部诸多村镇与崔莺莺和张生故事关联的遗迹甚多:在冀屯乡上官村有莺莺坟,在上八里镇的李虎寨、炮台岭、褚邱村西北部有白马将军庙遗址等,而且褚邱村的崔姓在历史上也的确有人在朝中做过相国。

获嘉登觉寺,位于获嘉县大辛庄村,始建于明天顺八年(1464年)。现存山门、后殿和耳房,另有明成化十三年(1477年)大铁钟。

获嘉寂照寺,又名剌孤寺,位于获嘉县中和镇后寺村,建于元至元九年(1272年)。现有天王殿、中佛殿、大佛殿及东廊房。

获嘉崇兴寺,位于获嘉县城西北隅,宋始建,明洪武、万历、嘉靖年皆有重修。寺院泉甘土肥,林木深茂,晨钟乍动,余韵悠扬。旧志"西寺晓钟"为著名风景。

附:《续高僧传》卷二《那连黎耶舍传》

那连黎耶舍,隋言尊称。北天竺乌场国人。正音应云邬茶,茶音持耶反。其王与佛同氏,亦姓释迦,刹帝利种。隋云土田主也。由劫初之时先为分地主,因即号焉,今所谓国王者是也。舍年十七发意出家,寻值名师备闻正教。二十有一得受具篇,闻诸宿老叹佛景迹。或言,某国有钵,某国有衣,顶骨牙齿神变非一,遂即起心愿得瞻奉。以戒初受须知律相,既满五夏发足游方。所以天梯石台之迹,龙庙宝塔之方,广周诸国,并亲顶礼仅无遗逸。曾竹园寺一住十年,通履僧坊多值明德。有一尊者深识人机,见语舍云,若能静修应获圣果,恐汝游涉终无所成,尔日虽闻情无领悟,晚来却想悔将何及。耶舍北背雪山,南穷师子,历览圣迹仍旋旧壤,乃睹乌场国主真大士焉。自所经见罕俦其类,试略述之,安民以理民爱若亲。后夜五更先礼三宝,香花伎乐竭诚供养。日出升殿方览万机,次到辰时香水浴像。宫中常设日百僧斋,王及夫人,手自行食。斋后消食习诸武艺。日景将昳写十行经,与诸德僧共谈法义,复与群臣量议治政,暝入佛堂自奉灯烛。礼拜读诵各有恒调,了其常业乃还退静。三十余年斯功不替。王有百子,诚孝居怀。释种余风胤流此国，但以寺接山阜，野火所焚。各相差遣四远投告，六人为伴，行化雪山之北。至于峻顶，见有人鬼二路，人道荒险鬼道利通，行客心迷多寻鬼道，渐入其境，便遭杀害。昔有圣王，于其路首。作毗沙门天王石像，手指人路。同伴一僧错入鬼道，耶舍觉已，口诵观音神咒，百步追及，已被鬼害。自以咒力得免斯厄，因复前行。又逢山贼，专念前咒便蒙灵卫。贼来相突对目不见，循路东指到芮芮国，值突厥乱西路不通，反乡意绝。乃随流转，北至泥海之旁。南岨突厥七千余里，彼既不安远投齐境，天保七年届于京邺，文宣皇帝极见殊礼偏异恒伦，耶舍时年四十，骨梗雄雅物议惮之。缘是文宣礼遇隆重，安置天平寺中，请为翻经。三藏殿内梵本千有余夹，敕送于寺，处以上房，为建道场供穷珍妙，别立厨库以表尊崇。又敕昭玄大统沙门法上等二十余人，监掌翻译。沙门法智居士万天懿传语。懿元鲜卑，姓万俟氏，少出家师婆罗门，而聪慧有志力，善梵书语工咒符术，由是故名预参传焉。初翻众经五十余卷，大兴正法，弘畅众心。宣帝重法殊异，躬礼梵本顾群臣曰：此乃三宝洪基，故我偏敬，其奉信推诚为如此也。耶舍每于宣译之暇，时陈神咒，冥救显助立功多矣。未几授昭玄都，俄转为统。所获供禄不专自资，好起慈惠乐兴福业，设供饭僧施诸贫乏，狱囚系畜咸将济之。市廛闹所多造义井，亲自漉水津给众生。又于汲郡西山建立三寺，依泉旁谷制极山美。又收养厉疾男女别坊，四事供承，务令周给。又往突厥客馆，劝持六斋，羊料放生受行素食。又曾遇病百日不起，天子皇后躬问起居，耶舍叹曰：我本外客，德行未隆，乘舆今降，重法故尔。内抚其心惭惧交集，健德之季周武克齐。佛教与国一时平殄，耶舍外假俗服，内袭三衣。避地东西不遑宁息。五众雕窘投厝无所。俭饿沟壑者，减食施之。老病扶力者，随缘济益。虽事力匮薄，拒谏行之而神志休强，说导无倦。此负留难便历四年，有隋御寓，重隆三宝。开皇之始，梵经遥应，爰降玺书，请来弘译。二年七月，弟子道密等，侍送入京，住大兴善寺。其年季冬草创翻译，敕昭玄统沙门昙延等三十余人，令对翻传。主上礼问殷繁，供奉隆渥，年虽朽迈行转精勤。曾依舍利弗陀罗尼。具依修业，梦得境界，自身作佛，如此灵祥杂沓。其例非一后移住广济寺，为外国僧主，存抚羁客，妙得物心。忽一旦告弟子曰：吾年老力微不久去世，及今明了诫尔门徒，佛法难逢宜勤修学，人身难获慎勿空过。言讫就枕，奄尔而化。时满百岁，即开皇九年八月二十九日也。初耶舍先逢善相者云，年必至百，亦合登仙，中寿果终，其言验矣。登仙冥理犹难测之，然其面首形伟特异常伦。顶起肉髻耸若云峰，目正处中上下量等，耳高且长轮埵成具，见人荣相未比于斯，固是传法之硕德也。法主既倾哀惊道俗，昭隆之事将渐坠焉，凡前后所译经论，一十五部，八十余卷，即菩萨见实月藏日藏法胜毗昙等是也。并沙门僧深明芬给事李道宝等度语笔受，昭玄统沙门昙延昭玄都沙门灵藏等二十余僧，监护始末。至五年冬，勘练俱了。并沙门彦琮制序具见齐周隋二经录。寻耶舍游涉四十余年，国五十余，里十五万。瑞景灵迹胜寺高僧，驶水深林山神海狩，无非奉敬，并预惩降。事既广周未遑陈叙，沙门彦琮为之本传，具流于世。时又有同国沙门毗尼多流支，隋言灭喜，不远五百由旬，来观盛化。开皇二年，于大兴善，译象头精舍大乘总持经二部。给事李道宝传沙门法纂笔受，沙门彦琮制序。

六、天台宗发源地
——光山净居寺

光山净居寺,又名梵天寺,位于信阳市光山县大苏山、小苏山之间。净居寺是中国佛教宗派——天台宗的发源地。①

天台宗为中国最早、最具中国特色的佛教宗派之一,因其创始人智𫖮驻浙江天台山说法,故称天台宗。天台宗为汉传佛教十三宗之一,其教义主要依据

光山净居寺

《妙法莲华经》,故也称法华宗。天台宗主要思想是实相和止观,以实相阐明理论,用止观指导实修;主要观点有"一心三智"、"一念三千"、"三谛圆融"、"定慧双修"等。天台宗对隋唐以后成立的各宗派多有影响,虽几经兴衰,但至今延续不绝。

天台宗不仅在中国佛教史上、哲学史上有极高的地位,而且对日本、朝鲜半岛等地佛教及文化也有着巨大影响。9世纪初,日本僧人最澄将此宗传到日本,在平安时代,与真言宗并列发展,史称"平安二宗";13世纪由此宗分出日莲宗,日莲宗后又分出几个新兴教派。当今日本天台本宗、日莲宗都很兴旺。

---

① 王丽霞:《天台祖庭——光州净居寺》,《中州古今》2000年第3期,页39—41。另有国清寺为中国佛教天台宗祖庭一说。

天台宗起源于光山净居寺。① 天台祖师慧思、智𫖮在光山净居寺弘法达14年之久,慧思为天台宗先驱,智𫖮为天台宗创始人。天台宗藤牵海内外,名僧遍天涯,但究其根底,其得名虽在天台山,但其学说却发源于光山净居寺。学者们曾运用大量史料和实证材料论证,天台宗思想源于光山净居寺。② 这就是净居寺为何成为海外佛教天台宗寻根探祖之地的由来。

慧思(515—577年),俗姓李,后魏南豫州汝阳郡武津县(今河南上蔡县)人。北齐天保年间,高僧慧思来到光州(今光山县)大苏山结庵说法14年。大苏山山阳一处如削如劈的天然石壁上,存有"住大苏山慧思开石,甲戌年三月二十五日"石刻,显其深山修持之愿。

智𫖮(538—597年),南朝陈、隋时代高僧,俗姓陈,字德安,荆州华容(今湖北潜江)人,世称智者大师,天台宗的开宗祖师。智𫖮在光山净居寺师从慧思和尚潜修七年,三十二岁下山,游历四方,后移住天台山开坛弘法,天台大师以及天台宗的称呼,由此而起。智者大师著有《摩诃止观》、《法华玄义》、《法华文句》,世称"天台三大部";又著有《观音义疏》、《观音玄义》、《观经疏》、《金光明经义疏》、《金光明经文句》,称为"天台五小部"。

净居寺历史悠久,历经沧桑。北齐天保五年(554年),净居寺由名僧慧思和尚结庵,唐中宗神龙时道岸禅师建寺,后废于兵火。北宋乾兴中修复,真宗赵恒赐名梵天寺。元代又毁,明初修复。明末崇祯时再毁,清顺治年间再修复。③

净居寺布局齐整,美观大方,虽几毁几建,仍存有明、清古老建筑50余间。净居寺主体建筑为大雄宝殿,亦称大佛殿。大雄宝殿系明、清建筑,面阔5间,进深3间,九架砖木结构。殿内金柱24根,硬山顶、单檐、檐柱6根,每根檐柱上方有额枋,额枋为阳刻人物纹式木雕;有30扇花格扇门,格扇门上方有15扇花格扇窗。大雄宝殿东西厢房各5间,属砖木结构。东厢房为典型的明代驼峰

---

① 河南省河洛文化研究中心编:《河洛文化与汉民族散论》,郑州:河南人民出版社,2006年版,页318。
② 曹辛华、李邦儒、赵世立:《光山举行净居寺与天台宗学术研讨会》,《人民日报海外版》2000年05月31日第四版。
③ 麻天祥、王照权、占发富:《光山净居寺考》,《五台山研究》2000年第2期,页36—39。

斗拱式建筑结构,西厢房为清代建筑。

净居寺有1400多年的历史,保存了许多文物和古迹。寺前5棵唐柏,并排左右,挺拔而立;一棵千年银杏,需4人合抱,冠枝盖面约一亩,树上寄生一檀一柏,人称"同根三异树"。寺前方有一"白莲池",池内碧波荡漾,植莲花,素有"四水瑶池"之说。宋真宗题名"敕赐梵天寺"石刻五个大字匾额,现仍嵌在门头上。寺内保存有明神宗颁大藏经《皇帝敕命》碑、清康熙皇帝《钦赐大苏山梵天寺重建记》碑以及历代名人、学者游净居寺所题诗赋碑刻30余通,其中尤为珍贵的是《宋苏轼游净居寺诗并叙》碑。

苏轼两次光临净居寺被后人传为佳话。明嘉靖二十六年(1547年)《记梵天寺后裔僧俗复兴序》碑文所述:这里"佛台增辉",来此观光者,既有"道生鲁直真人(宋朝大文学家、书法家黄庭坚)",又有"儒生东坡先生"。苏轼曾赋诗净居寺:"四壁峰山,满目清秀如画。一树擎天,圈圈点点文章。""钟声自送客,出谷犹依依。回首吾家山,岁晚将焉归。"净居寺至今仍有苏轼"读书台"。

七、河南著名元代建筑之一
——济源大明寺

元代是中国历史上蒙古族统治者建立的统一王朝。元代建筑在我国建筑史上起着承前启后的作用,在继承宋、金传统的基础上,又吸收了中亚建筑的手法。

推介两座河南现存的著名元代建筑:

济源大明寺

登封观星台,位于郑州登封市东南的告成镇北,中国历代许多天文学家曾到这里进行过天文观测。现存观星台创建于元朝初年,不仅是中国现存最早的天文台建筑,也是世界上重要的天文古迹之一。观星台系砖石混合建筑结构,由盘旋踏道环绕的台体和自台北壁凹槽内向北平铺的石圭两个部分组成。台体呈方形覆斗状,四壁用水磨砖砌成,连台顶小室统高约13米。尚保存有唐开元十一年(723年)天文官南宫说刻立的纪念石表一座,表南面刻"周公测景台"五字。系第一批全国重点文物保护单位。

温县慈胜寺,位于焦作温县城西大吴村,始建于唐贞观年间,元至元年间(1264—1294年)重建。现存山门、天王殿、大雄殿,均为保存较好的元代木构建筑。天王殿、大雄殿充分利用力学原理,其梁架通过榫卯相连,将重量均匀分散在檐柱和金柱上，极其稳固，体现了古代高超的建筑艺术。大雄殿基本保留了元代建筑结构和木构件，并存有元代壁画和匾额，文物价值极高。系全国重点文物保护单位。

济源大明寺，位于济源市轵城镇，原名通慧禅院，元代改名大明寺。大明寺的历史可以追溯到西汉初年，前身是轵侯刘昭的焚修香院。宋仁宗时期，改建为通慧禅院。金朝末年，寺院经历了一次空前的劫难，元代刻立的《大元怀庆路济源县轵城大明院住持天真慈觉大师恩公勤德之碑》详细记录了这段历史，"既罹兵烬，倒为丘墟"。元至元十四年（1277年），禅院主持总公、恩公重修寺院，历时30年之久，更名为大明寺。碑刻记载，大明寺"栾栌枅比，栋宇翚飞，藻绚新鲜，垣墉缭绕"，并吸引了元仁宗专程来到大明寺，"大德丙午，仁宗潜邸于覃怀，尝幸是刹，特赐令旨，为之护持"。

大明寺古建筑保存较好，为全国重点文物保护单位。寺院内现存古建筑15座41间，依次为山门、金刚殿、中佛殿、伽蓝殿、僧房、后佛殿等。山门，面阔3间，硬山灰瓦顶，有斗拱，明代晚期建筑。

大明寺中佛殿，是河南现存元代木构建筑中保留原结构纯度最高的单体建筑之一。单檐歇山顶，面阔进深各3间，平面近方形。建筑手法随意自然，梁枋构件使用弯曲的自然材料，体现出典型的元代工艺风格。殿内平面采用叉柱造的方法，增加了梁柱间的牵拉强度，增强了佛殿的稳固程度。此殿还继承和保留了宋代的建筑风格，具有珍贵的历史价值。

大明寺后佛殿，单檐悬山顶，建造于明万历年间，重修于清嘉庆年间。后佛殿的后檐斗拱上使用替木，柱头上使用厚而宽的大额方，这些采用袭古手法的建筑工艺现存极少，是研究明代、清代建筑重要的实物例证。后佛殿的外檐、梁架、檩条、斗拱上，还比较完整地保留着各式各样的彩画。

大明寺历史厚重。中佛殿前的一株千年娑罗树依然生机盎然。山门两旁存有明成化十八年（1482年）的一对石狮。寺内有古碑多通，重要的有元泰定四年（1327年）《大元怀庆路济源县轵城大明院住持天真慈觉大师恩公勤德之碑》、明弘治十六年（1503年）《重修大明寺前殿之记》、明万历四十三年（1615年）《大明寺重建后佛殿碑记》等。

济源市位于河南省西北部，北依太行、王屋二山，南临黄河，西与山西相邻，东接华北平原。济源历史文化源远流长，集唐、宋、元、明、清历代建筑之精华，被誉为"中国建筑博物馆"。济源境内文物古迹众多，另外三处佛教寺院也很有特色。

延庆寺，位于济源市柴庄，因坐落于济水西源的龙潭岸边，故又名龙潭寺，始建于唐垂拱三年（687年）。宋太平兴国年间（976－983年），济源县令阆中陈省华居延庆西院，其子尧叟、尧佐、尧咨相继中进士，并接踵为将相，延庆寺因此声名大振。延庆寺舍利塔位于寺西北隅，建于宋景祐元年（1034年），北宋时期仿木结构砖塔。塔基地宫内有舍利金棺一座，储置舍利子数十粒，随葬北宋佛经百卷。

盘谷寺，位于济源太行山南麓盘谷口，寺以谷名，创建于北魏太和三年（479年）。唐贞元十七年（801年），李愿归隐盘谷，因韩愈作序送之而负盛名。清乾隆帝作《盘谷考证》，并亲书韩愈《送李愿归盘谷序》，定盘谷为"名山胜迹"。寺后谷内之盘石，亦称盘砚，为我国著名石砚。河南省文物保护单位。

静林寺，位于济源市南姚村。始建于北宋，元代重建，明清多次重修。现存山门、东西厢房、中佛殿等建筑。中佛殿内遍布彩绘，工艺精湛，多为清代作品。寺内有清代碑刻题记。河南省文物保护单位。

济源寺院遗迹有：龙泉寺，始建不详，现存前佛殿、后佛殿、僧房等，另有清道光八年（1828年）碑一通；长兴寺，建于北齐河清四年（565年），现存后佛殿，商山寺，始建不详，现有中佛殿为清代建筑；弥陀寺，始建不详，元至正十三年（1353年）重建，现存山门、中佛殿、后佛殿；普救寺，又名下冶寺，建于宋，现有山门、东西配殿、后佛殿，另有明清碑刻十余通；报恩寺，建于宋景祐年间，现存大殿；仙口寺，始建不详，现存前佛殿、中佛殿、后佛殿等；清廉寺，始建于金代，现存大殿、配殿等；北勋石佛寺，始建于唐，现有中佛殿、大雄殿和东西配殿；东阳石佛寺，始建于明，现存大殿，内有明代石佛一尊。

八、中州古刹
——淅川香严寺

淅川香严寺始建于唐,又名显通寺、香岩长寿寺,位于南阳市淅川县仓房镇龙虎山,坐落在龙山岭南的群山环抱之中。明《嘉靖南阳府志校注》记载,"香岩寺始建于唐"。又据《淅川香严禅寺中兴碑记》,寺为"大唐慧忠国师道场,勅赐长寿,其以香岩传,由国师入塔时,异香百里,经月不散",故亦称"香岩长寿寺"。系全国重点文物保护单位。

淅川香严寺

香严寺原为"大唐慧忠国师道场",有"千顷香岩"之称。慧忠国师,俗姓冉,越州诸暨(浙江诸暨)人。慧忠与青原行思、南岳怀让、菏泽神会、永嘉玄觉,并称为六祖慧能门下五大宗匠。慧忠游历天下山川,于唐玄宗开元二年(714年)到达顺阳川党子谷(今淅川香严寺所在地),在此讲经说法四十余年。唐天宝十四年(755年),唐玄宗寻访天下名僧,慧忠以"戒行精专,佛法造旨高超,堪称一代大师"闻名。唐肃宗时慧忠被尊为国师。宝应元年(762年),唐代宗恩准慧忠在党子谷修炼建寺,即香岩长寿寺。

香严寺原有两座禅院,当地人称之为上寺、下寺。上寺在白崖山,下寺在山麓丹水旁,现仅存上寺。

香严寺建筑严谨对称,规模宏伟。寺院坐北向南,依山而建。主体建筑有山门、韦驮殿、凝月轩、大雄宝殿和藏经楼,自下而上分布在一条中轴线上,一进五庭院,步步登高。两侧陪建东西客房、僧房和十王殿,东部另辟静修院。

香严寺现存殿、堂、楼、阁多为明、清建筑。山门为四柱嵌匾的石牌坊,明代建筑,上书"勅赐显通禅寺"六个大字。韦驮殿,清代建筑,硬山式建筑,面阔五间,进深三间。韦驮殿后为凝月轩,清代建筑,小巧玲珑。

香严寺大雄宝殿,清代建筑,硬山式建筑。面阔五间,进深三间,四周走廊环立26根大柱,高约7米。檀嵌、插筋均为浓笔重彩,镂刻绘画。斗拱出头雕刻龙头、龙尾,状似盘龙。门扉全为填花透雕,纹理清晰,花叶相衬。殿内竖立八根"通天柱",直托屋顶梁架。尤其是大雄宝殿内满绘神佛壁画,画中人物姿态各异、形神兼备、构图严谨,总面积400余平方米,颇具文物价值。[1]

香严寺历代高僧辈出,名塔林立。明清时期的塔有百余座,现仍留存27座宋至清时期所建的石塔、砖塔,具有重要文物价值。寺东竹林内矗立着两座洁白的大理石塔,高约15米,六角七级仿楼阁式塔,雕琢精细,与绿竹相衬,若天然图画。

---

[1] 参崔秉华:《香严寺》,见陶善耕、明新胜主编:《中州古刹香严寺》,北京:中国致公出版社,2001年版,页169—173。

九、中州第一丛林
——襄城乾明寺

襄城乾明寺创建于唐武德年间,因位于许昌市襄城县南首山之阴,又称背影寺。后唐清泰元年(934年),僧省念禅师开山重修,明清两代历经修缮,被誉为"中州第一丛林"。① 河南省第一批文物保护单位。

襄城乾明寺

乾明寺规模雄伟。现存古建筑有照壁、天王殿、中佛殿、禅堂、方丈室等,多为元末明初特色。山门前有牌坊三道,额书"佛坛胜地",山门上三个大字"乾明寺"为隋炀帝书。寺内有天王宝殿一座,额书"中州第一禅林"。

乾明寺中佛殿,始建于唐武德年间,元初毁于兵火,元至治二年(1322年)重建,明清屡加修葺。现存中佛殿为明代建筑,进深约13米,面阔约14米,高约12米,歇山顶式古建筑。

乾明寺照壁是寺院山门前的影壁,建于明嘉靖三十年(1551年)。红石为基,青砖为体。现存照壁长约13米,高约5米,厚约0.7米,上嵌青砖浮雕"黄帝采铜图"。

---

① 襄城县史志编纂委员会编:《襄城县志》,郑州:中州古籍出版社。1993年版,页503。

乾明寺塔林，仅存遗址。史料记载，塔林系唐至清历代所建，原存372座，塔身均为青砖结构，造型各异，是首山西北麓一处历史文化遗址。如今遗址上随处可见塔林遗留物。

2008年，山泉先生出版了《中州第一禅林——乾明寺传奇》（中国文联出版社）一书。该书以襄城乾明寺为历史背景，详尽描述了乾明寺1400多年以来所发生的传奇故事和有趣的民间传说。故事结构宏大，内容复杂。作者或用史料典籍，或用民间传说，或用野史稗闻，或用演义故事，顺着历史的脉络，追溯了乾明寺的沧桑岁月和变迁轨迹。

十、豫南第一名刹
——罗山灵山寺

"豫南第一名刹"①灵山寺位于信阳市罗山县涩港乡灵山,寺以山名。

罗山灵山山色秀丽,景观奇异。灵山属大别山脉,南毗湖北省,海拔829米。此处山体连绵,层峦叠嶂,沟壑纵横,年平均气温13－15℃。灵山云雾茶,为全国十大名茶之一的信阳毛

罗山灵山寺

尖中的精品。灵山是我国著名的佛教圣地,佛教历史源远流长,旧时有大小寺院13所,现存2所。

灵山寺建于北魏孝文帝延兴四年(474年),为佛教传入中国后所建较早的寺院之一。唐玄宗之女建宁公主曾在此出家为尼,故被封为国庙。明太祖朱元璋曾三上灵山,并于洪武三年(1370年)往该寺降香时,敕封灵山为"皇山",灵山寺为"国庙",敕封住僧为金碧禅师,御赐半副銮驾、金瓜、斧钺、龙头凤尾禅杖,亲笔御题"圣寿禅寺"匾额。

灵山寺在印度和东南亚国家中颇有声望。清康熙五十一年(1712年),灵山住持僧杲英赴印度研究佛教,成为佛教界一代宗师。1962年,印度总理尼赫

---

① 邬学德、刘炎:《河南古代建筑史》,郑州:中州古籍出版社,2001年版,页219。

鲁访华期间,曾专门提出往该寺瞻仰拜谒。①

灵山寺布局精致,结构严整。寺院现有大殿七座30余间,分别为天王殿、祖师殿、大雄宝殿、法堂、念佛堂、千手千眼观音殿、祖师堂。七座大殿依山势修建,呈梯形由低到高排列在一条中轴线上。

信阳地区其他寺院略作介绍。

信阳活佛寺,位于信阳鸡公山下,是我国唯一一座供奉济公活佛的寺庙。相传南宋僧人道济(即济公)云游到此,看到鸡公山风光旖旎,于此坐化。当地人为其修建了寺庙,取名活佛寺。

信阳祝佛寺,又名盘山寺,俗名摩佛寺,位于信阳市西北游河乡。始建于唐天宝年间(742－754年),由"进寺祖师"高僧宝积禅师主持兴建,距今已有1200多年历史。

信阳贤隐寺,位于信阳市浉河区贤山村,距今已有1500多年的历史。寺院规模宏大,结构严谨,寺内有五间十二柱的韦驮神殿和巍峨辉煌的大雄宝殿。

固始妙高禅寺,位于固始县陈淋子镇豫皖交界处大别山北麓的九华山上。始建于隋末唐初,清顺治初年重建,是佛教禅宗临济宗大悟山派的开山祖庭。寺院附近有11座墓塔,系历代大德高僧的灵骨塔。据墓塔的造型和塔身的莲花雕饰图案以及塔身墓志铭记载,墓塔多为清代初期所建。其墓塔的风格有异于嵩山少林寺墓塔,塔形独特,具有极高的历史文化价值。

固始大佛寺,位于固始曹家寨山东坡,五代十国时期修建。寺院大殿为砖瓦结构,殿前设有石香坛一座,院墙用青石堆砌,廊沿有雕花。

光山朝阳寺,位于光山县城,始建不详,清康熙年间重修。寺院座西面东,共有砖木结构房屋14间,有前殿、正殿和左右厢房,现主体建筑尚存,对研究豫南民俗文化、佛教文化以及清代的寺庙建筑艺术具有重要的价值。

---

① 《鸡公山志》,郑州:河南人民出版社,1987年版,页139。

十一、豫东名刹
——民权白云寺

"豫东名刹"白云寺①,位于商丘市民权县城西南,原名白衣庵。因此处每年夏秋季节白云缭绕,景色奇异,所以更名为"白云寺"。系河南省文物保护单位。

民权白云寺始建于唐贞观年间(627－649年),明代重修,清康熙二十六年(1687年)扩

民权白云寺

建,现存寺院为清代建筑。白云寺整体建筑古朴典雅,雄伟壮观,主要建筑有韦驮殿、罗汉殿、大雄宝殿、养心殿、禅堂、厢房等共60余间。康熙皇帝南巡路过白云寺,曾亲笔御书"當、常、堂、棠"四个大字,并赠半副銮驾及龙杖、佛经,至今僧人们还传为佳话。②

白云寺最重要的佛教文物是宋代建造的提萨婆呵经幢,又名"多宝塔"。经幢位于白云寺大雄宝殿后,高约4米,六角九级,塔身上雕刻众僧礼佛图,六僧鼓乐颂经图,《提萨婆呵》经文及日、月、鹤和莲等图案,刻工精细,古朴大方。

---

① 许登文:《历史文化名城商丘览胜》,郑州:中州古籍出版社,2001年版,页39。
② 许登文:《历史文化名城商丘览胜》,郑州:中州古籍出版社,2001年版,页40。

白云寺佛公灵塔,建于清代早期。高约4米,三级六角楼阁式塔,下部为六角形须弥座。塔正面阴刻"佛公灵塔"、"佛洞宗三十一世佛公大和尚"字,塔身刻有门、窗、花、鸟、虫、草、兽等。此塔玲珑小巧,却极具艺术价值。"民权白云寺石塔虽然形体较小,但其石雕艺术却是清代的佳作。"①

白云寺"铁锅槐"。大雄宝殿东侧有一棵三人合抱的大槐树,长在一口大铁锅内,锅体埋于土中,槐树与铁锅交织在一起,造型奇特,形如虬龙,颇为壮观。韦驮殿内有明朝铸造的大铁钟一口,重约750公斤。

豫东地区其他佛寺一览:

商丘清凉寺,原名清凉台,为西汉梁孝王刘武所筑,是一座皇家寺院。主要有山门、大雄宝殿、藏经楼等。台高数丈,楼台亭榭,巍峨壮观。台下有池,名曰"绿池"。

永城观音阁,位于永城夫子庙西,为一楼阁式建筑。观音阁面阔二间,室内地面高出室外约一米。现存康熙年间三通石碑。

扶沟支亭寺,位于扶沟县西南柴岗乡,始建于北齐武平年间(570—575年),原名芝亭寺,清嘉庆年间改为支亭寺。古刹规模雄伟,建筑华丽,气势壮观。刹内设有佛祖殿、大雄宝殿、千手观音殿、天王殿、西方三圣殿、地藏殿及东西殿庑。

西华龙泉寺,位于西华县城北聂堆镇思都岗村,始建于汉代,明、清重修。因寺前原有古潭,泉水终年不涸,故名"龙泉寺"。寺门匾额"龙泉寺"为明代石刻原物。大殿面阔五间,仍显古代建筑风貌,殿廊木柱古雕石墩尤具较高艺术价值。殿前竖立明代万历年间古碑两通。该寺为目前豫东遗留较完好的原貌古寺。

豫东地区佛寺遗址有:永城白果寺,始建于唐,今存大殿及清碑一通;民权孔梁寺,始建不详,明代又名普恩院,现存大殿及明碑一通;虞城金龙寺,始建于明嘉靖年间,现存大殿,石柱础上有"大明嘉靖……"字样;太康白坡寺,位于太康县五里口乡,始建于宋代,是一所皇家寺院;扶沟慈胜寺,始建于唐,现存

---

① 杨育彬、孙广清:《河南考古探索》,郑州:中州古籍出版社,2001年版,页86。

山门、大殿、厢房及清碑二通；扶沟白马寺，始建于唐贞观七年（633年），现存大殿，另有石佛一尊、清碑二通；扶沟王村寺，始建不详，现存大殿，内有清康熙四十五年（1706年）重建题记；鹿邑永安寺，始建不详，现存大殿，清乾隆十八年（1753年）重修。

第五篇　河南石窟寺与文化

石窟寺，就是在山上开凿石窟，把石窟作为佛教寺院的形式。① 石窟寺依山开凿，内雕佛像或佛教故事壁画。石窟寺虽然是开凿岩穴而建造的寺院，但其内部结构与普通寺院并无多大差别，既有正殿，也有云房。②

依山靠崖开凿石窟寺起源于印度，简称石窟，有时也称千佛洞。石窟艺术与佛教十分密切。佛教提倡遁世隐修，因此僧侣们往往选择崇山峻岭的幽僻之地开凿石窟，以便修行之用。

我国石窟艺术是中外艺术融合的结晶，是在汉代石刻基础上吸收中亚犍陀罗艺术特点后形成的。③ 汉传佛教石窟大约始凿于公元3世纪，盛行于5—8世纪，16世纪以后开凿的数量逐渐减少。魏晋南北朝时期的雕塑杰作遍布各地，其中最具代表性的就有石窟艺术。石窟艺术反映了佛教思想及其发生、发展的过程，曲折地反映了各历史时期、各阶层人物的生活景象。

石窟艺术是研究我国古代历史和宗教最生动、最形象的资料，也是我国艺术宝库中的珍宝。我国新疆、甘肃、宁夏、四川、云南、山东、山西、河南、江苏、辽宁等地都有石窟。我国现存的主要石窟群多为魏唐之间或宋前期作品，敦煌莫高窟和拜城克孜尔千佛洞为著名的石窟群，以石刻久负盛名的有大同云冈、洛阳龙门、天水麦积山和重庆大足四大石窟。

河南位于黄河中下游地区，豫西和豫北地区山势陡峭，岩石坚硬，非常适合

---

① 张仁忠：《中国古代史通俗讲话》，北京：中国农村读物出版社，1986年版，页254。
② ［日］前岛信次：《丝绸之路的99个谜》，天津：天津人民出版社，1981年版，页50。
③ 陈玉龙、杨通方、夏应元、范毓周：《汉文化论纲——兼述中朝中日中越文化交流》，北京：北京大学出版社，1993年版，页143。

石窟寺的开凿。此外,河南长期作为中国古代政治经济文化中心,佛教文化背景深厚,为石窟寺的开凿提供了更多便利条件。河南遗留下来的石窟寺遗址非常丰富,其中多数保存完好。

一、洛阳龙门石窟

龙门石窟位于洛阳市东南，分布于伊水两岸的崖壁上，南北长达1千米。系第一批全国重点文物保护单位，被联合国教科文组织列入《世界文化遗产名录》。

龙门石窟是我国古代雕刻艺术的典范之作。龙门石窟始

洛阳龙门石窟

凿于北魏孝文帝迁都洛阳前后，先后营造400多年。现存窟龛2300余个，题记和碑刻3600余品，佛塔70余座，造像10万余尊。其中最大的佛像高约17米，最小的仅约2厘米。龙门石窟体现出了我国古代劳动人民极高的艺术造诣。

龙门石窟是历代皇室贵族发愿造像的地方。石窟造像生活气息浓厚，反映出迥然不同的时代风格。北魏时期人们以瘦为美，所以，佛雕造像也追求秀骨清像式的艺术风格，脸部瘦长，双肩瘦削。而唐代人们以胖为美，所以唐代造像脸部浑圆，双肩宽厚。龙门石窟的唐代造像继承了北魏的优秀传统，又汲取了汉民族的文化，创造了雄健生动而又纯朴自然的写实作风，达到了佛雕艺术的顶峰。

宾阳中洞是北魏时期的代表性作品。洞窟前后用了24年建成，是开凿时间最长的一个洞窟。洞内有11尊大佛像。

莲花洞开凿于北魏年间。窟内雕刻有高浮雕大莲花,莲花周围的飞天体态轻盈,细腰长裙,姿态自如。洞内正壁造一佛二弟子二菩萨,主像为释迦牟尼立像,衣褶简洁明快。

奉先寺是龙门唐代石窟中最大的一个石窟,开凿于武则天时期,历时三年。洞中佛像明显体现了唐代佛像艺术特点,形态圆满、安详、温存,极为动人。石窟正中卢舍那佛坐像为龙门石窟最大佛像,造型丰满,仪表堂皇,具有极强的艺术感染力。

古阳洞是龙门石窟中开凿最早、内容最丰富、书法艺术最高的一座,也是北魏时期的另一代表洞窟。古阳洞中有很多佛龛造像,造像多有题记,是研究北魏书法和雕刻艺术的珍贵资料。"龙门二十品"是书法魏碑精华,唐代著名书法家褚遂良所书的"伊阙佛龛之碑"是初唐楷书艺术的典范。

药方洞刻有140余个药方,反映了我国古代医学的成就。把一些药方刻在石碑上或洞窟中,在别的地方也有发现,这是古代医学成就传之后世的一个重要方法。

龙门石窟还保留有大量的宗教、美术、书法、音乐、服饰、医药、建筑和中外交通等方面的实物史料。因此,它又是一座大型的石刻艺术博物馆。

二、巩义石窟寺

巩义石窟寺位于郑州市巩义河渡镇寺湾村,系第二批全国重点文物保护单位。

巩义石窟寺是北魏皇室开凿的一座石窟。北魏孝文帝时创建寺院,初建寺称希玄寺,唐初改称净土寺,宋代改称石窟寺。北魏宣武帝时开始凿石为窟,刻佛上万像。南北朝、隋、唐及北宋,相继在此凿窟造像。

巩义石窟寺

巩义石窟寺依山开凿。现存石窟五个,千佛龛一个,小佛龛250多个,摩崖大佛三尊,佛像7750余个,碑刻题记200余块。石窟呈方形,有中心柱,柱四周凿窟造像。窟顶雕支条分格或平棋。佛像脸形方圆,衣纹疏朗,多呈静态。窟中的雕像,大部分取材于《妙法莲花经》,部分采自汉魏两晋以来的本土艺术传统,是外来宗教与本土文化融合的优秀艺术作品。第一窟门内两侧雕"帝后礼佛图",其余三壁雕佛像和佛传故事,壁脚雕神王、怪兽及伎乐人。①

巩义石窟寺的"帝后礼佛图"是我国石窟中现存最完整的石刻艺术珍品,也

---

① 郑州市地方史志编委会编:《郑州概览》,郑州:河南人民出版社,1993年版,页80。

是难得的北魏后期造像作品,堪称"中国一绝"。①"帝后礼佛图"分为三层,每层前有比丘和比丘尼引导,后是皇帝、皇后和侍从,前呼后拥,气势宏大,是我国现存浮雕中最完整的杰作。

巩义石窟寺上承龙门石窟的雕造遗风,孕育着北齐、隋代雕刻艺术的萌芽,在中国古代雕刻史上占有重要地位。②

---

① 郑州市人民政府、中国古都学会编:《郑州商都3600年学术研讨暨中国古都学会2004年会论文选编》,郑州:中州古籍出版社,2005年版,页206。
② 李宪林:《遍游中原:河南省风景名胜精粹》,郑州:河南人民出版社,2004年版,页56。

三、安阳灵泉寺石窟

灵泉寺石窟位于安阳市西南的宝山之麓,是一处东魏时期至宋代的摩崖石窟。系全国重点文物保护单位。

灵泉寺石窟遍及整个峡谷,为我国现存规模最大、时代最早的摩崖石刻塔林,是研究我国古代史、宗教服饰、建筑及石雕艺

安阳灵泉寺石窟

术的珍贵资料。① 摩崖石窟艺术是人类对自然形态的再创造,是传统文化的结晶。历代艺术家将各种审美因素与特定的自然形象融合起来,在灵泉寺石窟创造了一件件完美的艺术珍品,给后人留下了宝贵的文化遗产。它以清新、简洁的格调,淳朴、厚重的艺术风格,显示着永恒的艺术魅力。②

灵泉寺石窟始凿于东魏武定四年(546 年),止于宋代,历时 600 余年。现存有东魏至宋代的石窟两座,塔(殿宇)龛 240 多个,佛、僧雕像数百尊,高僧铭记百余篇。

灵泉寺石窟以两窟为中心,从东到西千米有余,浅龛造像密布山崖。大留圣窟位于灵泉寺寺东,由道凭法师凿造。窟内镌汉白玉石佛三尊,躯体雄浑高

---

① 河南省古代建筑保护研究所:《宝山灵泉寺》,郑州:河南人民出版社出版,1991 年版,页 23。
② 李光安:《安阳宝山灵泉寺摩崖石窟装饰纹样的艺术美探究》,《河南社会科学》2008 年第 5 期,页 9—11。

大，雕琢光洁柔美。大住圣窟位于灵泉寺寺西，隋开皇九年(589年)开凿。窟门雕迦毗罗和那罗延神王，身躯魁伟，威然挺立；窟内雕镌释迦、弥勒等佛像近百尊；窟顶呈宝相莲花藻井，周围环绕凌空飞舞的飞天；窟外的墙壁上遍凿佛龛及雕佛刻经。①

---

① 任崇岳编著：《安阳》，北京：旅游教育出版社，2001年版，页31—32。

四、义马鸿庆寺石窟

义马鸿庆寺石窟,位于三门峡市义马东南常村镇石佛村,开凿于北魏晚期,距今已有1500余年历史,唐代有继建,以后各代均有续建。系全国重点文物保护单位。

鸿庆寺原名大德寺,武周圣历元年(698年),安乐公主亲临,观此佛境,改名鸿庆寺。现寺院已无,尚存石窟及部分建筑遗址。

鸿庆寺石窟依白鹿山,南北一字排开,原有六窟,现存四窟。洞窟有佛龛46个,大小造像120余尊,各种飞天12身,佛经故事浮雕四幅,还有零散佛像三尊,历代碑刻八块,其中有金世宗大定年间(1161—1189年)、明嘉靖年间(1522—1566年)重修之碑。从造型风格看,除第四窟为唐代作品外,其余三窟为北魏时期作品。

鸿庆寺石窟中一幅大型浮雕画极为珍贵。浮雕画宽5米,高3米,左右各为浮雕,中间是"降魔变"图。"降魔变"取材于佛祖降服众魔归佛的故事。浮雕画面气势恢弘,场面壮阔,结构严谨,布局集中,为浮雕艺术的珍品。"降魔变"绘画在我国其他佛窟中虽偶有所见,但"降魔变"浮雕,中国佛窟中仅此一幅。①

---

① 河南文物局编:《河南文物丛谈》,郑州:中原农民出版社,1994年版,页196。

五、河南其他著名石窟

小南海石窟,位于安阳县西南小南海北滨。现存三窟,均为北齐天保年间建造。三窟内正壁和侧壁都有三尊浮雕像,并保存了大量的石刻佛经和供养人石造像,是北齐时期石窟艺术的珍品。系全国重点文物保护单位。

浮丘山千佛寺石窟,位于鹤壁浚县浮丘山千佛寺内,开凿于唐代,分南窟和北窟。南窟上额刻"佛国"二字,下面刻有六个八思巴文字,窟内四壁造像990余个,又称千佛洞。北窟雕有大小佛像120余尊。系全国重点文物保护单位。

虎头寺石窟,位于洛阳宜阳县城虎头山脚下,开凿于北魏孝明帝正光元年(520年)。石窟有大小佛龛六个,大小佛像820余尊,最大的高约2米,小的约12厘米,造像题记和碑刻三块。系河南省文物保护单位。

水泉石窟,位于洛阳偃师市万安山的断壁上,为北魏至唐宋时期石刻。窟壁间雕大小佛龛400余个,龛内多雕一佛二菩萨二弟子或弥勒佛等。龛楣及其近旁多刻有飞天、化生、莲花、帏幔、璎珞等。系河南省文物保护单位。

前嘴石窟,位于鹤壁淇县西北前嘴村东,东魏孝静帝兴和二年(540年)前后雕造。窟后壁凿龛,龛内雕一佛二弟子二菩萨。龛的上部和左右壁遍刻小佛龛,每龛内雕一坐佛,共有1040余尊。系河南省文物保护单位。

西沃石窟,位于洛阳新安县西沃村东、黄河南岸的垂直峭壁间。自东向西依次有浮雕石塔四座、石窟两座,在塔与石窟间有若干个小佛龛。这是黄河中下游岸边的唯一的一处北魏石窟。系河南省文物保护单位。

铺沟石窟,位于洛阳嵩县田湖镇铺沟村,现存七窟。东部六窟自上而下错落毗邻,西部一窟俗称"六郎窟"。七窟造像为北魏晚期作品。系河南省文物保护单位。

五岩寺石窟,位于鹤壁市西太行山东麓,东魏兴和四年至武定七年(542—

549年)由寺僧和民间百姓开凿。有窟龛41个,造像150余尊,护法狮子48个,发愿文等造像题记12则。窟平面多呈马蹄形,较大洞窟顶部有莲花藻井。系河南省文物保护单位。

千佛洞石窟,位于安阳林州市西南太行山南麓山崖上,始创于北齐武平五年(574年),唐乾封元年(666年)复以青石在窟前依崖砌成单层密檐式塔,是研究北朝经隋到唐单层方塔演变发展的珍贵资料。石窟后壁刻一佛二弟子二菩萨,顶饰二飞天,周围壁雕130余尊佛。西壁东壁上中下各有三方石板,雕刻着经文。系河南省文物保护单位。

青岩石窟,在鹤壁淇县西青岩山上,北宋绍圣元年(1094年)建造。石窟四壁雕有众多小佛龛,每龛内雕一跏趺佛像,现存造像630余尊。造像着黑红、浅蓝、浅绿等色,目前仍显,尤为罕见。系河南省文物保护单位。

万佛山石窟,位于洛阳市柴河村北,开凿于北魏迁都洛阳之后的宣武、孝明之际。依山崖而建,现存五个洞窟。洞窟造像文饰色彩鲜艳,为清代彩绘。系河南省文物保护单位。

第六篇 河南塔寺寻迹

一、洛阳佛教与塔寺

中国佛教正式传播始于洛阳。① 东汉永平年间的天竺求法，白马驮经，洛阳建白马寺，一般认为是佛教传入中国之始。东汉时期，洛阳是国都，为佛教传播提供了优越条件。白马寺是佛教传入中国后兴建的第一座菩提道场。东汉时期绝大部分佛经都在洛阳翻译，摄摩腾、竺法兰在白马寺译出的《四十二章经》，为现存中国第一部汉译佛典。此后，西域僧人不断来到洛阳，译经并讲经，听者云集。

洛阳是国家历史文化名城，也是中国佛教最早的发祥地之一和中国佛教早期传播和佛事活动的中心。以洛阳为中心的周边地区保存有大量古代佛教圣迹。可以说，"洛阳地区给中国佛教的传播、发展和鼎盛，提供了一片宽广的沃土。正是在这片沃土上，中国佛教的菩提树才能由一株柔弱的幼苗而滋长发育为枝叶繁茂、挺拔参天"②。

宜阳五花寺塔，位于宜阳三乡村北、连昌河畔、汉山脚下的连昌宫遗址上。

---

① 洛阳市文物管理局、洛阳市白马寺汉魏故城文物保管所编：《千年阅一城：汉魏洛阳故城与汉魏王朝》，郑州：中州古籍出版社，2005年版，页95。
② 徐金星：《洛阳地区与中国佛教》，《洛阳佛教》1993年第2期。

塔建于唐高宗显庆三年（658年），在建筑、绘画、雕塑上有很高的学术价值。武则天、唐玄宗、张九龄和文人学士岑参、白居易、刘禹锡等都曾在这里游览或吟诗。塔为八角九级密檐式砖石塔，高约30米，底部周长约31米。有塔心室，室内有通道，可循环登至塔顶。在一、二、三、四、六层正南面均设塔门，门两侧有砖刻浮雕力士或菩萨画像，刀法洗练，线条流畅，形象肃穆。系河南省文物保护单位。

洛阳文峰塔，位于洛阳市老城东和巷东端，始建于宋代，清初重建。塔为密檐式砖石塔，四方形，高约30米，由塔基、塔身、塔刹三部分组成。基座用方形青石砌成，塔基和塔身之间嵌有铸铁，保证了整座塔的牢固性。塔身九层，通体用青砖砌成，逐层递缩。一至八层向北各开一弧形拱门，门上皆有题额。系河南省文物保护单位。

洛阳安国寺，又称钟楼寺，位于洛阳老城区敦志街。寺始建于唐咸通年间（860－873年），清嘉庆十八年（1813年）重修，现存大殿、中殿、后殿，另有明清碑刻十余通。系河南省文物保护单位。

汝阳观音寺，位于汝阳县城东南圣王台村。据寺碑载，寺创建于五代年间，宋庆历年间（1041－1048年）已初具规模。观音寺是保存较好的一处古建筑群，碑碣林立，有山门、天王殿、钟楼、正佛殿等大型建筑，殿内珍贵的清代壁画是研究古代壁画的宝贵资料。大雄宝殿前巨碑乃镇寺之宝，名《敕赐嵩山大少林祖庭之碑》。左右对称两孔石窟，东面窟里的石雕佛像额题是"何须面壁"，两侧挂着"莫向他山借石，还来此地做人"的一副对联，所含禅机耐人寻味。系河南省文物保护单位。

嵩县庆安禅寺，又名庆安寺，原名赵村禅寺，位于嵩县大坪乡枣园村。始建于汉，武则天云游至此，御笔写下"庆安禅寺"四字，制匾悬于寺门。现存建筑多为清代重建，保存较为完整，山门为青砖瓦门楼，天王殿四面出檐，大雄宝殿为歇山顶，琉璃瓦镶嵌，檐间明柱彩绘盘龙图案。系河南省文物保护单位。

伊川大觉寺，位于伊川县高山乡谷窑村。寺建于元至元年间（1264－1294年），明代重修。现存山门、二佛殿、大佛殿、光生殿等，多为歇山式建筑。殿内壁画清晰，色泽艳丽，保存完好。寺内还有古柏四株，经幢一座。系河南省文物保护单位。

伊川皇觉寺,位于伊川县郭寨村。据《洛阳县志》所载,该寺始建于唐朝开元十年(722年),因系皇家寺院而得名。原本规模宏大,现仅存伽蓝殿和西厢房。伽蓝殿背依龙门山南麓,顶为硬山式,青砖青瓦,五脊六兽。殿内原有壁画,现在多已湮灭。

洛阳天宫寺,位于洛阳市安乐窝村北洛河岸边。寺创建于唐代,原为太宗旧宅,贞观六年(632年)太宗下诏改为寺宇。长寿二年(693年),迦湿弥罗国三藏阿你真那(宝思惟)抵达洛阳,奉敕入住此寺,译出《随求即得自在陀罗尼经》与《不空罥索陀罗尼自在王咒经》等数部。后多有名僧入住并开讲于天宫寺。① 北宋时,天宫寺僧为义庄,见识过人,阐扬训物,众请居九曜院。宋太祖建隆元年(960年),左散骑常侍申公奏赐紫衣,禀学僧尼30余人。② 唐代吴道子曾在天宫寺留下杰作壁画《除灾灭患》。

洛阳古唐寺,位于洛阳市东郊唐寺阀村内,原名福先寺,始建于唐朝。寺内现存山门、观音殿、白衣殿、立佛殿,另有碑石十余方。唐代福先寺的地位十分重要,武则天曾亲自为福先寺撰写过浮图碑文,北印度僧人阿你真那(宝思惟)、中印度僧人善无畏都曾在此译经。福先寺为中日两国佛教文化交流起过重大作用,733年,日本僧人荣叡和普照随第九批日本遣唐使来华学习佛法,在福先寺禅居,荣叡和普照均为邀请鉴真东渡的日本僧人。736年,福先寺僧人道璿应荣叡、普照之邀,前往日本弘法传戒,成为日本禅宗著名传人。时至今日,每年都有日本游人寻访至此,拜谒先哲。

洛阳香山寺,位于龙门东山山腰,始建于北魏熙平元年(516年)。香山寺有着深厚的文化内涵,原是印度来华高僧地婆诃罗(日照)安葬处,天授元年(690年),武则天命名"香山寺",盛境居于"龙门十寺"之首。武则天在香山寺留下了"香山赋诗夺锦袍"的千古佳话,宋人计有功在《唐诗纪事》卷十一有证:"武后游龙门,命群臣赋诗,先成者赐以锦袍,左史东方虬诗成,拜赐,坐未安,之问诗后成,文理兼美,左右莫不称善,乃夺锦袍赐之。"唐代著名诗人白居易晚年居于此,自号"香山居士",于唐会昌六年(846年)病逝,家人遵嘱将其葬于

---

① 见《宋高僧传》卷第七《六学僧传》二三。
② 赵荣珦:《九都释道·唐天宫寺》,郑州:中州古籍出版社,2001年版。

香山寺北和满师塔之侧。

洛阳广化寺，位于洛阳龙门石窟北山崖，始建于北魏（386—534年）时期。寺前山坡建有石阶，中有五层高大建筑包括高山门、天王殿、伽蓝殿、三藏殿、地藏殿。唐朝时，天竺僧人善无畏来中国传扬佛法，圆寂后，于开元二十八年（740年）建塔葬于广化寺之庭，即广化寺佛塔。乾元元年（758年），唐肃宗于广化寺为无畏禅师立了行状碑。

宜阳龙潭寺，位于宜阳县张坞乡岳社村。《宜阳县文物志》记载："根据寺内现存的明代弘治元年（1488年）《重修龙潭寺暨会禅寺碑记》载，该寺迨至天和元年（566年）已显胜迹，可知该寺创建于南北朝北周天和元年之前。"现存寺院为金代所建，有大雄宝殿、天王殿、东陪殿等。院内石碑多块，其中一块上面有"天和元年"（566年）字样。

偃师玄奘寺，位于偃师缑氏镇唐僧寺村北。寺始建于北魏，原名灵岩寺。隋大业年间幼年的玄奘曾多次到该寺聆听佛法。为了弘扬玄奘坚毅卓绝的精神，该寺后来改名为兴善寺。唐太宗曾敕令重修，武周圣历二年（699年）武则天也曾赐金重修。后人为表示对玄奘法师的怀念，又改名为唐僧寺。1996年中国佛教协会赵朴初会长拜谒唐僧寺，提议更名为"玄奘寺"并亲题匾额。玄奘（602—664年），俗名陈祎，洛州缑氏人（今偃师缑氏镇），是我国唐代伟大的翻译家、旅行家、佛学家，唐贞观三年（629年）赴印度拜佛取经，历时17载，经130多国，翻译经论1300多卷，为中国佛教文化作出了巨大贡献。

偃师白云寺，俗称藏梅寺，位于偃师县顾县乡回龙湾村。据清乾隆四十一年（1776年）《公修白云寺山门碑记》言"乾隆三十九年，于寺北偶得一石宝柱，上刻开皇年号……"，可知该寺早在隋文帝开皇年间（581—600年）就已存在。寺因背依白云山而名，规模宏大，四层院落。寺中存留古碑数方。

宜阳灵山寺，位于宜阳县城西凤凰山北麓，又名"凤凰寺"、"报忠寺"、"报恩寺"，始建于唐。唐诗人许浑有《题灵山寺行坚师院》一诗："西岩一径不通樵，八十持杖未觉遥。龙在石潭闻夜雨，雁移沙渚见秋潮。经函露湿文多暗，香印风吹字半销。应笑东归又南云，越山无路水迢迢。"现存建筑有山门阁、中佛殿、天王殿、大雄宝殿、藏经楼、东西祖师楼等。大雄宝殿内有明朝佛像三尊，是河南省现存最早的泥塑作品。大雄宝殿前有七级四角石塔，明成化十七年

(1481年)建造,雕刻菩萨和罗汉像 30 余尊。灵山寺保存碑碣石刻 50 多块,其中明代的 8 块;珍藏佛经 300 余部,有珍贵的《大藏经》;寺东北有塔林 20 余座。这些都是研究书法艺术、佛教历史的珍贵资料。系河南省文物保护单位。

历代名人雅士游历灵山寺者颇多,留有许多诗篇,试举一例:

寿安杂诗十首·灵山寺
宋　司马光

神林兴尽谋早归,草间露裛行径微。忽思灵山去不远,马首欲东还向西。垂鞭纵辔寻山足,洛水逶迤过数曲。渐闻林下飞泉鸣,未到已觉神骨清。入门拂去衣上土,先爱娑罗阴满庭。庭下双渠走清澈,罗縠成纹日光徹。寒声渐沥入肝髓,乱影飘萧动毛发。寺僧引我观泉源,堂乐周回百步宽。碧颇梨色湛无度,想像必有虬龙蟠。泉南高山名凤翅,宛转包泉张远势。岸旁修竹逾万竿,飒飒长含风雨气。寺门下望情豁然,桑柘纷披满一川。嵩高女几列左右,王屋大行来掌前。昔为孔氏悬泉庄,岩洞犹存荆棘荒。到今其下多怪石,熊蹲豹护争轩昂。嗟予归来苦不早,汩没朝市行欲老。扪萝蹑屐须数游,筋力支离难自保。

二、安阳佛塔与寺院

安阳市位于河南省最北部,是著名的世界文化遗产——殷墟所在地,是汉字之都,甲骨文之乡,《周易》的诞生地以及上古颛顼、帝喾二帝陵墓所在地,国家历史文化名城。安阳文物古迹较多,共有国家级文物保护单位10处,省级文物保护单位52处。

在安阳众多的历史文化遗产中,佛教文化遗产尤为珍贵。历朝历代,僧徒和民间百姓在此开窟龛、建佛寺,形成了今天安阳特有的佛教古建筑文化遗址,成为先人留给我们珍贵的文化遗产之一。除了修定寺塔、天宁寺塔、灵泉寺外,安阳还有诸多塔寺文化遗迹。可以说,安阳的佛教古建筑是集造型、绘画、雕塑等于一身的兼收并蓄的多元文化,它们构成了安阳深厚的历史文化积淀。①

滑县明福寺塔,又名千佛塔,位于滑县九街村明福寺旧址。塔建于唐宝历元年(826年),后修于宋,现存为宋塔。八角七级楼阁式砖塔,高约43米,地面直径约11米,塔体逐层叠涩内收。塔由塔基、塔身、塔刹三部分组成,塔基用青石筑成,塔身及塔刹则由70余种不同规格的灰砖砌成,塔身各层角隅均筑砖雕仰俯莲组成的精美的竹节状倚柱,塔身外壁镶嵌50多类共1200多块佛像雕砖。门楣下绚丽的垂幔装饰、檐部叠涩砖上的仰莲图案、具有印度塔柱风格的各层莲花竹节倚柱等,均为宋代早期砖雕杰作。明福寺塔形体高大,气势恢弘,是全国现存较好的大型佛寺砖塔之一。系全国重点文物保护单位。

安阳小白塔,位于安阳城内,建于元代。塔制如瓶。塔座由八角须弥座两层相叠而成,上为宝瓶。宝瓶之上置八角塔脖子,上置仰覆莲座。顶部立三级八角刹,略如小塔。塔全部石造。系河南省文物保护单位。

---

① 李神:《浅析河南安阳佛教建筑的文化内涵及保护措施》,《韶关学院学报》2008年第2期,页52—54。

林州大缘禅师摩崖石塔，位于林州市西南北庵沟村二石崖上。建于唐贞观二十二年（648年），刻在长方形浅龛内。塔由塔身、塔檐和塔刹组成，正中凿圆拱形门，内雕大缘禅师像，结跏趺座，作禅定印。塔身四角置山花蕉叶。塔刹由覆钵、相轮、宝珠组成。塔右侧有唐贞观二十二年题记。系河南省文物保护单位。

林州阳台寺双石塔，位于林州五龙镇岭后村阳台寺旧址，东西并列，始建于唐天宝九年（750年）。西塔为方形七级密檐式，高约3米。塔基为方形石板承须弥座，四边雕兽头、伎乐、力士和仰莲。塔身南面辟半圆拱券门，门上雕龙、飞天、羽人、莲蓬和小六角塔，门两侧雕力士和蹲狮。东面刻题铭。各层塔檐周边均线刻缠枝花卉，檐四角微翘。每层中间有一龛，龛内雕坐佛一尊。系河南省文物保护单位。

林州洪谷寺塔，位于林州市合涧镇洪谷寺遗址。洪谷寺始建于北齐天保初年，塔始建于唐。塔为七级密檐式砖塔，高约15米，平面呈方形，第一、四层南面辟门，其余各层南面置假门。塔内中空，自下而上有收分。塔外为叠涩檐，呈抛物弧线形。顶部有宝瓶式塔刹。系河南省文物保护单位。

林州崇善寺塔，位于林州市东崇善寺旧址。塔建于明成化年间（1465—1487年），覆钵喇嘛石塔，高约17米。塔基为石砌双层束腰须弥座，雕仰覆莲、卷草花卉、托塔力士等图案。塔身南面辟门，内有塔心室，室内须弥座雕刻三世佛。室内东壁侧立有清顺治六年（1649年）《重修浮图石佛碑记》。塔身之上为两层须弥座。系河南省文物保护单位。

林州文峰塔，位于林州城东龙头山，又名登龙宝塔。建于清乾隆十二年（1747年），方形七级密檐砖石塔。有清代《新修龙头文峰塔碑记》碣石三方。

安阳兴阳禅寺塔，位于马家乡李家庄村北兴阳禅寺旧址。塔建于明代，八角七级密檐式砖塔，高约36米。南壁辟门，塔心室内立一石佛，檐下施砖雕斗拱。最上为相轮、宝瓶组成的塔刹。系河南省文物保护单位。

安阳扬州塔，位于安阳市西南釜山顶。塔建于金代，八角石塔，高约12米。下为束腰须弥座，刻有高浮雕八大金刚等。塔身南壁辟门。顶部雕仿木结构挑檐，下置宝瓶塔刹。

安阳众乐村塔，位于安丰乡众乐村北的古寺旧址上。始建于宋，明代重修。

八角密檐式砖塔,仅存四层,现高约 6 米。檐下施仿木斗拱。南壁辟门,塔心室内有石阶可登至二层。

安阳宝莲寺塔,位于郭村乡西郭村宝莲寺旧址,又称普同宝塔。塔建于明崇祯七年(1634 年),五级密檐实心舍利砖石塔,有题铭。下为白石筑砌基座,上为葫芦形石塔刹。塔下地宫藏熏瓷舍利罐 30 余件。

安阳香山寺塔,位于许家沟乡上庄村南龙凤山香山寺旧址。清代建筑。六角形密檐砖塔,残存二级,高约 6 米。青石须弥基座,南壁辟门并有壁龛。

内黄大兴寺塔,位于内黄县城西南,俗称裴村塔。塔建于唐武德三年(620 年),七级八角密檐式砖塔,高约 19 米,底层周长约 16 米。塔身通体除砖雕外,全用条砖砌筑,棱角分明,表面平滑。塔身各层以条砖叠涩出檐,紧密相接,檐下饰有仿木结构的砖雕斗拱和莲瓣承托。系河南省文物保护单位。

安阳高阁寺,原名大士阁,位于安阳市马号街,因建在砖砌的高台基上,故名高阁寺。高阁寺是明赵王府旌教祠中最后一座殿,现存建筑为明成化六年(1470 年)重建。该寺为高台楼阁式建筑,台高约 8 米,阁高约 10 米,重檐九脊,琉璃瓦顶。阁楼周围有石板护栏,上面雕刻着石狮等图案。阁内彩梁画栋。系河南省文物保护单位。

林州惠明寺,位于林州市河顺镇申村,始建于金大定十一年(1171 年),因高僧惠明葬于此而改建。尚存建筑有天王殿、大佛殿、水陆殿、明代石塔及北宋政和三年(1113 年)惠明线刻石像等。惠明寺塔建于明弘治十七年(1504 年),高约 16 米,石构喇嘛塔,青石垒砌,平面呈六角形,束腰须弥座上雕刻有覆莲、舞龙、缠枝牡丹、托塔力士等。系河南省文物保护单位。

林州法济寺,又称盘阳寺,位于林州盘阳村西的山谷内。该寺建于五代后梁,现仅存一座大佛殿及数通明、清碑刻。大佛殿坐北朝南,面阔三间,进深三间,单檐悬山式琉璃瓦顶,檐下置斗拱,整座殿宇坐落在青石砌筑的须弥座式台基上。

林州太平寺,位于龙头山南麓西街村北,始建于元至正年间(1341 年)。寺内藏古文物、史书、佛经和碑碣甚多,民国初年毁弃殆尽。

林州觉仁寺,又称觉仁院,北齐称净国寺、浮国寺,俗称黄华下寺,位于林州市城郊乡黄华村西的黄华山中。觉仁寺始建于北朝,原是北齐高僧昙迁隐居修行的寺院。山门前有巨型石碑一通,为明万历三十年(1602年)林县知县主刻,上书"天开图画"四个楷体大字。

林州慈明院,又名黄华北寺、黄华上寺、黄华书院,创建于北宋年间。寺院建在悬崖绝壁上,现有大佛殿、睡佛殿和配殿等。黄华中寺位距上寺下边,创建于民国九年(1910年)。

林州弘法寺,位于林州市采桑镇棋梧村北莲花山中,原名兴福寺,始建于唐朝贞观七年(633年),被唐太宗封为皇家寺院。寺内现存清咸丰十年(1860年)重修碑记。

林州龟山寺,位于林州市河顺镇西庄村东北龟山脚下,始建于唐朝中期。目前保存完好的有清光绪十二年(1886年)重修石碑。寺内南北大殿和大门相呼应,东西两偏殿对称。

林州慈源寺,位于林州的横水镇马店村,始建于唐贞观年间(627－649年)。慈源寺是我国非常罕见的融儒、道、佛三教于一体的历史文化遗存。其中的三殿一阁建筑物,为研究我国历史上儒、道、佛相互融合、相互交流提供了重要的实物例证。系河南省文物保护单位。

安阳县兴禅寺,创建于唐。现存山门、地藏王殿、广圣殿和砖塔。另有明清及民国年间碑刻17通。

安阳县北禅寺,始建不详。现存山门、戏楼、水陆殿、三佛殿。另有经幢一座,清碑四通。

安阳县雷音寺,始建于元至元十四年(1278年)。现存雷音殿。

三、南阳佛教与塔寺

南阳是国家历史文化名城,佛教文化资源十分丰富。唐开元八年(720年),玄宗派神会到南阳龙兴寺大兴禅法,开始了以南阳为中心的弘扬佛法活动。慧能的弟子慧忠禅师,被唐肃宗尊为国师,皇帝为他专门敕建了淅川的香岩寺。慧能之四世法孙天然禅师,是禅宗的一代祖师,为了传扬禅宗,在南召修建了丹霞寺。神会、慧忠、天然三位佛教大师对于中国禅宗的弘扬和传承发挥了重要的作用,他们的大部分佛教活动都是在南阳进行的。南阳在中国佛教史上具有举足轻重的地位。

佛教传入南阳始于东晋永昌年间。明嘉靖《南阳府志》载:"弥陀寺在城东延曦门外,晋永昌三年创建",为佛教在南阳最早的寺院。南北朝时期淅川县兴建了龙巢寺;西魏大统三年(537年),镇平县兴建了中兴寺(后改为灵泉寺)。隋仁寿四年(604年)和大业十三年(617年),淅川县法相寺(后更名兴化寺)、南阳县(今卧龙区)鄂城寺塔先后兴建。唐代,一些名寺如桐柏慧照寺、镇平菩提寺、淅川法海寺、南阳县龙兴寺、淅川香严寺、南召丹霞寺先后兴建。宋朝,南阳境内先后新建佛教寺院17处,较著名的有唐州(今唐河县)菩提寺,南阳县兴国寺,裕州(今方城县)开化寺、观音寺、普严寺,桐柏县罗汉寺、永庆寺,邓州龙兴寺(后称福胜寺)、清禅寺,内乡县吉祥寺、天宁寺等。元代南阳先后建造佛寺45处。明代南阳又增建寺院62座。清代佛教禅宗在南阳形成一大支脉,新增寺院21处。至今仍保存了一批著名的佛教塔寺建筑。①

南阳鄂城寺塔,位于南阳县石桥镇鄂城寺内。始建于隋大业十三年(617年),又称为隋塔,现存为宋代建筑。塔平面呈六边形,七级楼阁式砖塔,通体

---

① 南阳地区地方史志编纂委员会编:《南阳地区志》第四十四卷,郑州:河南人民出版社,1994年版,页442—446。

用青砖平砌而成,高约23米,塔基每边长约8米。塔体逐层收减高度及边长,塔身略呈抛物线形,第二层六面壁上各嵌砖雕佛像八尊。鄂城寺塔的建筑形式及结构、遗物都保留了宋代的原貌,是研究宋代砖结构建筑的重要实例。塔西侧鄂城寺旧址尚有山门、前殿、中殿及东西廊房,均为清代建筑。寺西侧门两边有宋元符二年(1099年)石狮一对。系全国重点文物保护单位。

邓州福胜寺塔,位于邓州南关,宋仁宗天圣十年(1032年)创建。塔身全部用青砖垒砌,内外壁面用白灰浆勾缝,内部用红黏土黏合,结构牢固。塔原为十三层,现存七层,高约37米,通体呈八棱圆锥状,楼阁式密檐浮雕砖塔。塔身雕刻佛龛群,约1300多块佛龛,浮雕天王、菩萨、金刚、罗汉、黄巾力士等像,并饰有各种蔓草花纹。1988年,发掘福胜寺塔基,地宫内有石质须弥座,上刻《地宫记》,署时"天圣十年",座上置方形石函,内有金棺、银椁、玻璃舍利瓶和经金双龙银壶等,具有很高的艺术水平,对古代科技史、艺术史和宗教史的研究十分重要。① 系全国重点文物保护单位。

唐河泗州寺塔,又称菩提寺塔,位于唐河县城东南菩提寺旧址,始建于宋绍圣二年(1095年)。塔为仿木结构楼阁式砖塔,外形为八棱锥形,十一层,高约50米。塔内砖砌心柱周围筑螺旋台阶可登塔顶。第二层塔外壁嵌有59尊释迦牟尼佛像,第四层塔外壁嵌有六尊端坐于莲花须弥座上佛像。塔身翼角雕制龙首80条,口衔铁环,环下系风铎,风起钟响。塔顶由覆绿琉璃瓦饰、覆莲及覆钵宝瓶组成。系全国重点文物保护单位。

唐河文笔峰塔,位于唐河县城东南的高岗上。始建于明末,清康熙十年(1671年)重修。塔为九级仿楼阁式砖塔,塔身呈正八边形,高约30米,外形挺拔秀丽。塔的四周嵌有石质佛像。塔身第二层镶汉白玉石版,刻有圆润劲秀的"秀甲"、"天中"、"光联"、"太乙"六字,取秀甲天中、光联太乙之意。塔身第三层分别嵌汉白玉凤凰朝阳及清康熙年间重修的碑记。塔身顶部为一米多高的铜质塔刹。系河南省文物保护单位。

镇平宝林寺石塔,位于镇平县寺山乡宝林寺内,明代成化二十一年(1485年)建造。塔为六级八角仿木结构楼阁式建筑,高约9米,汉白玉雕砌而成。塔

---

① 杨育彬、孙广清:《河南考古探索》,郑州:中州古籍出版社,2001年版,页42。

基石条壁面精雕二方连续波纹图案,其上用仰、俯莲瓣砌成圆形束腰须弥座。塔身下层外部精雕植物花纹;第二层雕作仰莲承托上部塔体,八面皆凿有佛龛、佛像;第三层每面皆有题记;第四层遍布浮雕。塔刹下为圆形相轮,上为宝瓶。系河南省文物保护单位。

内乡法云寺塔,又名圣垛寺塔,位于内乡县马山口镇圣垛山南麓,重修于明。塔为四角七级楼阁式密檐砖塔,青砖砌筑,现高约23米。塔基为条石砌成。塔中有心室,中空至顶。塔身内收,层次分明,每层内外壁各有40个砖雕神龛,每龛内有一大二小三尊佛像,共有1680余尊,故又名千佛塔。系河南省文物保护单位。

南召丹霞寺,原名仙霞寺,古称西霞寺,位于南召县留山乡马窝村。明正统七年(1442年)《重修留山丹霞禅寺记》碑载:"南阳郡城北百里许,有山曰留山,又曰丹霞山……唐元和十五年(820年),天然禅师因究生死大事,遍游诸方之末,钟爱兹山之盛,辟创为道场之所。"丹霞寺与淅川香严寺、镇平菩提寺是豫西南地区现存三大千年古刹。《元通志》记载:"每至旦暮,彩霞赫炽,起自山谷,故得仙霞之名"。寺院坐北向南,依山而起,现存殿宇多为清代建筑。存元、明、清砖石塔十三座,塔上多数刻有浮雕图案,另有碑碣八方。附近有青龙山佛爷洞、摩崖造像、亮马台新石器时代遗址等。① 系河南省文物保护单位。

镇平菩提寺,位于镇平县东北杏花山。唐永徽年间(650-655年)创建,宋至清代多次重修,现保持清代建筑风格。该寺依山而建,现存中轴线上有佛殿、大雄殿、法堂和藏经楼,西侧有钟楼、鼓楼、客堂、戒斋堂、仓房、东库房、西库房、禅房等清代建筑。② 菩提寺处于杏花山的山谷之中,千年菩提树和多种百年名贵树种遍布寺内外,环境清幽。寺藏梵文《贝叶经》是盛唐时期的孤善本梵文经卷。系河南省文物保护单位。

镇平阳安寺,原名龙泉寺,位于镇平县城西北王岗乡砚台村。始建于宋代,明万历三十一年(1603年)重建。现存大殿、西殿、南殿、佛房各三间。阳安寺

---

① 南阳地区地方史志编纂委员会编:《南阳地区志》第三十九卷,郑州:河南人民出版社,1994年版,页225。

② 邵文杰总纂:《河南省志·卷五十七》,郑州:河南人民出版社,1993年版,页280。

大殿单檐歇山,抬梁柱式,檐下饰有斗拱,上覆绿色琉璃瓦。该殿采用的沟槽昂、纵身梁建筑结构现存极少,对研究我国古代建筑设计提供了重要的实物例证。系河南省文物保护单位。

镇平中兴寺,汉称灯禅寺、灵泉寺,俗名登禅寺,位于镇平县杨营镇贾庄村。《南阳志》卷三十九记载,该寺始建于北魏登国元年(386年)。魏文帝曾带领文武群臣于中兴寺设禅为国民祈福,而得名"登禅寺"。中兴寺现存的珍贵文物有:明代风格建筑的三间殿堂一座、唐太宗等赞并碑一通、造像碑三通、汉画石一块、菊花井一口及三孔石桥等,是研究古文化雕刻艺术和考古的重要依据。寺院内的三通西魏造像碑,雕刻于大统五年(539年),是雕刻艺术中的珍品。系河南省文物保护单位。

方城普严寺,又称普严禅院、大寺,位于方城县大乘山下。明嘉靖《南阳府志》载:普严寺,宋大观元年(1107年)建,元至元二年(1265年)重修,明洪武十六年(1383年)重修。① 现存山门三间,中佛殿五间,为单檐硬山式建筑。山门前有两棵千年古银杏树。系河南省文物保护单位。

方城维摩寺,位于方城县西北,因唐代诗人王维出家于此寺而得名。该寺院始建于唐,兴盛于元、明。

南阳园明禅寺,又称葫栗扒寺,位于南阳市宛城区小寨乡的山峦间。据寺内现存的明正德五年(1510年)重修园明禅寺碑载:"南阳郡西北四十余里,有寺名园明者,兴建于金元光元年(1222年)。"现存三间大殿系古砖琉璃瓦所建,后殿前后有一高一低两座六角形古塔。

南阳卧佛寺,位于南阳市宛城区。《南阳市志》记载,该寺建于清康熙十年(1671年)。山门两侧有南阳知府顾嘉蘅手书的楹联"一枕酣睡,显示尘寰皆若梦;万籁俱寂,方知色相本来空"。山门后有卧佛殿一座,后有二层的翘角古建筑楼房。

桐柏水帘寺,位于桐柏县城西南山峡中。水帘寺依山傍水,山门、天王殿、大雄宝殿、玉佛楼、毗卢殿层层递高。殿堂后面是一座百米峭崖,从峭崖倾泻下

---

① 南阳地区地方史志编纂委员会编:《南阳地区志》卷三十九,郑州:河南人民出版社,1994年版,页225。

来一条瀑布,将峭崖上部的一座天然石窟遮掩在幕后,从而形成了一个水帘洞,寺因此得名。始建不详,寺中现存碑刻记载,宋元祐三年(1088年)、明嘉靖二十七年(1548年)、清乾隆八年(1743年)均有重修。①

桐柏桂泉寺,位于桐柏县鸿仪河乡彭庄村。初建于唐,明嘉庆年间重修,清乾隆二十六年(1761)年重建。现有天王殿、大雄宝殿及山门,整体建筑红砖青瓦,古朴巧雅。

南召圣井寺,位于南召县城西南白土岗镇圣井寺村。始建于东汉明帝永平十七年(74年),原名光明寺,明朝洪武元年(1368年)更名为圣井寺,以主殿台阶下有"一步三眼井"故名。现存殿堂房屋,并有古代遗留石碑三通、大型龟石雕和一个御制碑冠。

南召兴风寺,位于南召李青店西北马市坪乡转角石山。始建于唐,重修于明。因寺处于大风口,故名兴风寺,俗称转角石寺。寺有东、西、南三门,保存较完整。寺内殿宇僧舍、石碑、石像、神像等尚存。

西峡燃灯寺,位于西峡县寺山国家森林公园内。初为燃灯道人修炼的洞穴,屹立在巍巍寺山之巅,是我国唯一的以供奉燃灯古佛为主的佛教道场。

---

① 王遂河等:《南阳史话》,郑州:中州古籍出版社,1998年版,页263—264。

附　　录

附录一　河南现存佛塔(遗迹)区域分布索引

区域	名称	位置	简　介
郑州	郑州开元寺塔	郑州市管城区	《郑县志·古迹》记载:"舍利塔,在开元寺,高十余丈,唐时建。"建于唐玄宗开元元年(713年),至今已有1290多年的历史。
	中牟寿圣寺双塔	中牟县黄店镇	宋代建筑,距今约有800余年的历史。双塔分东塔和西塔,其中东塔四层高约18米,西塔七层高约30米,均为六角形,无塔顶。河南省文物保护单位。
	新郑卧佛寺塔	新郑市西关	建于明成化元年(1465年),七层八角楼阁式砖楼。高约15米,基部周长约16米。整个塔身一般用长约29厘米、宽约13厘米、厚约6厘米的青灰条砖砌成。河南省文物保护单位。
	新郑凤台寺塔	新郑市区	建于北宋元丰四年(1081年)以前,为六角九级叠涩密檐式,通高约19米。外壁用水磨砖、白灰浆砌筑。河南省文物保护单位。
	新郑荆王塔	新郑市区	东西两座方形七级叠涩式石塔。西塔高约3米,南面辟佛龛,有塔铭及线刻供养人、罗汉像。东塔形制相同,塔身刻有《般若波罗蜜多心经》,均有盛唐风格。
	新密玉峰和尚塔	新密表庄乡	建于明正德九年(1514年)。八角三级柱形青石塔,高约2.5米。有塔铭。
	新密屏峰塔	新密市区北青屏山	又名文峰塔。清顺治十年(1653年)创建,后倒塌;咸丰元年(1851年)重建。塔高九层,高约19米,塔身为青砖垒砌,每层有六角形密檐叠涩层;塔基为青石建造,正方形;塔顶有铁铸宝葫芦形塔刹。河南省文物保护单位。
	新密杨岭塔	新密市平陌镇	清嘉庆十四年(1809年)三月起建。坐北面南,密檐式七级砖砌方塔,高约15米。河南省文物保护单位。
	新密超化寺唐塔	新密市超化镇	原有唐塔一座、宋塔二座,其中唐塔位于超化下寺西南坡,名"舍利塔",又名"超化塔"、"中寺古塔",建于唐开元二年(714年),为十三级方形砖塔,高约30米。砖质地坚硬细腻,经千余年仍坚实完好。河南省文物保护单位。

(续前表)

郑州	新密 法海寺石塔	新密市 老城西	创建于北宋咸平二年(999年),建成于咸平四年(1001年),寺名为宋真宗所赐,元末寺毁于兵火,唯塔独存。塔为单层多檐式,平面呈方形,外檐七级。高约13米,由基台、仰覆形基座、塔身与塔刹等部分组成。河南省文物保护单位。
	荥阳 千尺塔	荥阳市南	又名曹皇后塔,始建于北宋仁宗时期。六角七级楼阁式砖塔,高约15米。每层南面辟拱券门,一层为六角形塔心室,二至四层塔心室相通,四层以上为实心。每层有叠涩塔檐。塔顶为六角攒尖顶。塔旁有明清碑刻六通。河南省文物保护单位。
	荥阳 无缘真公禅师塔	荥阳市 东南洞林寺	建于明洪武十七年(1384年)。为一座鼓腹瓶形实心喇嘛式砖塔,高约10米。下置仰覆莲座塔基,上为宝瓶状塔身,塔南正中嵌青石塔铭"重开山无缘真公禅师塔"。最上塔刹置九级相轮、华盖、宝瓶和宝珠。
	巩义 石窟寺塔	巩义市 石窟寺	建造于盛唐,单层单檐式建筑,平面呈正方形,残高约4米。河南省文物保护单位。
	登封 永泰寺塔	登封市 太室山西麓	单层密檐式建筑,平面呈正方形,塔体高约24米。青砖黄泥垒砌而成,塔身十一层密檐,各檐外轮廓的连线呈柔和的抛物线状,塔刹由仰莲、五重相轮组成。其精美的造型,是我国现存唐塔中的佼佼者。全国重点文物保护单位。
	登封 嵩岳寺塔	登封市 西北太室山 南麓	建于北魏时期,是中国现存最古密檐式砖塔。砖砌单筒体结构,高约40米左右,平面正十二边形,中央塔室平面为正八边形。在中国现存的砖塔中,嵩岳寺塔是唯一的一座十二边形平面的塔。第一批全国重点文物保护单位。
	登封 净藏禅师塔	登封市 城西北会善 寺西侧	建于唐天宝五年(746年),平面八角形单檐仿木构的砖塔,是我国现存最早的八角形砖塔。坐北向南,高约9.5米。体现出唐代精湛的建筑工艺与时代特征。全国重点文物保护单位。
	登封 法王寺塔	登封市 嵩山南麓	约建于唐代盛期。塔方形,底层面宽约7米,密檐式,第一层塔身比例特高,以上密檐十五层,高约40米。法王寺塔的轮廓线中部微微膨出,上下收小,上部收小更多,整体呈梭形,檐端连成极柔和的弧线。全国重点文物保护单位。
	登封 同光禅师塔	登封市 少林寺东	建于唐大历六年(771年)。为方形单层亭阁式砖塔,塔高约10米。塔下部为须弥座,座上为塔身,南面辟半圆形券门,门内有石雕门楣、门额、立颊、地栿等,均饰精美图案。塔身上部为叠涩檐,檐上部为砖砌束腰座,座上为青石雕塔刹。

(续前表)

郑州	登封法如禅师塔	登封市西北少林寺村	创建于唐永昌元年(689年)。平面呈方形,高约6米,单层亭阁式塔。塔下部有基座,上部为塔身,南面辟有券门,门内嵌石门楣、立颊、地袱等。塔心室为方形,上为攒尖顶。室北壁前立有《法如禅师行状》碑,是禅宗高僧在少林寺最早留下的遗迹。
	登封三祖庵砖塔	登封市北	建于金正光二年(1223年),方形七级叠涩密檐式砖塔,高约10米。有塔铭、塔刹,另有明碑二通。河南省文物保护单位。
	登封行钧和尚塔	少林寺东	建于后唐,方形单层楼阁式砖塔,高约6米。有塔铭、塔刹。
	登封无言道公寿寓塔	少林寺南	明天启四年(1624年)建,为五级喇嘛式砖塔。有塔铭、塔刹,高约4米。
	登封三藏庵主常静庵公之塔	少林寺小金沟	明天启八年(1628年)建。方形三级叠涩式砖塔,高约5.5米。有塔基、塔刹及塔铭。
	登封法缘大和尚塔	少林寺李沟	清康熙二十七年(1688年)建。方形三层叠涩式砖塔,高约5米。有塔基、塔刹及塔铭。
	登封汲妙先师塔	少林寺李沟	清康熙五十六年(1717年)建。方形三级叠涩式砖塔。有塔基、塔刹及塔铭。
	登封善公和尚塔	初祖庵南山	清代建筑。方形三层叠涩式砖塔,高约4米。有塔基、塔刹及塔铭。
	登封无名塔	初祖庵北山	清代建筑。方形单层叠涩式砖塔,高约2.5米。上部残。
开封	开封铁塔	开封市顺河回族区	建于北宋皇祐元年(1049年),楼阁式建筑,现高约57米,八角十三级。因当年此地为宋开宝寺,又名为开宝寺塔;因该塔的外壁用褐色琉璃砖镶嵌,民间俗称其为铁塔。是我国现存最高的琉璃塔。第一批全国重点文物保护单位。
	开封繁塔	开封市禹王台区	建于北宋开宝七年(974年),是我国已知最大的造像塔之一。青砖砌成,每砖雕有精美的佛像,共108种7000余尊。塔内存有178块宋代佛经碑刻,是珍贵的佛经碑刻精品。全国重点文物保护单位。
	尉氏太平兴国寺塔	尉氏县城东关	建于宋初。六角八级重檐楼阁式砖塔,塔阶作盘旋式,现地表以上通高约30米,塔内外均嵌有佛龛和图案、假门、假窗等造型,腰檐斗拱均仿木结构。全国重点文物保护单位。
	杞县大云寺塔	杞县瓦岗村	俗称瓦岗塔,明万历二十四年(1596)依宋初原塔旧迹补建而成。青砖叠砌,仿木结构,七级八角形,逐层内收,层层出檐。现高约20米,全塔内外壁现共存佛像砖51块。河南省文物保护单位。

(续前表)

洛阳	洛阳齐云塔	白马寺东	又称释迦舍利塔,建于东汉永平十二年(69年)。现塔为金代重新修建,四方形密檐式砖塔。塔身十三层,高约53米,塔内中空,有踏窝可攀登而上。
	洛阳文峰塔	洛阳市老城东南隅东和巷	始建于宋代,清初重建。密檐式砖石塔,四方形,高约30米,由塔基、塔身、塔刹三部分组成。基用方形青石砌成,塔基和塔身之间嵌有铸铁,保持了整座塔的牢固性。塔身九层,通体用青砖砌成,逐层递缩。河南省文物保护单位。
	偃师孙窑石塔	偃师县寇店乡	建于唐神龙二年(706年)。方形五级石塔,高约3米。每面雕佛和菩萨。
	偃师永宁寺塔	偃师县西	位于永宁寺内。永宁寺是北魏洛阳城最大寺院,建于北魏熙平元年(516年)。《洛阳伽蓝记》载:"中有九层浮图一所,架木为之,举高九十丈。有刹复高十丈,台去地一千尺。"
	嵩县十方海会普同之塔	嵩县白河乡	明嘉靖年间创建。六角七级密檐式砖塔,高约12米。有塔铭。
	嵩县五顷寺双石塔	嵩县车村乡	始建于明。东为文峰塔,方形二级重檐楼阁式石塔,高约12米。西为喇嘛塔,高约5米。
	宜阳五花寺塔	宜阳县三乡村北、汉山脚下的连昌宫遗址上	唐高宗显庆三年(658年)所建,在建筑、绘画、雕塑上有很高的学术价值。八角九级密檐式塔,高约30余米,砖石结构。一、二、三、四、六层正南面均设塔门,门两侧装砖刻浮雕力士或菩萨画像。河南省文物保护单位。
平顶山	宝丰观音大士塔	宝丰县大张庄村	重建于北宋熙宁元年(1068年)。为八角九级楼阁式砖塔。塔身外壁二、三层有数百个砖雕佛龛。每层用叠涩砖砌出塔檐。塔顶有覆盆、宝珠和相轮组成的塔刹。附近还有金代和明清碑刻多通。河南省文物保护单位。
	宝丰文笔峰塔	宝丰县杨庄镇	又名文峰塔。建于明万历四十七年(1619年)。该塔为六角实心砖塔,下有六角青石塔座,上部六棱尖顶,无层、无门窗,为河南省塔列中之孤例。高约13米。河南省文物保护单位。
	汝州法行寺塔	汝州市西	长方形密檐式砖塔,高约30米;外形略呈抛物线形。塔基呈方柱体,上为九级八角形叠涩檐,每层均有一半拱形小佛龛。顶部于塔刹上立宝珠形铜座。室顶用叠涩砖层砌,造型奇特。颇具宋、金特点,外形仍保留有唐代风格。全国重点文物保护单位。
	汝州庇山砖塔	汝州市陵头乡	位于汝州市陵头乡陵头村南,高约8米,清塔。

（续前表）

安阳	安阳扬州塔	安阳市西南釜山顶	建于金代，八角石塔，高约12米。下为束腰须弥座，刻有高浮雕八大金刚等。塔身南壁辟门。顶部雕仿木结构挑檐，下置宝瓶塔刹。
	安阳兴阳禅寺塔	安阳市马家乡李家庄村北	建于明代，八角七级密檐式砖塔，高约36米。南壁辟门，塔心室内立一石佛，檐下施砖雕斗拱。最上为相轮、宝瓶组成的塔刹。河南省文物保护单位。
	安阳众乐村塔	安阳市安丰乡	始建于宋，明代重修。八角密檐式砖塔，仅存四层，上部残破无存，现高约6米。檐下施仿木斗拱。南壁辟门，塔心室内有石阶可登至二层。
	安阳宝莲寺塔	安阳市郭村乡	又称普同宝塔，建于明崇祯七年（1634年），为五级密檐实心舍利砖石塔，有题铭。下为白石筑砌基座，上为葫芦形石塔刹。塔下地宫藏熏瓷舍利罐30余件。
	安阳八宝塔	安阳市善应镇	创建于明代。覆钵式石塔，高约10米。下为汉白玉八角形须弥座，镌刻金刚力士、花卉图案。圆柱形塔身，南面辟门，内有石雕佛一尊。塔刹残缺。
	安阳香山寺塔	安阳市许家沟乡	清代建筑。六角形密檐砖塔，残存二级，高约6米。青石须弥基座，南壁辟门并有壁龛。
	安阳修定寺塔	安阳市清凉山	俗称唐塔，建于唐朝德宗建中二年（781年）到贞元十年（794年）之间，是我国现存的唯一一座琉璃雕花塔。塔身四壁用模制菱形、矩形、三角形、五边形以及直线和曲线组合的各种型制的琉璃雕砖3775块、图案76种。全国重点文物保护单位。
	安阳天宁寺塔	安阳市	又称文峰塔。始建于五代后周广顺二年（952年）。密檐式砖木混合结构塔，高约39米，八角五级。形状奇特，上大下小。构造奇特，塔上有塔，上藏下辽，是我国现存最典型的倒塔。全国重点文物保护单位。
	安阳小白塔	安阳市冠带巷	建于元代。塔制如瓶。塔座由八角须弥座两层相叠而成，上为宝瓶。宝瓶之上置八角塔脖子，上置仰覆莲座。顶部立三级八角刹，略如小塔。塔全部石造。河南省文物保护单位。
	安阳县老爷山塔	安阳县垒口乡	塔高约5.5米。明塔。
	安阳县普同宝塔	安阳县郭村乡	塔高约6米。明塔。
	安阳北齐双石塔	安阳县灵泉寺西北	建于北齐河清二年（563年）。双塔东西并列，相距约4米，为一对单层方形石塔，由塔基、塔身、塔顶组成，形制较小，雕饰朴素。是我国现存最早的双石塔，也是现存全国在露天保存的最早石刻墓塔。

(续前表)

安阳	安阳县双石唐塔	安阳县灵泉寺内	唐代九级方石塔一对,单层叠涩密檐式石塔,塔高约5—6米。塔身镌佛祖、弟子及护法神王,塔座雕饰的乐伎,各持笛、笙、鼓、琵琶、箜篌等乐器,为演奏姿态,是研究古代音乐史的珍贵资料。
	林州洪谷寺塔	林州市合涧镇洪谷寺遗址	始建于唐。七级密檐式砖塔,高约15米,平面呈方形,第一、四层南面辟门,其余各层南面置假门。塔内中空,自下而上有收分。塔外为叠涩檐,呈抛物弧线形。顶部有宝瓶式塔刹。河南省文物保护单位。
	林州阳台寺双石塔	林州市五龙镇岭后村阳台寺旧址	东西并列,始建于唐天宝九年(750年)。西塔为方形七层密檐式,高约3米。塔基为方形石板承须弥座,四边雕兽头、伎乐、力士和仰莲。塔身南面门上雕龙、飞天、羽人、莲蓬,门两侧雕力士和蹲狮。每层中间佛龛内雕坐佛一尊。河南省文物保护单位。
	林州大缘禅师摩崖石塔	林州市西南北庵沟村二石崖上	建于唐贞观二十二年(648年),刻在长方形浅龛内。塔由塔身、塔檐和塔刹组成,正中凿圆拱形门,内雕大缘禅师像,结跏趺座,作禅定印。塔身四角置山花蕉叶。塔刹由覆钵、相轮、宝珠组成。塔右侧有唐贞观二十二年题记。河南省文物保护单位。
	林州崇善寺塔	林州市上庄村崇善寺旧址	建于明成化年间(1465—1487年),覆钵喇嘛石塔,高约17米。塔基为石砌双层束腰须弥座,雕仰覆莲、卷草花卉、托塔力士等图案。塔身南面辟门,内有塔心室,室内须弥座雕刻三世佛。塔身之上为两层须弥座。河南省文物保护单位。
	林州文峰塔	林州市东龙头山	又名登龙宝塔。建于清乾隆十二年(1747年),方形七级密檐砖石塔。有清代《新修龙头文峰塔碑记》碣石三方。河南省文物保护单位。
	林州惠明寺塔	林州市城北	建于明弘治十七年(1504年),高约16米,石构喇嘛塔。青石垒砌,平面呈六角形,束腰须弥座上雕刻有覆莲、舞龙、缠枝牡丹、托塔力士等。
	内黄大兴寺塔	内黄县亳城乡裴村西大兴寺旧址	俗称裴村塔,建于唐武德三年(620年)。七级八角密檐式砖塔,高约19米,底层周长约16米。塔身通体除砖雕外,全用条砖砌筑,棱角分明,表面平滑。塔身各层以条砖叠涩出檐,紧密相接,檐下饰有仿木结构的砖雕斗拱和莲瓣。河南省文物保护单位。
	内黄里固石塔	内黄县西南里固村	始建于唐初,为方形单层密檐石塔,高约3米。最下为青石基台和须弥座,上为塔身,南壁辟半圆形门,有尖拱形门楣,上雕龙头,两侧各雕一龙。门内塔心室雕一佛二菩萨二弟子。最上为宝瓶状塔刹。河南省文物保护单位。
	内黄复兴庵双石塔	内黄县井店乡	位于内黄县井店乡东花固学校内,高约2.5米,唐塔。

(续前表)

安阳	汤阴 文笔塔	汤阴县城东南角	又称文峰塔,建于清乾隆元年(1736年)。砖石喇嘛式塔,高约13米。河南省文物保护单位。
	滑县 明福寺塔	滑县九街村明福寺旧址	又名千佛塔,建于唐宝历二年(826年),现存为宋塔。七级楼阁式砖塔,高约43米,平面呈八角形,塔体逐层叠涩内收。塔基用青石筑成,塔身及塔刹由70余种不同规格的灰砖砌成,塔身外壁镶嵌50多类共1230多块佛像雕砖。全国重点文物保护单位。
	滑县 黄姑寺塔	滑县 半坡店乡	明正统九年(1444年)建。六角形七级密檐式砖塔,高约11米。塔身有收分,二层设砖心室,顶有铁铸葫芦形塔刹。
鹤壁	鹤壁 玄天洞石塔	鹤壁市西南15公里玄天洞	明正德七至九年(1512—1514年)建造,又称玲珑宝塔,为四角九级楼阁式石塔,高约12米。最下为须弥座,雕莲瓣、花卉、力士、云龙等。塔身第一层南面辟门,门楣刻"圣境"。每层塔檐下雕一斗三升斗拱,三层以上每层东西两面之倚柱上雕托塔力士。二层至九层辟佛龛140多个,龛内佛像已不存。最顶部塔刹已毁。河南省文物保护单位。
	鹤壁 小姑塔	鹤壁市大河涧乡	位于鹤壁市大河涧乡盘山头村北,元塔,塔高约8米。
	鹤壁师祖部公院主灵塔	鹤壁市 鹤集乡	位于鹤壁市鹤集乡小寺湾村北,元塔,塔高约7米。
	浚县迎福寺双石塔	浚县 巨桥村	始建于唐,为东、西二塔,高约3.5米。东塔方形单层密檐式,基座为双层须弥座,塔心室雕一佛二弟子,并有"惟大唐天宝……"题记。西塔塔上刻《般若波罗蜜多心经》。
	浚县 升仙塔	浚县 新铺乡	位于浚县新铺乡洪门村南,清塔,塔高约11米。
	淇县 天宁寺石塔	淇县城南	唐开元九年(721年)建。方形叠涩密檐式石塔,残高约1.7米。
新乡	新乡 万圣庵塔	新乡市 潞王坟乡	明代建筑,八角三级密檐式砖塔,高约4米,塔身嵌铭。另有《万圣庵记》碑刻一通。
	新乡华藏明寺佛塔	新乡市 六中院内	又称"千佛塔"。塔为石雕,由塔基、座、身、刹构成,高约8.5米,塔基呈正方形,座腰四面浮雕狮子滚绣球、二龙戏珠、麒麟凤凰、孔雀牡丹。塔身分五层。该塔刻工精细,线条流畅,具有较高的艺术价值。
	新乡县 小石塔	新乡县 七里营镇	建于北宋宣和三年(1121年),方形六级密檐石塔,高约2米。每层四面辟佛龛,内刻一佛二弟子。塔阴刻"大宋宣和三年八月立"题记。

(续前表)

新乡	辉县天王寺善济塔	辉县市天王寺内	创建于元至元四年(1267年)，明清重修。为六角七级楼阁式砖塔，高约24米。由塔基、塔身、塔刹三部分组成。塔基为砖筑，用青石砌边。塔身一层东面辟半圆拱券门，二至七层各辟塔门和假窗。各层檐下置砖斗拱。河南省文物保护单位。
	辉县普照大禅师石塔	辉县西白麓山白云寺	元代石雕佛塔，建于元至元二十九年(1292年)。五级八角形，通高约5米。塔基塔身遍布浮雕，刻技精湛，内容丰富，为元代石雕艺术精品。河南省文物保护单位。
	辉县六台山塔	辉县市高庄乡	元代所建，为六级八角楼阁式砖塔。塔基部分由两层青石构成，青石以上全用砖构成，第一层檐下有砖雕重叠斗拱，斗拱上方有砖雕假檐，八角处皆有砖雕转角铺作，正南向有门。第四、五、六层逐层收涩，有明显元代特征。
	辉县柏尖寺和尚石塔	辉县市常村镇	嘉靖十二年(1533年)上元日广ুণ立，高约8米，原在南山神高和尚坟地，现移至大殿前。该塔共有三层，依次收涩到第三层上有葫芦宝顶。
	卫辉镇国塔	卫辉市东南	又名灵应塔，明万历十三年(1585年)建。七层六角楼阁式砖塔，高约35米，由下向上逐渐收缩成锥状形，塔身青砖垒砌，每层檐下有砖雕仿木结构的额枋、斗拱等装饰，并砌出线条柔和的腰檐，每层有望窗、塔心室。河南省文物保护单位。
	延津广唐寺塔(白马塔)	延津县西北塔铺村广唐寺内	始建不详。现存明嘉靖四十二年(1563年)《重修广唐寺塔记碑》。据其建筑结构与风格判断，不早于宋代。六角形阁楼式砖塔，外部轮廓三层以上逐层明显收缩，稍呈抛物线形。各层飞檐均用青砖雕花叠涩砌成。河南省文物保护单位。
	延津大觉寺万寿塔	延津县城北街大觉寺内	明万历十二年(1584年)落成。为六角七级楼阁式砖塔，高约30米。底层用条石砌筑。各层均辟半圆形券门，双层塔檐，上檐有砖雕3层花瓣，下檐置砖雕斗拱，每层都嵌有塔铭。塔内置盘旋梯道，塔顶设铜置塔刹。河南省文物保护单位。
	原阳玲珑塔	原阳县原武镇	建于宋崇宁四年(1105年)，明万历辛丑年间(1601年)重修。六角十三级仿木结构楼阁式砖塔，高约47米。明显向东北方向倾斜，中原地区著名斜塔。河南省文物保护单位。
焦作	修武万善寺塔	修武县云台山景区	现存有临济正宗第二十五代开山祖师灵塔和佛教界享有盛名的无暇祖师灵塔，砖石结构。寺南有第三十七世、三十八世临济祖师墓及墓碑。
	修武百家岩寺塔	修武县城北	八角九级楼阁式砖塔，高约20米。二层以上各层的四面均辟圭形假门，门上施红彩。每层塔檐部分均砌仿木结构建筑的阑额、普柏枋、飞缘、檐椽、望板和斗拱。檐上覆盖灰色筒板瓦。塔身转角处皆砌倚柱，柱头呈覆盆状。全国重点文物保护单位。

(续前表)

焦作	修武胜果寺塔	修武县城西南	宋绍圣中建。七级八角砖塔。塔门东向,每边长约3米,塔高约26米。塔身每层高度自下而上均匀递减,宽度逐层收敛。各层檐下,均用枋木结构的斗拱装饰,玲珑壮观。塔心室为六角形,有向上攀登的梯道。全国重点文物保护单位。
	修武圆寂师公瑞云塔	修武县	修武县方庄镇桑树湾村北,塔高约3米,明塔。
	沁阳天宁寺三圣塔	沁阳市博物馆院内	建于金大定十一年(1171年),是河南现存金代塔中形体大、保存状况好、石刻艺术资料及塔铭题记非常丰富的一座。十三级叠涩密檐式砖塔,高约33米,平面呈方形。全国重点文物保护单位。
	沁阳临川寺塔	沁阳市紫陵镇	寺由北齐稠禅师建立,始称临川寺,宋嘉祐年间更名净安禅院。寺中大佛殿东侧原有宋净安禅院祖师清公和尚塔,早废,塔记现立于大佛殿前。
	沁阳性空和尚塔	沁阳市崇义镇	塔地处平原,四周为耕地,建于清光绪十三年(1887年),为性空和尚墓塔。五级密檐式砖塔,现存高约5米,下为方形石造基座,基座四周砌方形柱,正面镶嵌"性空和尚塔铭"。塔的造型美观,砖雕图案细腻。
	泌阳南冲寺石塔	沁阳市黄山口乡	建于明正德四年(1509年)。六角形舍利石塔,高约3米。塔身外壁刻人物、鸟兽、花卉图案。塔旁有碑一通,上书"圆寂亲教庆公南宋和尚之塔,大明正德四年十月初方立"。
	沁阳五龙顶石塔	沁阳市黄山口乡	为东西二石塔,明代建筑。平面均为六角形,东塔高约3.44米,西塔高约3.5米。下为须弥座,上有尖状塔刹。
	沁阳桃园寺和尚塔	沁阳市板桥乡	位于南桃园寺旧址。明代建筑。六角形僧人墓塔,由青石砌筑,高约3米。塔身雕花卉鸟兽图案,塔刹已失。
	武陟妙乐寺塔	武陟县城西	又名妙乐寺真身舍利塔,建于后周显德二年(955年),是我国现存规模最大、保存最完整的五代塔之一。纯砖结构,塔身呈方形,高约30米,十三级叠涩式砖砌建筑,各层檐部均用青砖叠涩筑砌,是唐塔向宋塔嬗递的特例。全国重点文物保护单位。
许昌	许昌文峰塔	许昌博物馆内	建于明万历四十二年(1614年),十三级仿楼阁式砖塔,平面呈八边形,高约52米。在整体造型、建筑结构与雕饰上,集中展示了明代的建筑工艺水准和雕刻艺术的魅力,是河南明塔中的佼佼者,对研究中国古代建筑史,具有重要参考价值。全国重点文物保护单位。
	鄢陵乾明寺塔	鄢陵县城西北	北宋重建明代重修。六角十三级楼阁式砖塔,高约38米。下为青砖塔基,塔每层檐下均砌砖斗拱,并辟有券门,假窗和佛龛,塔内有台阶可供攀登。第二层塔身嵌塔铭,第三层塔身嵌琉璃佛像雕砖8块。塔顶为铜质宝珠塔刹。全国重点文物保护单位。

(续前表)

许昌	鄢陵兴国寺塔	鄢陵县马栏镇	建于北宋初年。为六角九级楼阁式砖塔,高约27米。下为须弥座式砖基。塔身每层檐下置仿木砖雕斗拱,外壁砌花纹砖,塔内中空。顶部塔刹为铁质宝瓶。河南省文物保护单位。
三门峡	三门峡宝轮寺塔	陕县老城	建于金代,是中国古代四大回音建筑中历史最悠久的。平面方形十三级,高约26米,外形仿照唐制,内部结构则承袭宋代的建塔方法。塔体层层叠涩,密檐、垂直塔壁和塔内孔道,组成了连续而规律的声波反射壁。全国重点文物保护单位。
	灵宝麻衣和尚塔	灵宝市豫灵镇	宋至道元年(995年)建,明成化十一年(1475年)重修。八角五级密檐式砖塔,高约10余米。有塔铭。
	灵宝喇嘛塔	灵宝市豫灵镇	明代建筑。九级覆钵式塔,高约10米。
南阳	南阳龙角塔	南阳市西郊	建于清咸丰四年(1854年)。为六角形七级砖塔,高约11米。
	南阳鄂城寺塔	南阳市卧龙区石桥镇	始建于隋大业十三年(617年),现存为宋代建筑。六角七级楼阁式砖塔,高约23米。塔体逐层收减,塔身略呈抛物线形,第二层六面壁上各嵌砖雕佛像8尊。塔西侧鄂城寺旧址尚有山门、前殿、中殿及东西廊房,均为清代建筑。全国重点文物保护单位。
	淅川天然祐公长老之塔	淅川仓房乡	明嘉靖十六年(1537年)建。六角五级砖塔,高约7米。有塔铭,书"天然祐公长老之塔";右刻"敕赐显通香岩旋台禅寺,当代住持惠音";左刻"大明嘉靖拾陆年岁在丁酉冬月吉日徒圆茶筹建"。
	桐柏泉寺和尚塔	桐柏县鸿仪河乡	清代建筑。方形汉白玉石塔,高约1.2米。壁刻文字,记述清泉寺主持生平。
	镇平宝林寺石塔	镇平县寺山乡	明代成化二十一年(1485年)建造。仿木结构楼阁式建筑,六级八角柱体,高约9米,汉白玉雕砌而成。塔身下层外部精雕植物花纹;第二层雕作仰莲承托上部塔体,八面皆凿有佛龛、佛像;第三层每面皆有题记;第四层遍布浮雕。河南省文物保护单位。
	邓州福胜寺塔	邓州市南关	宋仁宗天圣十年(1032年)创建。塔身全部用青砖垒砌,现存七层,高约37米,通体呈八棱圆锥状,楼阁式密檐浮雕砖塔。塔身雕刻佛龛群,约1300多块佛龛,浮雕天王、菩萨、金刚、罗汉、力士等像,并饰有各种蔓草花纹。全国重点文物保护单位。
	内乡圣垛寺塔	内乡县马山口镇	明代风格。八角七级砖塔,高约23米。8米以下为空心。塔身嵌石匾"法云僧寺连禅寺"七字,塔顶有尾部相连的石狮面向四方。

(续前表)

南阳	内乡法云寺塔	内乡县马山口镇圣垛山南麓	又名圣垛寺塔,重修于明。楼阁式密檐砖塔,平面四方七级,青砖砌筑,现高约23米。塔基为条石砌成。塔身内收,层次分明,每层内外壁各有40个砖雕神龛,每龛内有一大二小三尊佛像,共有1680余尊,故又名千佛塔。河南省文物保护单位。
	西峡石塔	西峡县石界河乡	始建于唐。方形七级叠涩式石塔,高约3米。塔身有莲花等图案。最上有塔刹。
	唐河泗州寺塔	唐河县城东南	又称菩提寺塔,始建于宋绍圣二年(1095年)。仿木楼阁式砖塔,八棱锥形,十一级,高50余米。第二层塔外壁嵌有59尊释迦牟尼佛像,第四层塔外壁嵌有6尊端坐于莲花须弥座上佛像。塔身翼角雕制龙首80条。全国重点文物保护单位。
	唐河文笔峰塔	唐河县城东南	始建于明末,清康熙十年(1671年)重修。仿楼阁式砖塔,八角九级,高约30米。塔的四周嵌有石质佛像。塔身第二层镶汉白玉石版,第三层分别嵌汉白玉凤凰朝阳及清康熙年间重修的碑记。塔身顶部为一米多高的铜质塔刹。河南省文物保护单位。
商丘	永城崇法寺塔	永城市	始建于隋,因建于寺内,故名崇法寺塔。"宝塔盘云"古为永城八景之一。为八角九级楼阁式砖塔,高约35米,底层直径约7.7米。塔体为椎柱形,每层檐下均有仰莲相托。全国重点文物保护单位。
	睢县圣寿寺塔	睢县后台乡	俗称阎塔,为宋代建筑物,著名的宋代文物旅游景点。虽经多次地震侵袭,风雨剥蚀,仍巍然屹立。塔身高约22米,底座周长约28米。全国重点文物保护单位。
	睢县无忧寺塔	睢县平岗镇	唐代佛塔。现存为三级楼阁式砖塔,每级有相对的两个门,无门者面饰有菱形砖雕假门,佛像塔。转角处为圆形擎檐柱。檐下有斗拱,用叠涩砖垒砌。檐上为反迭涩砖垒砌,翼角翘起,塔内梯形空心室,可盘旋而上,登高远眺。有较高的建筑艺术研究价值。
	民权白云寺佛公灵塔	民权县城西南	塔高约4米,九级六角,实心,青石雕成。建于清康熙年间。是佛洞宗三十一世佛公大和尚的墓葬。
信阳	信阳火烧寺塔	信阳潭家河乡	清代建筑,八角七级石塔。高约10米。
	信阳龙华寺塔	信阳李家寨乡	清代建筑,高约4米,方形石塔,由方形须弥座塔基、塔身、塔刹组成。塔身雕花卉与几何图案。
	光山紫水塔	光山县东	塔建于明末,光绪年间重修至第六层。后复原七层和塔刹。八角七级楼阁式砖塔,高约27米。第一层辟塔门,内有塔心室和塔道,可逐层登临。二至六层均有四个对称的半圆拱形门,二真二假。每层有叠涩塔檐。塔顶为八角攒尖,上置塔刹。河南省文物保护单位。

(续前表)

信阳	商城崇福寺塔	商城县城关	始建不详。明嘉靖《商城县志》记述："崇福寺旧名龙泉寺,久废,寺基并浮屠犹存。成化十六年(1480年),僧明铠修建,更名崇福寺。署僧会司。"俗称北塔、白塔,因建在原崇福寺后院,塔以寺命名。河南省文物保护单位。
周口	商水寿圣寺塔	商水县	建于宋明道二年(1033年),明正统元年(1436年)重修。九级楼阁式砖塔,高约42米,平面呈六角形。对研究宋代佛教在中原腹地的传播提供了难得的实物佐证,是研究宋代寺塔建筑的一件珍品。全国重点文物保护单位。
	太康寿圣寺塔	太康县城西	俗称高贤塔,系明代建筑。七级楼阁式砖塔,塔高约28米,实心灰口,平面呈六角形,上有宝珠塔刹。第一级每面宽约3.8米,南面正墙除第七级外均有真门,每层檐下均施有砖雕斗拱。塔身共饰石雕佛像211尊,石碣14块。河南省文物保护单位。
	太康小吴塔	太康县逊母口镇	清乾隆年间建。六角六级密檐式砖塔,高约15米。塔身四、五层辟佛龛,内置佛像12尊。顶部有宝瓶式塔刹。
驻马店	西平宝严寺塔	西平县城东关	俗称"东关塔",在原宝严寺外西侧,故名。宝严寺建于唐代,民国年间废。塔为仿木结构楼阁式七级砖塔,平面呈六角形,高约29米。顶有铁铸塔刹,呈莲花状,高约2.2米。全国重点文物保护单位。
	汝南悟颖塔	汝南县	又名无影塔,系宋代僧人悟颖所建,系六角形九级楼阁式砖塔,高约20米。塔体外轮廓呈抛物线形,给人以优美秀丽之感,塔身基座雕有山羊、童子、莲花、牡丹等花卉图案,形象生动,栩栩如生。全国重点文物保护单位。
	平舆秀公戒师和尚塔	平舆县李屯乡	又称普照寺塔。普照寺是金皇统年间所建,天德年间,秀公戒师和尚为该寺主持,明昌四年(1193年)圆寂。次年八月弟子广全等为其建塔一座,名曰"秀公戒师和尚塔"。河南省文物保护单位。
	确山龟山塔	确山县朱古洞乡	传建于宋,明代重修。六角二级叠涩密檐砖塔,高约8米。须弥座,檐下施斗拱。
	确山乐山塔	确山县朱古洞乡	始建于宋,明代重修。六角七级楼阁式砖塔,高约14米,塔内中空,每层辟假窗,檐下施斗拱。
	确山惠普塔	确山县城郊	位于南泉寺旧址。建于明代。六角五级密檐式砖塔,高约5.5米。二层有塔铭,二、三层转角嵌雕砖佛像。
济源	济源延庆寺舍利塔	济源市西北延庆寺内	亦称龙潭寺塔。宋景祐元年(1034年)创建。塔高约28米,为六角七级密檐式砖塔。塔檐由简洁的叠涩砖层组成。塔身外轮廓呈抛物线形。塔内外各层壁面嵌有砖雕佛龛千余块。全国重点文物保护单位。

附录二　河南现存塔林索引简表

名　称	简　介
登封少林寺塔林	位于郑州市登封少林寺西,是中国现存面积最大、数量最多、价值最高的古塔建筑群。有唐以来历代古塔230余座,其中,唐塔2座、宋塔3座、金塔16座、元塔51座、明塔146座,是综合研究我国古代建筑、书法、雕刻艺术的宝库。全国重点文物保护单位。
安阳灵泉寺塔林	位于安阳西灵宝山南麓崖上,是中国现存时代最早、数量最多、规模最大的摩崖塔林。共有塔龛230余座,按年代编排,反映出历代塔式的沿革,是研究古代建筑史、石刻艺术史、佛教史的珍贵文物。全国重点文物保护单位。
汝州风穴寺塔林	位于汝州东北风穴寺旁。现有唐、宋、元、明、清各代的高僧墓塔83座,是中国现存第三大塔林,是集唐代以来各时代建筑为一体的建筑历史博物馆。全国重点文物保护单位。
登封法王寺塔林	位于登封市北嵩山太室山麓玉柱峰下法王寺后。现存古塔6座,其中密檐式唐塔1座、单层唐塔3座、元塔和清塔各1座,在我国佛教史、建筑史、金石史上占有重要位置。全国重点文物保护单位。
宜阳灵山寺塔林	宜阳灵山寺位于县城西灵山北麓,原名报忠寺、报恩寺,亦名凤凰寺。大雄殿前阶下有一座七级佛塔,建于明代成化十七年(1481年)。寺东角门外有寺僧砖石墓塔20座,最古老的是宝公峰寿塔,最重要的是良卿和尚寿塔。
沁阳云阳寺塔林	位于沁阳市紫陵镇赵寨村北。云阳寺又名寿圣寺。云阳河谷台地上有塔林,原有塔5座,现存3座,均为砖造和尚塔,坐北朝南,西侧塔建于元代,平面呈方形,须弥座,三级密檐式,塔刹为仰莲上置宝珠。
博爱月山寺塔林	位于博爱县城西北。始建于金正隆三年(1158年),原塔林有百余座,多为平面六角形五级砖塔,高约5—10米,现仅存元明清时期砖塔20多座。河南省文物保护单位。
淅川香严寺塔林	位于淅川县仓房镇。香严寺历代高僧辈出,名塔林立。明清时期的塔就有百余座。现仍留存27座宋至清时期所建的石塔、砖塔,具有重要文物价值。
桐柏太白顶塔林	位于桐柏县鸿仪河乡,清代建筑。共有六边形或圆形石塔十余座,一般五至七层,通高约5—7米。
南召丹霞寺塔林	位于南召县留山乡。墓塔共13座,其中元塔五座,明塔四座,清塔四座,元塔均为叠涩檐砖塔,平面呈六边形,高约4—7米,中空。有四座塔尚存塔铭。河南省文物保护单位。
永城郭塔塔林	位于永城市芒砀山。在夫子崖东有三座清代佛塔,互呈三角而立,统称郭塔,砖塔通高10米许,系仿楼阁式建筑。各层用正反迭涩砖出檐,转角雕竹节状倚柱,角间各面作大佛龛,全用精雕画像砖贴之。

(续前表)

固始妙高禅寺塔林	位于固始县陈淋子镇。妙高寺始建于隋末唐初,清顺治初年重建,是佛教禅宗临济宗大悟山派的开山祖庭。寺院附近有两处11座墓塔,多为清代初期所建。塔形独特,具有极高的历史文化价值。河南省文物保护单位。
商城息影塔林(黄柏山塔林)	位于商城黄柏山,塔院有5座造型各异的石塔。法眼寺开山祖师无念禅师舍利塔,俗称祖师塔。塔高约8.5米,楼阁式石塔。塔为八角四级,顶置宝瓶状塔刹,均为精雕细琢的料石砌筑。河南省文物保护单位。
襄城乾明寺塔林(遗址)	仅存遗址。史料记载:塔林系唐至清历代所建,大小372座,塔身均为青砖结构,造型各异。乾明寺塔林是首山西北麓一处历史文化遗址,现遗址呈长方形,面积12000平方米。

附录三　河南现存佛寺(遗迹)区域分布索引

区域	名称	位置	简　介
郑州	郑州开元寺	郑州市管城区	创建于唐开元年间(713—741年)。门前有宋开宝九年(976年)建的舍利砖塔一座,高十三级,30余米。
	新郑古禅寺	新郑市西南始祖山	建于北魏时期,距今已有1600多年的历史,后历经战乱被毁,重修多次,现存为明朝万历年间修建。
	新密超化寺	新密市超化镇	建于隋开皇元年(581年),至唐朝武则天和唐中宗时为鼎盛时期,规模宏大。
	新密光林寺	新密市	创建于北魏孝文帝延兴(471—476年)年间,面积2500平方米。现存山门、伽蓝殿、三官殿及配殿等。寺内有明、清重修碑记七通。
	新密南泉寺	新密市	建于北魏太和真君八年(447年),至今有1500多年历史。
	新密法海寺	新密市	始建于宋。现存山门、大殿、后殿、配殿。原有宋石塔。另有明清碑刻三通。
	新密上香峪寺	新密市	始建于东魏。现存山门、大殿、方丈院。另有清代题记塔铭等。
	新密中香峪寺	新密市	建于宋开宝元年(968年)。现存大殿、九龙殿、东配殿。另有明清碑刻三通。
	新密龙泉寺	新密市	建于明景泰四年(1453年)。现存山门、大殿、厢房,另有明清碑刻五通。
	新密助泉寺	新密市	建于元至正十五年(1355年)。现存山门、大殿、后殿、配殿,另有明清碑刻三通。
	新密报恩寺	新密市	始建不详。现存山门、大殿厢房,另有清代碑刻三通。

(续前表)

郑州	新密华严寺	新密市	建于隋开皇三年(583年)。现存大殿、配殿,另有明清碑刻五通。
	新密月华寺	新密市	建于宋崇宁四年(1105年)。现存大殿、配殿,另有明清民国年间碑刻各一通。
	荥阳大海寺	荥阳市老城东	建于北魏孝明帝正光年间(520—524年),隋末李渊重建,五代后期曾毁,后多次重修。1976年进行发掘,出土有北魏造像龛座、唐代佛像、菩萨像、罗汉像等42件。
	荥阳兴国寺	荥阳市城东南	主建筑是大雄宝殿。其殿东侧是观音殿,西侧是南天大地藏王菩萨殿。正殿两旁各有一通灵塔,右侧是"兴国寺比丘俊孤峰续讳济第二十五代灵寿之塔",左侧是"圆寂师瑞公和尚之塔铭"。
	荥阳龙泉寺	荥阳市城东北	始建于北魏,距今已有1500年的历史了,和少林寺建于同一时期,就曾有"南有少林寺,北有龙泉寺"之说。
	荥阳洞林寺	荥阳市贾峪乡	据碑碣记载,自达摩来中国后,在中原建"天中三林",该寺即其一。唐、宋、元相继重修。元、明盛极一时。明代周靖王葬于寺后,洞林寺成为周靖王的家佛堂。全部建筑已毁,仅存古塔一座,碑刻八通。现有大殿、拜殿及厢房。
	荥阳周固寺	荥阳市	始建不详。现存山门、大雄宝殿、佛爷殿、钟鼓楼和东西厢房,并有清康熙年间碑刻一通。
	巩义兴佛寺	巩义市河洛镇	建于明崇祯十年(1637年)。现存大雄宝殿。青砖结构,硬山式,殿内砖砌圆拱顶。供彩绘泥塑三世佛三尊;门两侧及东西两壁供彩绘罗汉坐像十八尊。塑像是明代作品,保存完好。寺内现存碑刻两通。河南省文物保护单位。
	巩义慈云寺	巩义市青龙山	始建于东汉明帝永平七年,是佛教传入中原后,天竺高僧摄摩腾、竺法兰创建的第一座佛教寺院,素有佛教"祖庭"之誉。慈云寺石刻为河南省文物保护单位。
	巩义罗汉寺	巩义市	建于宋天圣五年(1027年),为宋永定陵禅院。现存光裕一座,明碑一通。
	巩义福昌寺	巩义市	建于宋元丰二年(1079年)。现存山门、前佛殿、后佛殿、天王殿、地藏殿。河南省文物保护单位。
	巩义灵山寺	巩义市	建于明万历年间(1573—1620年)。现有山门、菩提殿、弥陀阁等。
	巩义兴佛寺	巩义市	创于明崇祯年间(1628—1644年)。现存无梁殿,内有明代泥塑三民佛及十八罗汉。另有清碑三通。
	巩义柏谷坞寺	巩义市	建于隋开皇元年(581年)。现存大殿一座。
	巩义平顶寺	巩义市	始建不详。现存山门、大殿。大殿为砖无梁殿,清初建筑。

(续前表)

郑州	巩义青龙禅寺	巩义市	始建不详。现有大佛殿及东配殿。大佛殿内有清代壁画多幅。河南省文物保护单位。
	巩义菩提寺	巩义市	始建不详。现存三孔石窟洞,内供明代石佛三尊。另有清代碑刻二通。
	嵩山少林寺	登封市西北少室山	是中国佛教禅宗祖庭。寺内现存有山门、客堂、达摩亭、白衣殿、地藏殿及千佛殿等古建筑。千佛殿内有明代五百罗汉朝毗卢壁画。全国重点文物保护单位。国务院确定的汉族地区佛教全国重点寺院。
	登封龙泉寺	登封市石道乡	始建不详,从碑文记载可知,该寺为少林寺下院。坐北朝南,原有山门、六祖殿、紧那罗殿、火神殿、老君殿、千佛殿等建筑。现仅存山门、六祖殿和千佛殿。河南省文物保护单位。
	登封永泰寺	登封市太室山西麓	始建于北魏,原名明练寺,唐代易名永泰寺,金代更名永禅寺,元朝以后又复名永泰寺、永泰禅寺。是佛教禅宗传入中国后修建的第一座尼僧寺院,也是我国现存最古老的尼僧寺院。永泰寺唐塔是全国重点文物保护单位。
	登封会善寺	登封市嵩山南麓	为魏孝文帝离宫,隋开皇五年(585年)改名嵩岳寺,后隋文帝赐名会善寺。唐武则天巡幸此寺拜道安禅师为国师,赐名安国寺。现存元至清时代古建筑。全国重点文物保护单位。
	登封清凉寺	登封市	始建于唐代,现存建筑面积约1700平方米。因年久失修,原建筑多已损毁,仅存殿宇,其中清凉寺大殿保存较好,具有较高价值,从大殿的彩绘壁画风格看属金代遗存。清凉寺大殿对研究古代建筑和绘画艺术具有重要的科学价值。河南省文物保护单位。
	登封法王寺	登封市太室山南麓	建于汉明帝永平十四年(71年)。魏明帝青龙年间改为护国寺。西晋时于寺前增建法华寺。隋初造舍利塔,改名舍利寺。唐太宗贞观年间,敕命补修佛像,赐予庄园,改为功德寺。法王寺是中国最早的寺院之一,比洛阳白马寺晚三年。寺内现有房四十余间。
	登封莲花寺	登封市	始建不详,寺院有一块纪录寺院兴衰的石碑,从碑文上看,民国十六年(1927年)改名"嵩莲宫"。
	登封龙潭寺	登封城东	原为唐武后离宫,开元时改为寺。
	登封崇法寺	登封市颍阳镇	寺外有寺塔一座,始建不详。寺前有山门、配房,房内塑有四大天王像。中间有韦陀殿,后有千佛殿五间,东西山墙神龛满山,每龛内塑有佛像一尊;殿内中间后有照壁,上面绘有约5米高的佛像一尊;工艺精美,世所罕见。
	登封二祖庵	登封市	始建不详。现存大殿,唐、元、明塔各一座,明清碑刻十一通。

(续前表)

郑州	登封广慧庵	登封市	始建不详。现存殿宇十二间,清代碑刻三通。
	登封宝林寺	登封市	始建于唐。现存正殿,还有唐代经幢一座、造像碑及明代碑刻各一通。
	登封水峪寺	登封市	始建于明。又称"少林下院"。现存正殿、配殿和明清碑刻五通。
	登封眼明寺	登封市	传始建于唐。现存正殿、配殿和清代碑刻二通。
	登封朝阳寺	登封市	始建不详。现存正殿和明代碑刻一通。
	登封卢崖寺	登封市	始建于唐。传为唐代高士卢鸿隐居处。现存正殿。
	登封万嵩寺	登封市	始建于清康熙五十五年(1716年)。现存大殿,内有壁画。另有清代碑刻三通。
	登封普照寺	登封市	建于清初。现存山门、前殿、后殿、配殿等,另有清代碑刻二通。
开封	开封大相国寺	开封市	始建于北齐天保六年(555年)。著名的皇家寺院,寺址原为战国魏公子信陵君的故宅,712年唐睿宗赐名大相国寺。北宋时期是全国佛教中心。在中国佛教史上声名煊赫,素有"大相国寺天下雄"之称。河南省文物保护单位。
	开封祐国寺	开封市	始建于北齐天保十年(559年)。初名独居寺,唐玄宗开元年间(713-741年)改名封禅寺。宋太祖开宝三年(970年),复改名开宝寺。明代改称祐国寺,清代名大延寿甘露寺。
	开封古观音寺	开封市	初建于五代梁朝,元朝被毁后于明洪武二十年(1387年)僧尼义果重修。明末又毁于水患,清初邑人刘昌又予以重修。光绪年间僧尼集资募修大殿,但又毁于1927年。
	开封白衣阁	开封市	是元明时"大瓦寺"的一部分,为佛教尼众主作佛事活动的场所。大瓦寺坐北向南,殿宇宽广,有大殿和厢房数间。
	尉氏青云禅寺	尉氏县庄头乡	兴盛于唐初,金毁于战火,明景泰年间重建,规模宏大,殿宇辉煌。
	尉氏鸿台寺	尉氏县西北	"鸿台听月"是八宝古洧川八景之首。"穆王当日此登台,喝尽浮云月自来。八骏风驰何处是,惟余明月照苍台。"说的即是此寺。
洛阳	洛阳白马寺	洛阳市	佛教传入我国后官方营造的第一座寺院,建于东汉永平十一年(68年),被中外佛教界誉为"释源"、"祖庭"。寺内保存了大量元代夹纻干漆造像弥足珍贵。第一批全国重点文物保护单位。国务院确定的汉族地区佛教全国重点寺院。

附　录

(续前表)

洛阳	洛阳天宫寺	洛阳市安乐窝村北洛河岸边	创建于唐代,原为太宗旧宅,贞观六年(632年),太宗下诏改为寺宇。长寿二年(693年),迦湿弥罗国三藏阿你那(宝思惟)抵达洛阳,奉敕入住此寺,译出《随求即得自在陀罗尼经》与《不空胃索陀罗尼自在王咒经》等数部。
	洛阳永宁寺	洛阳市东	北魏后期都城洛阳的重要佛寺故址。仅存部分塔基及烧焦之砖块、佛像等。北魏时,菩提流支等曾于此译述诸经论。原系北魏献文帝皇兴元年(467年)建于山西大同之大寺。迁都洛阳后,孝明帝之生母灵太后胡氏于熙平元年(516年)创建一新寺,亦号永宁寺。
	洛阳古唐寺	洛阳市东郊唐寺阀村	原名福先寺,始建于唐朝,寺内现存山门殿、观音殿、白衣殿、立佛殿,另有碑石十余方。福先寺为中日两国佛教文化交流起过重大作用,时至今日,每年都有日本游人寻访至此,拜谒先哲。
	洛阳乾元寺	洛阳市城南龙门东	传为北魏龙门八寺之一。寺址原在山巅,明嘉靖三十九年(1560年)僧道连迁建今址,抗日战争时被日军拆毁。
	洛阳安国寺	洛阳市老城区敦志街	又称钟楼寺,始建于唐咸通年间(860－873年),清嘉庆十八年(1813年)重修,现存大殿、中殿、后殿,另有明清碑刻十余通。河南省文物保护单位。
	洛阳广化寺	洛阳龙门石窟北山崖	始建于北魏时期。寺前山坡建有石阶,中有五层高大建筑包括高山门、天王殿、伽蓝殿、三藏殿、地藏殿。唐朝时,天竺僧人善无畏来中国传扬佛法,开元二十八年(740年)建塔葬于广化寺之庭,即广化寺佛塔。
	洛阳香山寺	洛阳城南香山	始建于北魏熙平元年(516年)。天授元年(690年),武则天命名"香山寺"。唐代著名诗人白居易晚年居于此,自号"香山居士",唐会昌六年(846年)病逝,家人遵嘱将其葬于香山寺北和满师塔之侧。
	偃师兴福寺	偃师县高崖村	修于明正德四年(1509年),距今500余年,后于清康熙年间以及民国时期历度重修。兴福寺几经兴废,仅留大殿一间。
	偃师玄奘寺	偃师县缑氏镇唐僧寺村北	始建于北魏,原名灵岩寺。隋大业年间,幼年的玄奘曾多次到该寺聆听佛法,为了弘扬玄奘坚毅卓绝的精神,改名为兴善寺、唐僧寺。1996年中国佛教协会赵朴初会长拜谒唐僧寺,提议更名为"玄奘寺"并亲题匾额。
	偃师白云寺	偃师县顾县乡回龙湾村	俗称藏梅寺。在隋文帝开皇年间(581－600年)就已存在。寺因背依白云山而名,规模宏大,四层院落。寺中存留古碑数方。

159

(续前表)

洛阳	新安洪教寺	新安县	始建不详。现存前殿、后殿、地藏殿、观音殿、伽蓝殿、准闱殿,另有清碑二通。
	新安朝阳寺	新安县	始建于明。现存山门、中殿和后殿。
	新安龙山寺	新安县	始建于唐。现存配殿两座,并有石佛像。
	新安洪福寺	新安县	建于唐乾符六年(879年)。现存二殿、三殿和东西禅堂,另有清碑一通,石佛像一尊。
	孟津龙马负图寺	孟津县会盟镇雷河村	由"龙马负图出于孟河之中焉"而兴建。始建于晋怀帝四年,初名"浮图寺",永嘉时改为"河图寺",梁武帝时改称"龙马寺",唐高宗麟德四年更名为"兴国寺",清乾隆十九年又改为"羲皇庙",民国后又称其为"负图寺"。河南省文物保护单位。
	宜阳灵山寺	宜阳县城西凤凰山北麓	又名凤凰寺、报忠寺、报恩寺,始建于唐。现存建筑有山门阁、中佛殿、天王殿、大雄宝殿、藏经楼、东西祖师楼等。保存碑碣石刻57块,其中明代的8块;珍藏佛经300余部,有珍贵的《大藏经》;河南省文物保护单位。
	宜阳龙潭寺	宜阳县张坞乡岳社村	创建于南北朝北周天和元年(566年)之前。现存寺院为金代所建,有大雄宝殿、天王殿、东陪殿、僧房等。院内石碑多块,其中一块上面有"天和元年"字样。
	嵩县庆安禅寺	嵩县大坪乡枣园村	又名庆安寺,原名赵村禅寺。始建于汉,武周年间,女皇武则天云游至此,御笔写下"庆安禅寺"四字,制匾悬于寺门。现存建筑多为清代重建。河南省文物保护单位。
	伊川皇觉寺	伊川县郭寨村	据《洛阳县志》所载,该寺始建于唐开元十年(722年),因系皇家寺院而得名。原本规模宏大,现仅存伽蓝殿和西厢房。伽蓝殿背依龙门山南麓,顶为硬山式,青砖青瓦,五脊六兽。殿内原有壁画,现在多已湮灭。
	伊川大觉寺	伊川县高山乡谷窑村	建于元至元年间(1264—1294年),明代重修。现存山门、关爷殿、二佛殿、大佛殿、光生殿、厢房等,多为歇山式建筑。殿内壁画清晰,色泽艳丽,保存完好。寺内还有古柏四株,经幢一座。河南省文物保护单位。
	伊川净土寺	伊川县白元乡水牛沟村	《河南佛教胜迹》记载伊川县的佛寺有:净土寺、皇觉寺、龙驹寺、周佛寺、慧光寺、复兴寺、斑竹寺、法华寺、圣水寺、佛泉寺、罗汉寺、龙兴寺、佛兴寺、吉祥寺、演法坪寺、大觉佛寺。净土寺位列伊川县域诸寺之首。
	洛宁哪罗寺	洛宁县	初建于唐。现存山门、中殿和后殿。
	洛宁福严寺	洛宁县	始建不详。现存大殿。
	洛宁千佛寺	洛宁县	创建于清。现存戏楼、山门、正殿。

(续前表)

洛阳	洛宁祝家园寺	洛宁县	始建不详。现存山门、大殿、廊房。
	汝阳观音寺	汝阳县城东南圣王台村	创建于五代时期。殿内珍贵的清代壁画是研究古代壁画的宝贵资料。大雄宝殿殿前《敕赐嵩山大少林祖庭之碑》乃镇寺至宝。左右对称两孔石窟。河南省文物保护单位。
	汝阳圆明寺	汝阳县	始建不详。大殿已改建,尚有东西配殿六间,另有清碑二通。
	汝阳连溪寺	汝阳县	建于元大德二年(1298年)。现存钟楼、青云宫、大殿。
	汝阳宝应寺	汝阳县	传建于唐宝应年间。现存山门、钟楼、大佛殿、水陆殿、观音殿和东西配房。
	栾川静安寺	栾川县	始建于唐。现存山门、大殿、配殿。
	栾川白衣阁	栾川县	始建不详。为硬山灰瓦楼阁建筑,有壁画。另有清嘉庆七年(1802年)碑刻。
	栾川灵岩寺	栾川县	始建于唐。现存大佛殿,另有清乾隆三十九年(1774年)碑刻一通。
	栾川白云寺	栾川县秋扒乡	始建于汉明帝永平十三年(70年),与洛阳白马寺(始建于68年)是同时代建造的姐妹寺,距今约2000年。
平顶山	鲁山佛泉寺	鲁山县赵村乡	始建不详。依山而建,寺院宏伟壮观。现存山门、天王殿、大雄宝殿、小卢舍那佛金像。
	鲁山文殊寺	鲁山县四棵树乡	又名"俺窟沱寺"。由正殿、过殿、偏殿组成。
	宝丰香山寺	宝丰县城东	又称汝州香山寺、大普门禅寺、始建于东汉灵帝光和四年(181年),是现有文献记载的中国最早的观音道场,是传说中观音菩萨出家修成正果的地方,被誉为"中华观音第一祖庭",是汉传佛教观音文化的载体。
	宝丰汝江禅寺	宝丰县赵庄乡范庄村	始建于东汉末年,兴盛于唐,至明宣德年间,寺院规模空前,该寺易名"水泉寺",占地百亩。
	宝丰白雀寺	宝丰县李庄乡古城村	规模宏大,见于史志记载的殿舍有水天王殿、陆天王殿、千佛阁、地藏王殿、监斋殿、六祖殿等。
	宝丰广严寺	宝丰县	建于元延祐二年(1315年)。现存大殿,另有明弘治九年(1496年)重修碑记等石刻三通。
	宝丰寿峰寺	宝丰县	始建不详。现存大殿。
	宝丰龙兴寺	宝丰县	建于元延祐年间。现存西佛殿,殿内有清代壁画。另有明万历十年(1582年)重修碑记。
	汝州风穴寺	汝州市东北嵩山少室南麓	又名白云寺、千峰寺、香积寺。建于北魏,总面积约50余亩。现存主要建筑有天王殿、中佛殿、毗卢殿、悬钟阁、藏经阁等。寺外有塔林数处,保存历代基塔计115座。

(续前表)

平顶山	汝州妙水寺	汝州市临汝镇	《补修妙水寺碑记》中称"南襟汝水,雾露之所涌濡。北负邙陵,斗牛之所磅礴。东望汝城,百雉枪罗。西瞻伊阙,千峰屏列。""松竹外环,泉流内涌"。史称"洛南之胜景"。河南省文物保护单位。
	郏县姑嫂寺	郏县茨芭乡	建于明万历二十七年(1599年)。现存圣公圣母子孙殿、观音堂、铁佛殿、阎王殿、中佛殿、天王殿、大殿等建筑。河南省文物保护单位。
	郏县广庆寺	郏县	建于元至顺二年(1331年)。现存南天门、天王殿、大雄宝殿,东西庑。寺后为著名的三苏祠。
	郏县鲁姑寺	郏县	建于明万历四十六年(1618年)。现存大殿、东厢房、鲁义姑阁。
	郏县观音寺	郏县	始建不详。现存六祖殿、佛爷殿等,另有清代碑刻一通。
	郏县永庆寺	郏县	始建不详。现存大殿,殿内有壁画。
	郏县寿圣寺	郏县	始建不详。现存文殊殿,殿内有壁画。
	叶县龙岩寺	叶县	建于金泰和六年。现存大殿和明代碑刻一方。
	叶县东明寺	叶县	建于唐。现有山门、大殿、东厢房,另有清代碑刻一通。
安阳	安阳高阁寺	安阳市文峰区	原名大士阁,是明赵王府旌教祠中最后一座殿,现存建筑为明成化六年(1470年)重建。该寺为高台楼阁式建筑,台高约8米,长宽各约13米;阁高约10米,重檐九脊,琉璃瓦顶。河南省文物保护单位。
	安阳灵泉寺	安阳县善应镇	原名宝山寺,东魏高僧道凭法师于武定四年(546年)创建。隋开皇十一年(591年)隋文帝诏寺僧灵裕法师改为灵泉寺。称"河朔第一古刹"。寺院东西两山是全国最大的浮雕塔林。
	安阳修定寺	安阳市西北	始建于北魏年间,因寺院内有一座形制独特的唐塔而闻名。整个寺院布局坐北朝南,有三重院落,主要殿堂有天王殿、大佛殿、二佛殿及铁瓦殿,四座大殿排列得错落有致。
	安阳定国寺	安阳市东北	始建于北魏永熙二年(533年),毁于1951年。占地66670平方米。其碑历负盛名。
	安阳县雷音寺	安阳县	始建于元至元十四年(1277年)。现存雷音殿。
	安阳县冢寺	安阳县	始建于明。现存山门、钟楼、大殿、二殿、转花楼、配殿。
	安阳县兴禅寺	安阳县	创建于唐。现存山门、地藏王殿、广圣殿、龙王庙、土地庙和砖塔。另有明清及民国年间碑刻十七通。
	安阳县北禅寺	安阳县	始建不详。现存山门、戏楼、水陆殿、三佛殿。另有经幢一座,清碑四通。

(续前表)

安阳	安阳青龙寺	安阳	始建不详。现存大殿,殿前有月台。
	林州法济寺	林州城北盘阳村西的山谷内	又称盘阳寺,创建于五代后梁,现仅存一座大佛殿及数通明、清碑刻。大佛殿坐北朝南,面阔三间,进深三间,单檐悬山式琉璃瓦顶,檐下置斗拱,整座殿宇坐落在青石砌筑的须弥座式台基上。
	林州太平寺	林州市龙头山南麓西街村北	始建于元至正年间(1341—1367年)。寺内藏古文物、史书、佛经和碑碣甚多,民国初年毁弃殆尽。
	林州黄华上寺	林州市林虑山	又名慈明院、黄华北寺、黄华书院,创建于北宋时期。寺院建在悬崖绝壁上,现有大佛殿、睡佛殿和配殿等。
	林州黄华中寺	林州市林虑山	黄华中寺位距上寺下边,背倚争秀峰,创建于民国九年(1910年)。山门前石台阶共重108级,犹如登天阶梯。
	林州弘法寺	林州市采桑镇棋梧村北莲花山中	原名兴福寺,始建于唐贞观七年(633年),被李世民封为皇家寺院。寺内现存清咸丰十年(1860年)重修碑记。
	林州洪谷寺	林州市合涧镇	始建于北齐,为文宣帝高洋天保初年著名的地伦师僧达所建,唐时有高僧义泓乾寿挂锡此寺。寺周围有北齐洪谷寺塔、唐大缘禅师摩崖石塔、三尊真容像和北齐千佛洞石窟及洪谷寺塔林。
	林州龙门寺	林州市采桑镇	龙门寺历史悠久。以梁武帝至今,经过千百年来风风雨雨的磨难。
	林州龟山寺	林州市河顺镇西庄村东北龟山脚下	始建于唐朝中期。目前保存完好的有清光绪十二年(1886年)重修石碑。寺内南北大殿和大门相照,东西两偏殿对称。
	林州觉仁寺	林州市城郊乡	又称觉仁院,北齐称净国寺、浮国寺,俗称黄华下寺,始建于北朝,兴于宋,经元、明、清,屡毁屡修,距今已有1500余年。觉仁寺原是北齐高僧昙迁隐居修行的寺院,历史悠久,环境幽雅,宗教文化积淀深厚。
	林州慈源寺	林州市横水镇马店村	始建于唐贞观年间(627—649年),是我国非常罕见的融儒、道、佛三教于一体的历史文化遗存。其中的三殿一阁建筑物,为研究我国历史上儒、道、佛相互融合、相互交流提供了重要的实物例证。河南省文物保护单位。
	林州惠明寺	林州市河顺镇申村	始建于金大定十一年(1171年),因高僧惠明葬于此而改建。尚存建筑有天王殿、大佛殿、水陆殿、明代石塔及北宋政和三年(1113年)惠明线刻石像等。河南省文物保护单位。

(续前表)

鹤壁	鹤壁金山寺	鹤壁市西	始建于唐代,重修于北宋嘉祐年间(1056－1063年),是一座佛教文化浓重的千年古刹。寺内至今仍完好保存着被誉为豫北第一的大雄宝殿、独具特色的卧佛殿以及其它建筑群。
	鹤壁观音堂	鹤壁市	始建于明万历二十八年(1600年),清嘉庆十二年(1807年)重修。堂内墙壁上嵌有明万历二十八年创建刻铭。
	鹤壁太平庵石佛庙	鹤壁市	始建不详。庙为歇山式建筑,通体石结构,内雕佛像40余尊,门两侧有护法力士。门外有明清碑各一通。
	鹤壁苇泉寺	鹤壁市	创建于明正德五年(1510年)。现存大殿及清碑一通。
	鹤壁青岩寺	鹤壁市	始建不详。现存山门、大殿和西配殿,另有清碑一通。
	鹤壁菩萨庙	鹤壁市	创建于清乾隆年间。现存大殿。
	鹤壁法宝寺	鹤壁市	始建于清,现存大殿及东西配殿
	浚县太平兴国寺	浚县大伾山	在天宁寺南,坐西向东。寺内主要建筑有释迦牟尼大殿、朝阳洞及观音洞,兴建年代失考。寺内今存明至民国时期建筑。山门三间,坐落于半山腰平台,系清代建筑。殿内原有一木雕佛龛,堆沙像和木龛雕工精细,艺术价值很高,惜已不存。
	浚县千佛寺	浚县寝宫楼北	《河朔访古录》载:寺内有石崖,高2.5米余,上建阁以祀真武。崖下凿洞二,并大小佛像身躯,而谓千佛洞也。建寺当在凿窟之后。千佛寺现存建筑有水陆殿七间,十八罗汉殿五间,两廊各五间。
	浚县天宁寺	浚县城大伾山	古称大伾山寺,创建于北魏时期,已逾1400余年。东瞰黄河故道,西倚大伾悬崖,背山面水,形势壮观。寺由东西、南北两条轴线组成。天宁寺规模宏大,历史悠久,为浚县品位极高的古建筑群之一。河南省文物保护单位。
	淇县朝阳寺	淇县城西	寺依山建造,绝壁而生,飞檐凌空,遥望如空中楼阁,故又名悬空寺。该寺北靠朝阳山,青松翠柏及奇花异草在太阳光照射下,如彩凤当阳,翠盘捧日,故称朝阳悬空寺。
新乡	新乡东宁寺	新乡市东台头村	始建于唐代,民国重修。现存大殿、配殿、佛塔、唐代石佛像一尊。河南省文物保护单位。
	新乡定国禅寺	新乡市东郊	该寺始建于北魏。俗称定国寺。
	辉县白云寺	辉县市白鹿山麓	创建于唐朝高宗年间,明洪武二十四年(1391年)改白云寺,寺院为全国重点文物保护单位。寺内现存宋代五百罗汉碑和普照大禅师石塔为河南省文物保护单位。

(续前表)

新乡	辉县南湖寺	辉县市后庄乡	始建于明代。现存钟鼓楼、中阁楼、十八罗汉殿、大堂殿。河南省文物保护单位。
	辉县兴国寺	辉县城西永安山	又名中湖寺。原有山门、中殿、大佛殿。山泉流经寺内,佛殿前有养鱼池。寺门外东西两侧各有无梁庙一座,东为祖师庙,西为古佛庙。
	辉县西新寺	辉县市九莲台	俗称西莲寺,因位于九莲台西部而得名。建于太行山壁间,五进寺院,依山势而建。
	辉县普救寺	辉县市西褚邱村	始建不详。寺内有明万历碑刻记载嘉靖年重修。现存明清古碑十余通。
	获嘉登觉寺	获嘉县城西	始建于明天顺八年(1464年)。现存山门、后殿和耳房,另有明成化十三年(1477年)大铁钟。
	获嘉寂照寺	获嘉县	又名剌孤寺,建于元至元九年(1272年)。现有天王殿、中佛殿、大佛殿及东廊房。
	获嘉崇兴寺	获嘉县城西北	宋始建,明洪武、万历、嘉靖年皆有重修。旧志"西寺晓钟"为八景之一。
	卫辉香泉寺	卫辉市霖落山	原为战国魏安釐王的离宫——雪宫。北齐天保七年(556年),著名高僧稠禅师在魏离宫旧址上建寺院,名为"香泉寺"。印度高僧那连黎耶舍在香泉寺建立了一座麻风病院,是我国最早的麻风病院。河南省文物保护单位。
	卫辉庄严寺	卫辉市	始建于东魏武定三年(545年),距今已有1400多年历史。
	卫辉镇国寺	卫辉市	始建于东魏兴和三年(541年)。现存山门、二门、钟楼、廊房、大殿、后殿。另有东魏碑刻一通。
	卫辉西北寺	卫辉市	建于明嘉靖二十一年(1542年)。现存大殿、东廊房,另有清碑一通。
	封丘能仁寺	封丘县	始建不详。现存大殿、石佛一尊及清碑一通。
	封丘太平寺	封丘县	始建不详。现存前殿、后殿。
焦作	焦作圣佛寺	焦作市郊北	又名洞寺,上溯历史古迹,下闻民间传说,以悠久的历史,负有盛名。
	焦作万善寺	焦作阎王鼻山	始建于明朝万历年间,相传朝廷为了镇治此处帝王风脉而建,寺名也属御赐。
	修武圆融寺	修武县当阳峪村	圆融古刹是西晋、后赵僧人佛图澄国师创建。系佛图澄国师所建893座寺庙之一。
	修武灵泉寺	修武县	建于西晋。现存大殿,另有明天顺七年(1463年)、万历二十六年(1598年)、清嘉庆九年(1804年)碑刻各一通。
	修武兴隆寺	修武县	又名兴龙寺,始建于明。现存前殿、后殿。观音殿建于顺治十八年(1661年)。该殿悬山灰瓦顶,并有清碑二通。

(续前表)

焦作	沁阳胜果禅院	沁阳市	又称沐涧寺,建于唐贞观年间。现存山门、廊房、前殿、中殿、后殿,另有后周、宋、金石经幢各一通,及金《重修圣水院记》碑,还有明清碑刻十三通。
	沁阳云阳寺	沁阳市	宋代始建为奉圣寺,元中统年间增建性果寺,清乾隆五十一年(1786年)又增建清静宫,三者合为云阳寺。
	沁阳经果寺	沁阳市	建于明嘉靖十年(1531年)。现存左侧舞楼、配殿、孙真殿、阎君殿,右侧配殿、关帝殿、伽蓝殿。另有清碑一通。
	沁阳临川寺	沁阳市	建于宋宣和三年(1121年)。原名净安寺,后改称陵川寺,清代始称临川寺。寺院三面临崖,现存玄天玉女洞、朝阳洞、山神庙、大佛殿、左配殿、青莲洞等。诸洞口均为砖木建筑。另有宋宣和三年《净安禅院碑记》,明清及民国年间碑刻多通。
	沁阳观音阁	沁阳市	又称观音庙,始建于清道光二年(1822年)。坐落在冻水沟单孔石拱桥上,面阔三间,进深二间。硬山灰瓦顶,檐下有斗拱,阁内有观音出海故事的壁画。另有清道光二年《创建观音阁碑记》一通。
	沁阳观音寺	沁阳市	创建于明。现存中殿和观音坛,另有清乾隆四十年(1775年)重修碑记等三通石碑。
	沁阳贞谷寺	沁阳市	创建于唐。现存大殿、配殿、禅房,并且明清碑各一通。
	沁阳资胜寺	沁阳市	现存有大殿及清康熙年间石佛塔一座。
	沁阳寿圣寺	沁阳市	现有山门、厢房、大殿。
	孟州金山寺	孟州城西	原寺坐落在岭上海拔百十米处。寺院始建于唐朝垂拱三年,面积十余亩,坐北朝南,有山门大佛殿、大雄宝殿、两边配殿、观音殿、地藏殿、伽篮殿,前院有东西两个舞台,后院有十余孔窑。
	孟州崇胜寺	孟州市城伯镇	寺建于宋代。
	孟州圣佛寺	孟州市	始建于宋。现存佛祖殿、水陆殿和白衣殿。河南省文物保护单位。
	温县慈胜寺	温县城西	始建于唐贞观年间,历经唐、宋,毁于兵燹,元至元年间(1264—1294年)重建。占地7000平方米,坐北面南,现存山门、天王殿、大雄宝殿,均为保存较好的元代建筑,全国重点文物保护单位。
	温县清凉寺	温县	始建不详。现存大殿和清碑一通。
	博爱月山寺	博爱县	始建于金正隆三年,至今已有800多年的历史。寺内仙山琼阁,风景秀丽,胜迹荟萃,景致奇异。河南省文物保护单位。

(续前表)

焦作	博爱县观音寺	博爱县城东南	传创建于北魏,历代多次重修。有中佛殿,面阔三间,进深三间。角柱有明显的侧脚和升起,上部为土坯墙体,下部为清水墙,不叉分砌法,为元代建筑常见的作法。河南省文物保护单位。
	武陟千佛阁	武陟县城南大街	建于明嘉靖三十六年(1557年)。三檐歇山顶回廊式建筑,面阔五间,进深五间,绿色玻璃瓦覆顶。转角斗拱中间昂嘴透雕龙首。阁顶绘图反映了明清时期佛道合流的情况。全国重点文物保护单位。
濮阳	濮阳大觉寺	濮阳县柳屯镇	始建于北宋初年,到宋徽宗时,已建寺100余年。明清时期曾对大觉寺进行过多次修复。到明万历二十二年(1594年)得以扩建。寺院坐北朝南,进山门是天王殿与弥勒殿,称为前殿,两侧为钟鼓楼;中殿为大雄宝殿,殿内有高丈余三尊古佛和文殊、普贤、观音菩萨、十八罗汉塑像;后殿即三圣殿。
	濮阳皇觉寺	濮阳县	始建于北宋太宗年间,因明代开国皇帝朱元璋曾出家在此居住而命名为皇觉寺。明清时期,皇觉寺规模宏大,后几经兴衰,现仅存数间寮房和几块残碑。
	清丰普照寺	清丰县城西	原名圆明寺,始建于唐上元元年(674年),元至元十九年(1282年)改为普照寺,建有大殿、禅房,元末为兵燹所毁。明洪武年间进行复修,并建天王殿、水陆殿等200余间。现仅存大雄宝殿。河南省文物保护单位。
许昌	许昌卧佛寺	许昌市东城区	据碑文记载,寺院始建于明朝嘉靖年间,由当时少林寺第二十四代传人上镇下阳老和尚主持兴建。
	襄城乾明寺	襄城县南	创建于唐武德年间(618-626年),后唐清泰元年(934年)僧省念禅师开山重修。现存古建筑有照壁、天王殿、中佛殿、禅堂、方丈室等,多为元末明初特色。被誉为"中州第一丛林"。河南省第一批文物保护单位。
	长葛铁佛寺	长葛市官亭乡	全称中原大铁佛寺,始建于唐贞观年间,兴于宋,鼎盛于明、清,与登封大法王寺一脉相承。
	禹州天宁万寿寺	禹州市区	始建于唐,金代末年毁于兵火。元大德三年(1299年)重建,明弘治嘉靖年间和清道光年间重修。现存山门和大殿。山门,坐北面南面阔三间,歇山式灰瓦顶。前后门额上嵌有明弘治和嘉靖年间重修题记。为典型的元代风格。寺内还有明清碑刻。河南省文物保护单位。
漯河	郾城化身台寺	漯河市郾城区龙城镇	初建不详,明永乐初僧人得台槽刻其文曰:"大唐开元元年兴国寺造"。唐盛,历代而下,几度盛衰。明正德元年(1506年)更新。嘉靖二十六年(1547年),当地居民集资复修,明万历二十四年(1596年)再次重修立碑,现有天王殿,千手观音殿,大雄宝殿等正、偏殿共六座,客房、堂斋等27间。

(续前表)

漯河	舞阳彼岸寺	舞阳县侯集乡	始建于1342年,明清重修,现仅存天王殿和中佛殿。河南省文物保护单位。
	舞阳开元寺	舞阳县城西大街	为唐开元年间所建,原有山门、钟鼓楼、地藏殿、大悲阁、"七星照月"等建筑景观,现存的建筑保留了明代重修时的特征。现仅存大殿和拜殿。河南省文物保护单位。
	舞阳龙兴庵	舞阳县	始建于唐。现存大殿,内有壁画。另有廊房及明嘉靖五年(1526年)《重修简城龙兴庵记碑》一通。
	舞阳兴隆寺	舞阳县	又名连寺,清代建筑。现存大殿。
三门峡	陕县空厢寺	陕县西李村乡	原名定林寺,又称熊耳山寺,距今已1900多年,是与中国第一古刹白马寺同一时期的佛门圣地。
	陕县安国寺	陕县西李村乡	始建于隋,历代多有修葺。寺院殿堂多覆盖琉璃瓦,故俗称琉璃寺。寺内还有明清碑刻十通。河南省文物保护单位。
	陕县崇福寺	陕县	又名阳山寺,始建于唐开元四年(716年)。现存后殿及明清碑刻三通。
	卢氏县龙严寺	卢氏县	始建于唐。现存前殿、东西廊房。另有清碑二通。
	卢氏县名医寺	卢氏县	始建无考。现存戏楼、山门、前殿、大殿。
	渑池石佛寺	渑池县西北	现存七通石碑,最早是明万历年间的《重修石佛寺碑记》,现存大小石佛151尊,属于北齐时的作品。河南省文物保护单位。
	灵宝铁佛寺	灵宝市	始建于唐。现存大殿及明清碑刻四通。
	灵宝乾明寺	灵宝市	又名潘河寺,始建于明。现存山门、戏楼大殿、廊房,另有明清碑刻三通。
南阳	南阳豫山禅寺	南阳市东北	始建于汉献帝初平元年(190年),明崇祯年间遭战火焚毁。有山门、大殿等建筑。殿内有阿弥陀佛、观世音菩萨、大势力至菩萨、西方三圣、玻璃光佛像、地藏王菩萨像等。
	南阳柏佛寺	南阳市蒲山镇	亦称广泉寺,始建于唐,兴盛于宋、元、明,毁败于清朝末年。
	南阳佛光寺	位于唐、桐、泌三县交界处	原名避蛛寺,始建于西汉年间,占地面积约3000平方米左右。
	南阳鄂城寺	南阳市卧龙区石桥镇	始建于隋大业十三年(617年),北宋元符二年(1099年),寺、塔重建。现存鄂城寺塔为六角七级楼阁式砖塔,素有"宛北钟灵"的美称。全国重点文物保护单位。
	南阳园明禅寺	南阳市宛城区小寨乡山峦间	又称葫栗扒寺,兴建于金元光元年(1222年)。现存三间大殿系古砖琉璃瓦所建,后殿前后有一高一低六棱形两座古塔。

(续前表)

南阳	南阳中兴寺	南阳市杨营乡	又名灯禅寺、登禅寺、云泉寺。此寺建于西魏大统年间(535－551年),是南阳地区已知的早期寺院之一,距今已有1400多年历史。现存殿宇三间,基本上保留了明代建筑风格。寺内存西魏大统三年(537年)树立的白实造像碑。
	南阳弥陀寺	南阳城东关	俗称东大寺,晋永昌三年创建。元末毁于战火。明洪武十三年(1380年),僧慧欠重建,府僧纲司设在该寺。民国年间改为南阳中学。现为南阳第一高中。原有殿堂面貌全非。
	南阳卧佛寺	南阳故城西北	建于清康熙十年(1671年)。山门两侧有南阳知府顾嘉衡手书的楹联"一枕酣睡,显示尘寰皆若梦。万籁俱寂,方知色相本来空"。山门后有卧佛殿一座,后有二层的翘角古建筑楼房。
	南阳甘露禅林	南阳市	又名甘露庵,是南阳历史文化名城内不可多得的古建筑群。
	淅川法海寺	淅川县荆关镇	又名乍客寺,俗称大寺。历史上屡建屡废。明朝中叶,太虚禅师重修法海寺;清康熙五年(1666年)及同治十三年(1874年)曾两次重修。清末被付之一炬。现存古建筑八座,均为清代所建。
	淅川香严寺	淅川县城南	始建于唐,又名显通寺、香岩长寿寺。现存殿、堂、楼、阁多为明、清建筑。历代高僧辈出,名塔林立。明清时期的塔有百余座,现仍留存26座明清所建的石塔、砖塔。全国重点文物保护单位。
	桐柏云台寺	桐柏县城西南	位于豫鄂两省交界处的桐柏山主峰太白顶,始建于清乾隆四十九年(1784年)。太白顶又称"白云山",海拔1400余米山岚谷雾,莽莽苍苍。
	桐柏水帘禅寺	桐柏县城西南山峡中	依山傍水,山门、天王殿、大雄宝殿、玉佛楼、毗卢殿层层递高。殿堂后面峭崖倾泻下来一条瀑布,将峭崖上部的一座天然石窟遮掩在幕后,从而形成了一个水帘洞,寺因此得名。宋、明、清均有重修。
	桐柏桂泉寺	桐柏县鸿仪河乡彭庄村	初建于唐,明嘉庆年间重修,清乾隆二十六年(1761年)重建。现有天王殿、大雄宝殿及山门,整体建筑红砖青瓦,古朴巧雅。
	桐柏普化寺	桐柏县城西	为东西两山峡谷峙立而成。现有僧房19间。
	桐柏观音禅林	桐柏县城西南	殿宇倚山面水,陷于苍松翠竹之中。寺院有天王殿、观音殿、地藏殿、药师佛殿、尼舍等。均依山递高而建,古朴典雅,结构严整,高低错落有致。
	南召圣井寺	南召县城西南白土岗镇圣井寺村	始建于东汉明帝永平十七年(74年),原名光明寺,明朝洪武初年(1368年)更名为圣井寺,以主殿台阶下有"一步三眼井"故名。现存殿堂房屋,并有古代遗留石碑三通、大型龟石雕和一个御制碑冠。

(续前表)

南阳	南召丹霞寺	南召县留山乡马窝村	原名仙霞寺,古称西霞寺,坐北向南,依山而起,现存殿宇多为清代建筑。存元、明、清砖石塔13座,塔上多数刻有浮雕图案,另有碑碣八方。附近有青龙山佛爷洞、摩崖造像、亮马台新石器时代遗址等。河南省文物保护单位。
	南召报国寺	南召县李青店	始建于唐,盛于宋,毁于元末,重修于明。有大佛殿、伽蓝殿、方丈殿等殿房僧舍42间。
	南召兴风寺	南召县马市坪乡转角石山	始建于唐,重修于明。因寺处于大风口,故名兴风寺,俗称转角石寺。寺有东、西、南三个城门,保存较完整。寺内殿宇僧舍、石碑、石像、神像等尚存。
	镇平菩提寺	镇平县东北杏花山	唐永徽年间(650－655年),菩提祖师朱智勤创建,现保持清代建筑风格。依山而建,现存中轴线上有佛殿、大雄殿、法堂和藏经楼,西侧有钟楼、鼓楼、客堂、戒斋堂、仓房、东库房、西库房、禅房等清代建筑。河南省文物保护单位。
	镇平阳安寺	镇平县城西北王岗乡砚台村	原名龙泉寺。始建于宋代,明万历三十一年(1603年)重建。阳安寺大殿单檐歇山,抬梁柱式,该殿采用的沟槽昂、纵身梁建筑结构,为省内仅有,对研究我国古代建筑设计提供了重要的实物例证。河南省文物保护单位。
	镇平安国寺	镇平县	始建不详。现存拜殿、大殿。
	镇平石佛寺	镇平县	始建不详。原名红教地。现存山门、拜殿、大殿。寺内石佛早年埋入地下。
	镇平中兴寺	镇平县杨营镇贾庄村	俗名登禅寺,始建于北魏登国元年(386年)。现存明代风格建筑的三间殿堂一座、唐太宗等赞井碑一通、造像碑三通、汉画石一块、菊花井一口及三孔石桥等。寺院内的三通西魏造像碑是雕刻艺术中的珍品。河南省文物保护单位。
	新野乾明寺	新野县溧河铺镇	据南阳府志记载:乾明寺在县东南关厢里,世传即汉阴皇后故宅,魏晋以来毁于兵燹,明洪武八年(1375年)重建。
	社旗菩提寺	社旗县大乘山	又名护国普提寺,始建于隋末唐初。占地百余亩。碑文记载寺内有天王殿、观音殿、大雄宝殿、藏经阁、塔林、膳房、禅房等建筑。
	社旗太山寺	社旗县丁庄乡	据寺中碑文记载,该寺始建于清道光年间,光绪年间进行了大规模的修建,1975年进行重建。
	社旗来佛寺	社旗县丁庄乡	据碑文记载,始建于隋唐时期,重建于1976年。
	邓州接引寺	邓州市东	原系古刹,由来已久。殿堂雄伟,金身灿烂;林青水秀,风景宜人。
	方城普严寺	方城大乘山	又称普严禅院、大寺,宋大观元年(1107年)建,明洪武十六年(1383年)重修。现存山门三间,中佛殿五间,为单檐硬山式建筑。山门前有两棵千年古银杏树。河南省文物保护单位。

(续前表)

南阳	方城维摩寺	方城县西北	因唐代诗人王维出家于此寺而故名。该寺院始建于唐,兴盛于元、明。
	内乡宝天寺	内乡县	是豫西南佛教的发源地之一。始建于唐朝中期,已有1000余年的历史,毁于清朝末年。
	西峡燃灯寺	西峡县寺山国家森林公园	初为燃灯道人修炼的洞穴,屹立在巍巍寺山之巅,是我国唯一的以供奉燃灯古佛为主的佛教道场。
商丘	商丘观音寺	商丘市老张庄	原址建于四面钟东部,年代悠久,历经沧桑。
	商丘清凉寺	商丘市	原名清凉台,为西汉梁孝王刘武所筑。是一座皇家寺院。主要有山门、大雄宝殿、藏经楼等。台下有池,名曰"绿池"。
	民权白云寺	民权县城西南	创建于唐贞观年间(627—649年),因夏秋白云缭绕,景色奇异,故名白云寺。现存寺院为清代建筑,主要建筑有韦驮殿、罗汉殿、大雄宝殿、养心殿、禅堂、厢房等,古朴典雅,雄伟壮观。河南省文物保护单位。
信阳	信阳祝佛寺	信阳市游河乡	即盘山寺,俗名摩佛寺。始建于唐天宝年间(742—755年),距今已有1200多年,由"进寺祖师"高僧宝积禅师主持兴建。
	信阳贤隐寺	信阳市浉河区	为豫南"四大名刹"之一,距今已有1500多年的历史。贤隐寺规模宏大,结构严谨。
	光山净居寺	光山县	又名"敕赐梵天寺",乃中国佛教宗派天台宗的发源地。天台宗不仅在中国佛史上、哲学史上有极高的地位,而且对日本、韩国等佛教及文化有着巨大影响。寺院布局齐整,美观大方,虽几毁几建,仍存有明、清古老建筑50余间。
	光山朝阳寺	光山县城弦山	座西面东,共有砖木结构房屋14间,有前殿、正殿和左右厢房,始建不详,清康熙年间重修。
	罗山灵山寺	罗山县城涩店	建于北魏孝文帝延兴四年(474年),为佛教传入中国所建较早寺院之一。唐玄宗之女建宁公主曾在此出家为尼,被封为国庙。明太祖朱元璋曾三上灵山,敕封灵山为"皇山",灵山寺为"国庙"。
	固始妙高禅寺	固始县陈淋镇大别山北麓九华山上	始建于隋末唐初,清顺治初年重建,是佛教禅宗临济宗大悟山派的开山祖庭。寺院附近有两处11座墓塔,系妙高寺历代高僧大德的灵骨塔。从墓塔的造型和塔身的莲花雕饰图案以及塔身墓志铭记载,墓塔多为清代初期所建。塔形独特,具有极高的历史文化价值。
周口	周口镇冲寺	周口市川汇区沙颍河北岸	始建于清嘉庆十五年(1810年),清道光十三年(1833年)重修。现存大殿、厢房,均为硬山式建筑,小瓦覆顶,前出廊。
	西华龙泉寺	西华县城北	因寺前原有古潭,泉水终年不涸,故名"龙泉寺"。寺院占地20亩,现有大殿面阔五间,虽经后期局部修缮,仍不失古代建筑风貌。

— 171 —

(续前表)

周口	西华清凉寺	西华县	始建无考。传商王武丁至此灭蝗时小憩乘凉外,故名清凉寺。现存大殿。
	扶沟支亭寺	扶沟县西南柴岗乡	始建于北齐武平年间(570—575年),是在张志伯祠全神庙的旧址上修建起来。
	扶沟慈胜寺	扶沟县	始建于唐。现存山门、大殿、厢房及清碑二通。
	扶沟白马寺	扶沟县	始建于唐贞观七年(633年)。现存大殿,另有石佛一尊、清碑二通。
	扶沟王村寺	扶沟县	始建不详。现存大殿,内有清康熙四十五年(1706年)重建题记。
	鹿邑永安寺	鹿邑县	始建不详。现存大殿,为清乾隆十八年(1753年)重修。
	太康白坡寺	太康县五里口乡	始于宋代,是一所皇家寺院。
驻马店	汝南南海禅寺	汝南县城	主体建筑大雄宝殿平面呈边长80米的正方形,超过故宫太和殿与山东曲阜孔府大成殿的规模,号称"亚洲第一殿"。天王、观音、文殊、普贤四大配殿,三重飞檐。
	汝南大士寺	汝南县城	始建于隋。现存大殿及"天中南海"石额一方。
	汝南观音阁	汝南县城	始建于清。阁门额镌刻"敕建观音阁"。
	汝南开元寺	汝南县城	始建于唐开元二年(714年)。现存前殿、后殿。
	确山北泉寺	确山县城	旧名天宫,后改树佛寺,到唐朝时改名资福禅寺,宋代又改为万寿禅院。据确山县旧志记载:"城西有三泉,自南向北而分,名曰南泉、中泉和北泉。因此院位居北泉。故沿称北泉寺。"河南省文物保护单位。
	泌阳罗汉寺	泌阳县城	始建于唐。现存山门、大殿、菩萨殿。另有石佛像五尊,有唐代风格。还有清碑四通。
	西平金刚寺	西平县城	始建不详。现存山门,为三孔砖券门,上部为阁楼,明正统七年(1442年)重修。
	西平弥陀寺	西平县城	有简易大殿两座12间,其它房屋18间,大型佛像11尊。
济源	济源大明寺	济源市南	创建于北宋。原名通慧禅院,元代改名大明寺。古建筑保存较好,现存古建筑15座41间,依次为山门、金刚殿、阎君殿、中佛殿、伽蓝殿、僧房、后佛殿等。全国重点文物保护单位。
	济源延庆寺	济源市天坛街	又名龙潭寺。始建于唐垂拱三年(687年)。延庆寺舍利塔塔基平面呈正六边形,由低矮的塔基和基座组成。
	济源静林寺	济源市西南	始建于北宋,元代重建,明清多次重修。现存山门、东西厢房、中佛殿等建筑。河南省文物保护单位。

(续前表)

济源	济源盘谷寺	济源城区北	创建于北魏太和三年(479年)。唐贞十七年(801年),李愿归隐盘谷,因韩愈作序送之而负盛名。明洪武年间,古峰和尚主持寺院时重修,称"十方大盘谷寺"。清雍正后历有修葺。河南省文物保护单位。
	济源龙泉寺	济源市	始建不详。现存前佛殿、后佛殿、僧房等,另有清道光八年(1828年)碑一通。
	济源长兴寺	济源市	建于北齐河清四年(565年)。现存后佛殿。
	济源商山寺	济源市	始建不详。这里传为西汉初四皓隐居处。现有中佛殿。
	济源弥陀寺	济源市	始建不详。元至正十三年(1353年)重建。现存山门、中佛殿、后佛殿。
	济源普救寺	济源市	又名下冶寺,建于宋。现有山门、东西配殿、后佛殿,另有明清碑刻十余通。
	济源报恩寺	济源市	建于宋景祐年间。现存大殿。
	济源仙口寺	济源市	始建不详。现存前佛殿、中佛殿、后佛殿、三官殿、阎君殿、用斋房。
	济源东阳石佛寺	济源市	始建于明。现存大殿,内有明代石佛一尊,盘坐于莲花须弥座上,通高2.08米。
	济源北勋石佛寺	济源市	始建于唐。现有中佛殿、大雄殿和东西配殿。河南省文物保护单位。
	济源清廉寺	济源市	始建于金代。现存大殿、配殿等。

附录四 河南现存石窟寺索引简表

名称	时代	位置	简介
龙门石窟	北魏至唐	洛阳市东南伊水两岸的崖壁上	始凿于北魏年间,先后营造400多年。现存窟龛2300多个,题记和碑刻3600余品,雕像十万余尊,我国古代雕刻艺术的典范之作。第一批全国重点文物保护单位,世界文化遗产。
巩县石窟	北魏至宋	巩义市西北洛河北岸邙山岩面上	始建于北魏晚期,现存石窟5个,摩崖大佛3尊,佛像7740多个,碑刻题记200余块。"帝后礼佛图"是我国石窟中现存最完整的石刻艺术珍品。全国重点文物保护单位。

— 173 —

(续前表)

灵泉寺石窟	东魏—宋	安阳市西南的宝山之麓	始凿于东魏武定四年（546年），止于宋代，历时600余年。现存石窟二座，塔（殿宇）龛245个，佛、僧雕像数百尊，高僧铭记百余篇。全国重点文物保护单位。
鸿庆寺石窟	北魏	义马市东郊石佛村	开凿于北魏晚期。现存四窟，有佛龛46个，大小造像120余尊，各种飞天12身，佛经故事浮雕四幅，还有零散佛像三尊，历代碑刻八块。全国重点文物保护单位。
小南海石窟	北齐	安阳县西南小南海北滨	又称北齐石窟，现存三窟，均为北齐天保年间建造。三窟内正壁和侧壁都有三尊浮雕像，并保存了大量的石刻佛经和供养人石造像，是北齐时期石窟艺术的珍品。全国重点文物保护单位。
水泉石窟	北魏至宋	偃师万安山的断壁上	北魏至唐宋时期石刻。窟壁间雕大小佛龛400余个，龛内多雕一佛、二菩萨、二弟子或交脚弥勒佛等。河南省文物保护单位。
浮丘山千佛寺石窟	唐至明	浚县浮丘山千佛寺内	开凿于唐代，分南窟和北窟。南窟上额刻"佛国"二字，下面刻有六个巴思巴文，窟内四壁造像990余个，又称千佛洞。北窟雕有大小佛像120余尊。全国重点文物保护单位。
虎头寺石窟	北魏	宜阳县城虎头山脚下	开凿于北魏孝明帝正光元年（520年）。石窟有大小佛龛六个，大小佛像820余尊，造像题记和碑刻三块。河南省文物保护单位。
前嘴石窟	北魏	淇县西北前嘴村东	东魏孝静帝兴和二年（540年）前后雕造。窟后壁凿龛，龛内雕一佛二弟子二菩萨。龛的上部和左右壁遍刻小佛龛，每龛内雕一坐佛，共有1040余尊。河南省文物保护单位。
西沃石窟	北魏	新安县西沃村东垂直峭壁间	有浮雕石塔四座、石窟两座，在塔与石窟间有若干个小佛龛。是黄河中下游岸边的唯一的一处北魏石窟。河南省文物保护单位。
铺沟石窟	北朝	洛阳嵩县田湖镇铺沟村	现存七窟。东部六窟自上而下错落毗邻，西部一窟俗称"六郎窟"。七窟造像为北魏晚期作品。河南省文物保护单位。
五岩寺石窟	北魏	鹤壁市西太行山东麓	东魏兴和四年至武定七年（542—549年），寺僧和民间百姓开凿。有窟龛41个，造像150余尊，护法狮子48个，发愿文等造像题记12则。河南省文物保护单位。
千佛洞石窟	东魏	林州市西南太行山南麓山崖上	始创于北齐武平五年（574年），唐乾封元年（666年）复以青石在窟前依崖砌成单层密檐式塔，是研究北朝经隋到唐单层方塔演变发展的珍贵资料。石窟后壁刻一佛二弟子二菩萨，顶饰二飞天，周围壁雕130余尊佛。河南省文物保护单位。

(续前表)

青岩石窟	北宋	鹤壁淇县西青岩山上	宋哲宗绍圣元年（1094年）建造。石窟四壁雕有众多小佛龛，每龛内雕一跏趺佛像，现存造像630余尊。造像着黑红、浅蓝、浅绿等色，目前仍显，尤为罕见。河南省文物保护单位。
万佛山石窟	北魏	洛阳市柴河村北	开凿于北魏迁都洛阳之后的宣武、孝明之季。依山崖而建，现存五个洞窟。洞窟造像文饰色彩鲜艳，为清代彩绘。河南省文物保护单位。

附录五 河南佛教文物古迹索引简表①

河南省第一批全国重点文物保护单位名录（佛教文物古迹部分）②

名　　称	时　代	地　点
龙门石窟（包括白居易墓）	北魏至唐	洛阳
祐国寺塔（铁塔）	北宋	开封
嵩岳寺塔	北魏	登封
白马寺	金至清	洛阳

河南省第二批全国重点文物保护单位名录（佛教文物古迹部分）③

名　　称	时　代	地　点
巩县石窟	北魏至宋	巩义
修定寺塔	唐	安阳

河南省第三批全国重点文物保护单位名录（佛教文物古迹部分）④

名　　称	时　代	地　点
风穴寺及塔林	唐至清	汝州
净藏禅师塔	唐	登封

---

① 资料来源：河南省文物局。
② 国务院1961年3月4日公布。共计180处，其中河南13处（佛教文物古迹4处）。
③ 国务院1982年2月23日公布。共计62处，其中河南3处（佛教文物古迹2处）。
④ 国务院1988年11月13日公布。共计258处，其中河南14处（佛教文物古迹2处）。

河南省第四批全国重点文物保护单位名录(佛教文物古迹部分)[1]

名　称	时　代	地　点
初祖庵及少林寺塔林	唐—清	登封
灵泉寺石窟	东魏—宋	安阳
千唐志斋石刻	西晋—民国	新安

合并项目：

辟雍碑	西晋	偃师(归入汉魏洛阳故城)
繁塔	宋	开封(归入宋东京城遗址)

河南省第五批全国重点文物保护单位名录(佛教文物古迹部分)[2]

名　称	时　代	地　点
宝轮寺塔	金	三门峡
天宁寺三圣塔	金	沁阳
妙乐寺塔	五代	武陟
大明寺	元至清	济源
慈胜寺	元	温县
安阳天宁寺塔	五代至清	安阳
明福寺塔	宋	滑县
会善寺	元至清	登封
法王寺塔	唐	登封
永泰寺塔	唐	登封
鸿庆寺石窟	北魏	义马
小南海石窟	北齐	安阳
大伾山摩崖大佛及石刻	北朝至明	浚县

河南省第六批全国重点文物保护单位名录(佛教文物古迹部分)[3]

名　称	时　代	地　点
法行寺塔	唐至宋	汝州市
阎庄圣寿寺塔	宋	睢县
乾明寺塔	宋	鄢陵县
泗州寺塔	宋至明	唐河县
尉氏兴国寺塔	宋至明	尉氏县
商水寿圣寺塔	宋至明	商水县

---

[1] 国务院1996年11月12日公布。共计250处,其中河南21处(佛教文物古迹3处)。

[2] 国务院2001年6月25日公布。共计518处,其中河南45处(佛教文物古迹13处)。

[3] 国务院2006年5月25日公布。共计1080处,其中河南92项(佛教文物古迹24处)。

(续前表)

鄂城寺	宋至清	南阳市
柴庄延庆寺塔	宋	济源市
胜果寺塔	宋	修武县
宝严寺塔	宋	西平县
崇法寺塔	宋	永城市
百家岩寺塔	金	修武县
白云寺	明至清	辉县市
千佛阁	明至清	武陟县
许昌文峰塔	明	许昌市
仓房香严寺	明	淅川县
悟颖塔	明	汝南市
福胜寺塔	明	邓州市
青天河摩崖	南北朝至唐	博爱县
西明寺造像碑	南北朝	新乡县
崇唐观造像	唐	登封市
云梦山摩崖	宋至民国	淇县
彼岸寺碑	宋	郾城县
刘碑寺碑	南北朝	登封市

第一批河南省文物保护单位名录(佛教文物古迹部分)

名　称	时　代	地　点
巩县石窟	北魏至宋	巩县
水泉石窟	北魏至宋	偃师县
鸿庆寺石窟	北魏至唐	义马市
小南海石窟	北齐	安阳县
灵泉寺石窟	东魏至隋、唐	安阳县
窄涧谷太平寺摩崖	隋、唐、五代	沁阳县
温塘摩崖造像	唐	陕县
浮丘山千佛寺石窟(含碧霞宫)	唐至明	浚县
天宁寺(含大石佛及康显侯碑、准敕不停废记、大伾山铭等碑铭)	北魏至明	浚县
鄂城寺塔	隋(实为宋塔)	南阳县
兴国寺舍利塔	隋(实为宋塔)	邓县
法王寺塔(含附近唐、元、明、清代塔及石刻等)	唐	登封县
永泰寺塔(含唐代经幢二座、明代塔及碑碣等)	唐	登封县

(续前表)

净藏禅师塔（含一行法师戒坛遗址、遗物及东魏造像碑）	唐	登封县
超化寺塔	唐	密县
灵泉寺和尚塔（含附近碑碣石刻）	唐	安阳县
大缘禅师摩崖石塔（含附近碑碣）	唐	林县
少林寺及塔林（含同光塔、法华塔）	唐至清	登封县
鲁思钦妻浮屠	唐	新乡市
陈婆造心经浮屠	唐	淇县
陇西尹公浮屠	唐	浚县
王法明造七级浮屠	唐	延津县
法行寺塔	唐	临汝县
风穴寺	唐、五代、明	临汝县
妙乐寺塔	五代	武陟县
天宁寺塔（含大铜像）	五代	安阳市
初祖庵大殿（含附近碑碣）	宋	登封县
慈胜寺	五代至明	温县
繁塔	宋	开封市
延庆寺舍利塔（含宋碑）	宋	济源县
法海寺石塔	宋	密县
悟颖塔	宋	汝南县
玲珑塔	宋	原阳县
圣寿寺塔	宋	睢县
崇法寺塔	宋	永城县
胜果寺塔	宋	修武县
泗洲塔	宋	唐河县
明福寺塔	宋	滑县
兴国寺塔	宋	尉氏县
宝轮寺舍利塔（含附近石刻）	金	三门峡
天宁寺三圣塔	金	沁阳县
会善寺大殿（含附近碑碣及其他文物）	元	登封县
小白塔	元	安阳市
普照大禅师石塔（含附近其他石塔等物）	元	辉县
天王寺善济塔（含附近石碑）	元	辉县
乾明寺（含中佛殿及影壁、塔林等）	明	襄县

(续前表)

文峰塔	明	许昌市
相国寺	明至清	开封市
中兴寺造像碑(含元代造像碑)	西魏	镇平县
禅净寺造像碑	东魏	长葛县
刘碑寺石碑(含唐代石塔)	北齐	登封县
石佛寺造像碑	北齐	浚县
石淙河摩崖题记	唐、宋	登封县
大唐三藏圣教序碑(附近其他唐碑)	唐	偃师县
三尊真容象支提龛铭	唐	林县
尊圣经幢(含八棱经幢)	唐	郑州市
陀罗尼经幢	唐	沁阳县
佛说般若波罗蜜多心经幢	唐	内黄县
陀罗尼经幢	后晋	汲县
石经幢	五代	禹县
太平兴国禅院碑铭	北宋	辉县
五百罗汉碑	北宋	辉县
彼岸寺经幢	宋	郾城县
千佛碑	明	延津县

第二批河南省文物保护单位名录(佛教文物古迹部分)

名　称	时　代	地　点
虎头寺石窟	北魏	宜阳县
前嘴石窟	北魏	淇县
西沃石窟	北魏	新安县
铺沟石窟	北朝	嵩县
五岩寺石窟	北魏	鹤壁市
千佛洞石窟	东魏	林县
佛沟摩崖造像	北朝至唐	方城县
石佛滩摩崖造像	唐	博爱县
青岩石窟	北宋	淇县
游净居寺并序碑	明翻刻	光山县
里固石塔	唐	内黄县
洪谷寺塔	唐	林县
阳台寺双石塔	唐	林县
寿圣寺塔	宋	商水县
凤台寺塔	宋	新郑县

(续前表)

五花寺塔	宋	宜阳县
宝严寺塔	宋	西平县
乾明寺塔	宋	鄢陵县
观音大士塔	宋	宝丰县
兴国寺塔	宋	鄢陵县
千尺塔	宋	荥阳县
寿圣寺双塔	宋	中牟县
百家岩寺塔	金	修武县
灵山寺	金—清	宜阳县
大明寺	元—清	济源市
白云寺	元—清	辉县
香严寺	元—清	淅川县
丹霞寺与塔林	元—清	南召县
大云寺塔	明	杞县
大觉寺万寿塔	明	延津县
息影塔	明	商城县
崇福塔	明	商城县
玄天洞石塔	明	鹤壁市
无缘真公禅师塔	明	荥阳县
寿圣寺塔	明	太康县
文笔峰塔	明	宝丰县
镇国塔	明	汲县
彼岸寺大殿	明	舞阳县
普照寺大雄宝殿	明	清丰县
阳安寺大殿	明	镇平县
千佛阁	明	武陟县
惠明寺	明、清	林县
安国寺	明、清	陕县
高阁寺	明、清	安阳市
月山寺与塔林	明、清	博爱县
白云寺	清	民权县
菩提寺	清	镇平县
观音寺	清	汝阳县

第三批河南省文物保护单位名录(佛教文物古迹部分)

名　　称	时　代	地点
万佛山石窟	北魏	洛阳
西明寺造像碑	北魏	新乡
香泉寺石刻	北朝至清	卫辉
崇唐观石刻造像	唐至清	登封
水东石经幢	唐	新乡
慈云寺石刻	元至清	巩义
秀公戒师和尚塔	金	平舆
洪谷寺塔林	金至明	林州
清凉寺(含碑刻)	金	登封
观音寺	元至明	博爱
天宁万碑寺	元至明	禹州
洛阳安国寺	明至清	洛阳
负图寺大殿(含碑刻)	明	孟津
崇善寺石塔	明	林州
双龙寺摩崖造像及双石塔	明	林州
开元寺(含城隍庙)	明至清	舞阳
静林寺	明至清	济源
盘谷寺	清	济源
文笔峰塔	清	唐河
妙高寺及墓塔	清	固始
紫水塔	清	光山

第四批河南省文物保护单位名录(佛教文物古迹部分)

名　　称	时　代	地点
荥阳佛顶尊胜陀罗尼经幢	金	荥阳市
清净寺大像碑	唐	内黄县
石佛寺石刻	元	渑池县
婆子山摩崖造像	北魏至宋	泌阳县
大槐寺石刻	元、明	武陟县
三祖庵塔	金	登封市
龙泉寺	明、清	登封市
卧佛寺塔	明	新郑市

(续前表)

洛阳文峰塔	清	洛阳市
妙水寺	清	汝州市
狮王寺	清	郏县
大兴寺塔	宋	内黄县
兴阳禅寺塔	宋	安阳县
慈源寺	清	林州市
广唐寺塔	宋	延津县
凌云寺塔	元	辉县市村
普济寺	明、清	武陟县
圣佛寺	明、清	孟州市
观音堂	明、清	孟州市
吉祥寺	清	武陟县
青冢寺	明、清	襄城县
柏山文峰塔	清	禹州市
宝林寺塔	明	镇平县

第五批河南省文物保护单位名录(佛教文物古迹部分)

名　称	时　代	地　点
屏峰塔	清	新密市青屏山
福昌寺	清	巩义市米河镇高庙村
青龙禅寺	清	巩义市北山口镇北湾村
兴佛寺	明	巩义市河洛镇七里铺村
香山寺	明、清	洛宁县罗岭乡罗岭村
大觉寺	明、清	伊川县高山乡谷瑶村
庆安禅寺	清	嵩县大坪乡枣园村
南湖寺	清	辉县市沙窑乡南湖村
白鹿山寺院群旧址	明、清	辉县市上八里镇鸭口村
东宁寺	明、清	新乡市红旗区东台头村
崇宁寺罗汉殿	明	武陟县北郭乡高余会村
文笔塔	清	汤阴县文笔路东段南城墙上
黄华塔林	元—清	林州市城郊乡黄华村
林州文峰塔	清	林州市龙凤山公园内
菩萨堂	清	灵宝市故县镇进家村

(续前表)

龙耳寺	明、清	渑池县西张村镇奄北村
法云寺塔	明	内乡县马山口镇圣垛山南麓
普严寺大殿	清	方城县二郎庙乡大乘山
姑嫂寺	清	郏县茨芭乡姑嫂寺村
青铜寺大殿	清	夏邑县歧河乡青铜寺村
大圣寺石塔	元	夏邑县李集镇张庄村
北泉寺	明、清	确山县乐山林场
北勋石佛寺	明、清	济源市承留镇北勋村

附录六　中国佛教塔寺研究(著述)索引

白化文等主编:《中国佛寺志丛刊》,扬州:广陵古籍刻印社,1995年版。

陈荣富编著:《浙江佛寺史话》,宁波:宁波出版社,1999年版。

陈荣富著:《文化的演进:宗教礼仪研究》,哈尔滨:黑龙江人民出版社,2004年版。

陈胜庆编著:《中国佛教文化之旅》,上海:学林出版社,1999年版。

傅润三主编:《漫谈寺院文化》,北京:宗教文化出版社,1999年版。

黄夏年著:《中国佛寺漫谈》,台北:东大图书股份有限公司,2004年版。

金申著:《西藏的寺庙和佛像》,北京:文化艺术出版社,2007年版。

季羡林主编,贾应逸、祁小山著:《印度到中国新疆的佛教艺术》,兰州:甘肃教育出版社,2002年版。

李少林主编:《中华寺庙》,呼和浩特:内蒙古人民出版社,2006年版。

李焰平主编:《甘肃窟塔寺庙》,兰州:甘肃教育出版社,1999年版。

梁纯信主编:《张家口各异的古寺庙》,北京:党建读物出版社,2006年版。

林言椒主编:《佛光照中原》,石家庄:河北教育出版社,2000年版。

凌文斌主编:《安溪寺庙大观》,福州:海风出版社,2007年版。

刘策编著:《中国古塔》,银川:宁夏人民出版社,1981年版。

刘烜主编:《中国禅寺》,北京:中国言实出版社,2005年版。

罗哲文编著:《中国佛寺》,石家庄:河北少年儿童出版社,1991年版。

罗哲文编著:《中国古塔》,北京:中国青年出版社,1985年版。

马时雍主编:《杭州的寺院教堂》,杭州:杭州出版社,2004年版。

孟田燦主编:《绍兴寺院》,杭州:西泠印社出版社,2007年版。

潘明权主编:《上海佛寺道观》,上海:上海辞书出版社,2003年版。

潘明权著:《上海佛教寺院纵横谈》,北京:宗教文化出版社,1996年版。

蒲文成主编:《甘青藏传佛教寺院》,西宁:青海人民出版社,1990年版。

乔吉编著:《内蒙古寺庙》,呼和浩特:内蒙古人民出版社,2003年版。

全佛编辑部编:《西藏地区的寺院与佛塔》,北京:中国社会科学出版社,2003年版。

释传印法师编:《北京佛教寺院》,北京:宗教文化出版社,2008年版。

释永明法师编著:《香港佛教与佛寺》,香港:香港大山与山宝莲禅寺,1993年版。

释源编著:《寺庙文化》,呼和浩特:内蒙古人民出版社,2006年版。

苏浙生著:《神州佛境:佛山、佛寺、佛塔》,上海:上海古籍出版社,2003年版。

田尚主编:《中国的寺庙》,北京:中国青年出版社,1991年版。

佟洵主编:《佛教与北京寺庙文化》,北京:中央民族大学出版社,1997年版。

王宝明、王鹏著:《佛国圣境:山西佛教寺庙与文化》,太原:山西人民出版社,2005年版。

王灿林主编:《嵊州寺庙》,杭州:西泠印社出版社,2008年版。

王建学主编:《辽宁寺庙塔窟》,沈阳:辽宁美术出版社,2002年版。

王明生主编:《云南寺庙塔窟》,昆明:云南科技出版社,1996年版。

邬学德、刘炎编著:《河南古代建筑史》,郑州:中州古籍出版社,2001年版。

吴英才、郭隽杰主编:《中国的佛寺》,天津:天津人民出版社,1994年版。

现代佛教学术丛刊编委会:《中国佛教寺塔史志》,台北:大乘文化出版社,

1978年版。

萧秉权主编:《中国佛教寺院》,北京:中国世界语出版社,1995年版。

谢君·官太才让编:《青海藏传佛教寺院》,西宁:青海民族出版社,2005年版。

谢佐编:《青海的寺院》,西宁:青海省文物管理处,1986年版。

邢福泉著:《台湾的佛教与佛寺》,台北:商务印书馆股份有限公司,1981年版。

杨焕成著:《中国古建筑文化之旅:河南》,北京:知识产权出版社,2007年版。

杨辉麟编著:《西藏佛教寺庙》,成都:四川人民出版社,2003年版。

尤志远编著:《河南古塔》,北京:民族出版社,1996年版。

张嘉梁主编:《浙江寺院胜览》,北京:中国国际广播出版社,1998年版。

张连城、孙学雷主编:《北京的佛寺与佛塔》,北京:光明日报出版社,2004年版。

张驭寰著:《佛教寺塔》,北京:宗教文化出版社,2007年版。

郑志明总编:《全国佛刹道观总览》,台北:桦林出版社,1987年版。

中国佛教协会、中国道教协会监制:《中国寺庙大观》[VCD],北京:中轻生活音像出版社,2002年版。

周沙尘主编,徐伯安著:《中国塔林漫步》(中国旅行知识丛书),北京:中国展望出版社,1989年版。

参 考 文 献

一、图书/著述

《洛阳佛教圣迹》编委会编:《洛阳佛教圣迹》,中州古籍出版社,1993年版。

安阳文物管理所:《安阳概况》,中国文联出版社,2004年版。

白化文等主编:《中国佛寺志丛刊》,广陵古籍刻印社,1995年版。

白文化著:《佛寺漫游》,河南人民出版社,1986年版。

白文化著:《汉化佛教与佛寺》,北京出版社,2003年版。

陈胜庆编著:《中国佛教文化之旅》,学林出版社,1999年版。

陈聿东、崔延子编著:《中国美术通识》,河南人民出版社,2003年版。

陈荣富著:《文化的演进:宗教礼仪研究》,哈尔滨:黑龙江人民出版社,2004年版。

程有为、王天奖主编:《河南通史》,河南人民出版社,1993年版。

崔连仲编著:《从佛陀到阿育王》,辽宁大学出版社,1991年版。

崔炎寿编著:《中岳嵩山》,黄河水利出版社,2000年版。

大河报社编:《厚重河南》,河南大学出版社,2005年版。

段启明等著:《中国佛寺道观》,中共中央党校出版社,1997年版。

段玉明著:《相国寺——在唐宋帝国的神圣与凡俗之间》,巴蜀书社,2004年版。

段玉明著:《中国寺庙文化》,上海人民出版社,1994年版。

傅润三主编：《漫谈寺院文化》，宗教文化出版社，1999年版。

河北禅学研究所：《中国禅学》第一卷，中华书局，2002年版。

河南大学古建园林设计研究院编：《中国营造学研究》，河南大学出版社，2005年版。

河南古代建筑研究所：《宝山灵泉寺》，河南人民出版社，1991年版。

河南省登封县县志办公室整理：《少林寺志》，清乾隆十三年刻本，1985年版。

河南省古代建筑保护研究所编：《宝山灵泉寺》，河南人民出版社，1991年版。

河南省河洛文化研究中心编：《河洛文化与汉民族散论》，河南人民出版社，2006年版。

河南省文物局：《河南文化遗产——全国重点文物保护单位》，文物出版社，2007年版。

河南省文物局编：《河南国家级文物三十处》，中州古籍出版社，1992年版。

河南省文物考古学会编：《河南文物考古论集》，中州古籍出版社，2000年版。

鸿宇编著：《中国民俗文化——寺庙》，中国社会出版社，1999。

黄夏年著：《中国佛寺漫谈》，东大图书股份有限公司，2004年版。

黄勇等主编：《新编中国大百科全书（图文版）》，延边大学出版社，2005年版。

季羡林主编，贾应逸、祁小山著：《印度到中国新疆的佛教艺术》，兰州：甘肃教育出版社，2002年版。

李邦儒：《中原佛教文化初探》，内蒙古人民出版社，2008年版。

李良学、赵道山、王剑生主编：《大相国寺》，中国县镇年鉴出版社，2002年版。

李少林主编：《中华寺庙》，内蒙古人民出版社，2006年版。

梁思成著：《凝动的音乐》，百花文艺出版社，2006年版。

梁思成著：《中国建筑史》，百花文艺出版社，1998年版。

林言椒主编：《佛光照中原》，河北教育出版社，2000年版。

刘策编著:《中国古塔》,宁夏人民出版社,1981年版。

刘长久:《中国佛教》,广西师范大学出版社,2006年版。

刘敦桢著:《刘敦桢文集》,中国建筑工业出版社,1982年版。

刘烜主编:《中国禅寺》,中国言实出版社,2005年版。

吕宏军著:《嵩山少林寺》,河南人民出版社,2002年版。

吕石明、曾广植等编:《中国宗教艺术大观》,自然科学文化出版社,1981年版。

罗宏曾编著:《人心中的神殿》(宗教卷),天津人民出版社,1993年版。

罗哲文编著:《中国佛寺》,河北少年儿童出版社,1991年版。

罗哲文编著:《中国古塔》,中国青年出版社,1985年版。

罗哲文著:《中国古代建筑》,上海古籍出版社,2001年版。

洛阳市文物管理局编:《千年阅一城:汉魏洛阳故城与汉魏王朝》,中州古籍出版社,2005年版。

米士诚、陈长安编:《白马寺》,中州书画社,1981年版。

南阳地区地方史志编纂委员会编:《南阳地区志》,河南人民出版社,1994年版。

尼树仁著:《中州佛教音乐研究》,广东高等教育出版社,1994年版。

潘谷西主编:《中国建筑史》,中国建筑工业出版社,2001年版。

秦燕、张启勋编著:《中国思想文化概论》,西北工业大学出版社,2002年版。

任崇岳编著:《安阳》,旅游教育出版社,2001年版。

桑永夫、王阁编著:《白马寺》,西安出版社,2004年版。

上官西才编著:《历史名城三门峡》,河南人民出版社,2006年版。

邵文杰总纂:《河南省志》,河南人民出版社,1993年版。

苏浙生著:《神州佛境——佛山·佛寺·佛塔》,上海古籍出版社,2003年版。

汤文兴著:《风穴寺》,中州书画出版社,1982年版。

陶善耕、明新胜著:《中州古刹香严寺》,中国致公出版社,2001年版。

田尚主编:《中国的寺庙》,中国青年出版社,2002年版。

王其钧、谢燕：《宗教建筑》，水利水电出版社，2005年版。

温玉成著：《少林访古》，百花文艺出版社，1999年版。

温玉成著：《少林史话》，金城出版社，2009年版。

邬学德、刘炎：《河南古代建筑史》，中州古籍出版社，2001年版。

吴焯著：《佛教东传与中国佛教艺术》，浙江人民出版社，1991年版。

吴为山、王月清主编：《中国佛教文化艺术》，宗教文化出版社，2002年版。

吴英才、郭隽杰主编：《中国的佛寺》，天津人民出版社，1994年版。

现代佛教学术丛刊编委会编辑：《中国佛教寺塔史志》，台北大乘文化出版社，1978年版。

襄城县史志编纂委员会编：《襄城县志》，中州古籍出版社，1993年版。

萧秉权主编：《中国佛教寺院》，中国世界语出版社，1995年版。

萧默著：《中国建筑》，文化艺术出版社，2005年版。

谢克编著：《中国浮屠艺术》，汉光文化公司，1987年版。

熊伯履编著：《相国寺考》，中州古籍出版社，1985年版。

徐长青著：《少林寺与中国文化》，中州古籍出版社，1993年版。

徐光春著：《中原文化与中原崛起》，河南人民出版社，2007年版。

徐金星、李文生著：《洛阳市志·白马寺志·龙门石窟志》，中州古籍出版社，2000年版。

徐金星著：《洛阳白马寺》，文物出版社，1985年版。

徐金星著：《洛阳佛教圣迹》，中州古籍出版社，1993年版。

徐玉迎主编：《云台山》，中州古籍出版社，2002年版。

许长志、张庭祥编著：《中华之最》，江西教育出版社，1992年版。

杨焕成著：《中国古建筑文化之旅：河南》，知识产权出版社，2007年版。

杨焕成、周到主编：《河南文物名胜史迹》，中原农民出版社，1994年版。

杨永生主编：《中国古建筑全览》，中国建筑工业出版社，1996年版。

杨永生主编：《中国古建筑之旅》，中国建筑工业出版社，2003年版。

杨育彬编著：《河南考古》，中州古籍出版社，1985年版。

尤志远编著：《河南古塔》，民族出版社，1996年版。

张国臣著：《禅与嵩山》，河南大学出版社，2003年版。

张家泰主编:《中国民族建筑》,江苏科学技术出版社,1999年版。

张敏编著:《少林寺·中岳庙·白马寺轶闻》,中州古籍出版社,1990年版。

张晓华著:《佛教文化传播论》,人民出版社,2006年版。

张驭寰:《佛教寺塔》,宗教文化出版社,2007年版。

张驭寰:《中国佛塔史》,科学出版社,2006年版。

张志孚、何平立著:《中州文化》,辽宁教育出版社,1998年版。

郑志明总编:《全国佛刹道观总览》,台北桦林出版社,1987年版。

中共新乡市委宣传部:《新乡五千年》,中国农业科技出版社,2002年版。

中国佛教协会编:《中国佛教》,东方出版中心,1982年版。

周青青著:《中国民间音乐概论》,人民音乐出版社,2003年版。

周叔迦:《法苑谈丛?漫谈罗汉》,辞书出版社,2000年版。

二、学位论文

卞建宁:《区域建筑文化的历史地理学思考》,陕西师范大学硕士学位论文,2006年。

蔡兰荣:《佛教的中国化及对中国文化的影响》,上海交通大学硕士学位论文,2003年。

蓝滢:《开封繁塔研究》,河南大学硕士学位论文,2006年。

梅腾:《河南佛教寺院建筑初探》,郑州大学硕士学位论文,2007年。

肖楚宇:《中国汉地佛教建筑室内空间探析》,哈尔滨工业大学硕士学位论文,2002年。

三、期刊论文

安喜兰、刘凤:《千载名刹——风穴寺》,《中州统战》2000年第2期。

曹颂今:《北魏洛阳四十年洛阳佛寺的变迁》,《洛阳工业高专学报》2000年第4期。

车林:《开封大相国寺》,《佛学研究》1997年第1期。

董家亮:《安阳修定寺塔建造年代考》,《佛学研究》2007年第16期。

段玉明:《从空间到寺院——以开封相国寺的兴建为例》,《世界宗教研究》

2004年第3期。

方伟:《千年古刹灵山寺》,《中州统战》2001年第2期。

河南省古代建筑保护研究所:《民权白云寺勘察简报》,《中原文物》2004年第4期。

解少勃:《灵泉寺石窟考察记》,《西北美术》2003年第2期。

李光安:《安阳宝山灵泉寺摩崖石窟装饰纹样的艺术美探究》,《河南社会科学》2008年第5期。

李健、邢滨华:《关于汝州市风穴寺宗教旅游开发的几点思考》,《萍乡高等专科学校学报》2008年第5期。

李泉海:《汝州风穴寺的佛教传承》,《汝河之声》第143期(2008年10月28日)。

李神:《浅析河南安阳佛教建筑的文化内涵及保护措施》,《韶关学院学报》2008年第2期。

刘策:《我国佛塔》,《紫禁城》1981年第5期。

刘旭红:《浅析我国佛塔的建筑艺术成就》,《四川建筑科学研究》2005年第2期。

罗哲文:《中国之塔》,《今日中国》1981年第7期。

麻天祥、王照权、占发富:《光山净居寺考》,《五台山研究》2000年第2期。

荣军、周月姿:《中原古刹——河南省香严寺》,《中建园林技术》2004年第1期。

释明乘:《从中原佛教遗迹探讨河南佛教发展轨迹》,《天中学刊》1995年第2期。

田中华:《佛教寺院中的塔和石窟》,《文博》1994年第5期。

王丽霞:《天台祖庭——光州净居寺》,《中州古今》2000年第3期。

王丽心:《佛教寺院的文化内涵》,《中国禅学》2002年第6期。

王梦林、杨卫波:《浅析天宁寺三圣塔的建筑特色及人文价值》,《科教文汇》2009年第1期。

王姝懿、柴修石:《大相国寺佛乐初探》,《吉林艺术学院学报》2008年第4期。

王元、张剑奇:《我国第三塔林:风穴寺塔林》,《中州统战》1994年第9期。

魏秋利、张建军:《佛教及佛教建筑》,《陕西建筑》2006年第3期。

辛艺峰:《千年古刹风穴寺》,《平顶山工学院学报》1997年第2期。

徐金星:《洛阳地区与中国佛教》,《洛阳佛教》1993年第2期。

薛伟、潘珠镇:《源远流长话素斋》,《烹调知识》2005年第3期。

杨宝顺、孙德萱:《河南修定寺唐塔》,《文物》1979年第9期。

杨文磊:《中州名寺——香严寺》,《中州统战》1995年第5期。

湛如、丁薇:《印度早期佛教的佛塔信仰形态》,《世界宗教研究》2003年第4期。

赵文斌:《中国佛寺布局演化浅论》,《华中建筑》1998年第1期。

周斌:《开封两个千年名园将联一体》,《大河报》2009年7月9日。

四、网址/网页

http://www.kftieta.com

http://www.zh5000.com/ZHJD/ctwh/2007－11－09/2205549421.html

http://www.daxiangguosi.com/szg.asp

http://203.208.37.132/河南文化－中原访古

http://baike.baidu.com/view/1093249.htm

http://baike.baidu.com/view/175422.html wtp＝塔。

http://baike.baidu.com/view/192169.htm

http://baike.baidu.com/view/41390.htm　7

http://baike.baidu.com/view/41390.htm　7

http://baike.baidu.com/view/724700.htm

http://baike.baidu.com/view/230996.htm[永泰寺]

http://blog.chinafns.cn/u/1738/rss2.xml

http://blog.sina.com.cn/s/blog_3c71dba50100b0in.html

http://blog.sina.com.cn/s/blog_4de9e75101009s0o.html

http://blog.ifeng.com/article/2544701.html

http://blog.sina.com.cn/s/blog_4de9e75101009s0o.html

http://dfwang.5d6d.com/thread-3704-1-1.html

http://dfwang.5d6d.com/thread-3705-1-1.html

http://duoduo.waywaycn.com/b8287.html

http://gotoly.com/PicView.asp ID=279&PID=3|2

http://hi.baidu.com/安阳灵泉寺

http://hn.zgfj.cn/syIndex.aspx syID=2030

http://huaxia.com/ytsc/ytwl/hnzz/2008/05/973160.html

http://image.baidu.com/灵泉寺石窟

http://iwuzhi.com/html/11/n-111.html

http://jpkc.gxun.edu.cn/zgwhs/5tupianziliao1.htm

http://news.sohu.com/2004/04/21/12/news219911298.shtml

http://whj.smx.gov.cn/ReadNews.asp NewsID=812

http://www.17lly.com/html/huazhong/henan/buyaocuoguo/20070327/599.html

http://www.56peoples.com/bencandy.php fid-544-id-76511-page-1.htm

http://www.9tour.cn/Photo/ShowPhoto_156_188613/

http://www.aa766.com/travel/searchScenic/263.html

http://www.cha138.com/jingdian/jingdian.aspx jdid=6782

http://www.china.com.cn/photochina/2008-01/09/content_9502606.htm

http://www.chinafns.cn/religion/sysm/20070817/151343.shtml

http://www.chinajzjy.com/jqtp/200903/41.html

http://www.ebud.cn/

http://www.ebud.cn/teach/culture/jianzhu/jianzhu.html

http://www.enweiculture.com/Culture/dsptext.asp lmdm

http://www.etxly.com/jdjsh/henan/luoyang/baimasi.htm

http://www.fjdh.com/wumin/HTML/70458.html

http://www.fjdh.com/wumin/HTML/70459.html

http://www.foz.cn/Article/mingsi/zhongnan/henan/

http://www.foz.cn/Article/mingsi/zhongnan/henan/Article_1345.html

http://www.foz.cn/Article/mingsi/zhongnan/henan/Article_1357.html

http://www.gongyitour.com/rmjd/2.htm

http://www.hnfj.cn/hnfj/ShowArticle.asp ArticleID=1116

http://www.hnta.cn/Info/lhhn/458995.shtml

http://www.hnyszy.cn/ProductClass-14-2.html

http://www.hudong.com/wiki/临汝镇

http://www.hudong.com/wiki/少林寺

http://www.jk95.com/blog/u/56/archives/2009/2009731234330.html

http://www.kfta.cn/info/Dms_You.asp id=23

http://www.lvyou1.com/s/15192.htm

http://www.lyinfo.ha.cn/ly/jingdian/bms/zz00.htm

http://www.nexfun.com/destination/district.aspx d=206

http://www.nynews.gov.cn/zhuanti/2007khn/News_View.asp NewsID=131

http://www.pajq.com/he%20nan%20jd/41songyuesita.htm

http://www.pds.cn/Html/city_intro/city_tour/tour_site/27754222.html

http://www.plm.org.cn/

http://www.rzzfw.gov.cn/News_View.asp NewsID=826

http://www.sh51766.com/scene/scene_4141.htm

http://www.shangshui.gov.cn/2009/0627/84.html

http://www.shaolin.org.cn/channel.asp typeid=34

http://www.shaolin.org.cn/channel.asp typeid=48

http://www.xxfjw.cn/Article/TypeArticle.asp ModeID=1&ID=853

http://www.yuanyang.ha.cn/news/show.asp id=269

http://www.zhfj.org/fjjd/zl/bk/Index.html

http://www.zzlib.org.cn/upload/Content.asp ID=992

http://www.daxiangguosi.com

http://www.people.com.cn/GB/shenghuo/80/105/20030106/902228.html

http://www.shaolin.org.cn

http://xuchang.cncn.com/jingdian/wenfengta/

http://yy.ly.gov.cn/news.asp id=7525

http://zh.wikipedia.org/wiki/白马寺

www.amtf.com.cn

http://www.ebud.cn/

http://www.hawh.cn:82/gate/big5/www.hawh.cn/html/20070606/137176.html

http://blog.sina.com.cn/s/articlelist_1589730104_0_1.html

后 记

《河南佛教塔寺文化漫谈》是本人做博士论文的前期成果。在查阅、搜寻河南佛教文化的相关资料时,本人逐渐发现,作为佛教文化资源大省的河南,缺乏一些全面反映河南佛教文化特色的数据资料,特别是对于河南佛教所独具的特色缺乏集中整理。因此,编著一本全面反映河南佛教特色的书还是很有必要的。

本书的基本逻辑结构是:河南佛教塔寺之最、河南佛教塔寺特色、河南佛教塔寺寻迹。此外,除了突出河南佛教塔寺的独特文化魅力之外,我还尽可能地搜集整理了《河南现存佛塔(遗迹)区域分布索引》、《河南现存塔林索引简表》、《河南现存佛寺(遗迹)区域分布索引》、《河南现存石窟寺索引简表》、《河南佛教文物古迹索引简表》、《中国佛教塔寺研究(著述)索引》,作为附录附在文后。目的是:一方面,这些附录作为更为详细的基本文献资料,可以为更多关注河南佛教文化的读者或研究人员提供检索线索;另一方面,也从一个侧面展示河南佛教塔寺建筑和佛教文化的独特魅力和地位。

至于这本书的定位,我也颇费了一番心思。基于普及河南佛教文化的目的,我尽可能地使用了较为通俗的材料,并插入了一些图片。同时,我也想为河南佛教研究者提供更多的文献信息,所以在注释和附录以及参考文献中尽可能地保留了这些基本文献信息。

需要说明的是,书中有些材料来自于公共文献资料,其原始文献来源很难追溯,所以为使行文简洁,对于公共文献资料没有注明来源。对于新文献和有著作权的文献,文中尽可能地作了标注,或在参考文献中罗列。在此一并感谢!

后 记

　　最后,衷心感谢为本书写作提供帮助的老师、编辑和朋友们。感谢河南省人民政府宗教事务局,河南大学出版社,河南大学王立群教授、梁留科教授、张云鹏教授、宋占利教授、靳宇峰编辑,感谢好友张宁、赵虎山的大力支持。

李湘豫

2010 年 3 月 22 日